Mozeille

Le trouble d'une infirmière

*

La valse du destin

JANICE LYNN

Le trouble d'une infirmière

BLANCHE

HARLEQUIN

Collection : Blanche

Titre original :
SIZZLING NIGHTS WITH DR OFF-LIMITS

Ce roman a déjà été publié en 2017

HARPERCOLLINS FRANCE
83-85, boulevard Vincent-Auriol, 75646 PARIS CEDEX 13
Service Lectrices — Tél. : 01 45 82 47 47 - www.harlequin.fr
ISBN 978-2-2804-7238-8 — ISSN 0223-5056

Composé et édité par HarperCollins France.
Imprimé en janvier 2022 par CPI Black Print (Barcelone)
en utilisant 100% d'électricité renouvelable.
Dépôt légal : février 2022.

FSC
www.fsc.org
MIXTE
Papier issu de sources responsables
FSC® C159065

Pour limiter l'empreinte environnementale de ses livres, HarperCollins France s'engage à n'utiliser que du papier fabriqué à partir de bois provenant de forêts gérées durablement et de manière responsable.

1.

Des « oh » et des « ah » fusèrent dans la salle tandis que le commissaire-priseur exprimait son enthousiasme devant l'énormité de la surenchère.

Emily, elle, n'avait qu'une envie : hurler.

Non ! Son ex-mari ne pouvait pas lui faire un coup pareil, c'était impensable ! Lucas n'avait pas pu faire cette offre extravagante pour décrocher un rendez-vous avec elle !

En acceptant de figurer parmi les lots proposés lors de la vente aux enchères au profit du service de traumatologie cérébrale du Manhattan Memorial Children's Hospital, elle n'avait pas songé un instant devoir établir une clause stipulant que, si son ex-mari participait aux enchères et en sortait vainqueur, le rendez-vous qu'elle offrait serait nul et non avenu. En fait, lorsqu'elle avait accepté de faire partie des célibataires qui jouaient le jeu, rien ne laissait prévoir que Lucas viendrait à cette soirée, et encore moins qu'il proposerait une somme astronomique pour pouvoir dîner en tête à tête avec elle.

Elle avait cru que ce serait Richard, son ami attitré, qui paierait pour remporter ce rendez-vous avec elle. Sa crainte avait été qu'il soit le seul enchérisseur.

Si seulement ç'avait été le cas !

Oh ! Pourquoi avait-elle laissé Meghan la convaincre de participer à cette vente ?

Faire la potiche sur scène pendant que des hommes se disputent la faveur d'un dîner avec elle, ce n'était vraiment pas de son goût. Mais c'était au profit d'une cause à laquelle elle croyait. Elle n'avait pas eu le cœur de refuser. Cependant, si elle avait su que Lucas Cain viendrait et qu'il ferait grimper les enchères, jamais elle n'aurait accepté.

Si seulement elle pouvait surenchérir elle-même ! Mais, dans un cas pareil, ce n'était pas envisageable.

Les joues brûlantes, les poings serrés, elle arbora un sourire crispé, s'efforçant de dissimuler sa détresse, comme si l'homme qui lui avait brisé le cœur ne venait pas de proposer une fortune pour dîner en sa compagnie.

A l'époque où cela ne lui aurait rien coûté excepté un peu de son temps, il ne dînait pas avec elle. Alors, pourquoi voulait-il le faire maintenant, après toutes ces années ? Et pourquoi avait-il pris ce poste au Children's Hospital ? Manhattan était assez vaste pour que leurs chemins ne se croisent jamais, ou très rarement. Ils étaient séparés depuis cinq ans. Même si parfois elle entendait parler de lui ou voyait une photo de lui dans les messages qu'échangeaient leurs amis communs, elle ne l'avait plus rencontré physiquement depuis que leur divorce avait été prononcé.

Jusqu'au mois dernier. Maintenant, elle voyait le Dr Cain chaque jour au travail.

Le commissaire-priseur incitait le public à surenchérir. Elle regarda Richard, le suppliant en silence de faire une nouvelle offre.

Il n'était pas aussi riche que Lucas, mais il avait les moyens de pousser l'enchère plus loin. Pourquoi n'intervenait-il pas, afin que Lucas comprenne qu'ils étaient amants ? Il gagnait bien sa vie, il pouvait surenchérir. En sa qualité de boy-friend, il *devait* le faire !

L'une des bénévoles s'approcha de Richard, l'encourageant à relancer l'enchère. Mais celui-ci haussa les épaules et dit quelque chose dont Emily ne saisit que quelques bribes : « pour rire » et « bonne cause ».

— Personne d'autre, les amis ? insista le commissaire-priseur. Allons, regardez-la ! Imaginez-vous sortir en ville un soir avec cette magnifique jeune femme à votre bras.

Les joues en feu, les lèvres figées dans un sourire mécanique, elle pria pour devenir invisible.

Comme si un inconnu allait sacrifier une fortune pour dépasser l'énorme somme annoncée par Lucas, alors que son propre amant ne faisait même pas cet effort !

— Une fois, avertit le commissaire-priseur. Deux fois…

Tout cela était affreusement humiliant. Elle avait si chaud qu'elle aurait pu s'embraser spontanément. Ce qui aurait eu pour avantage de lui éviter d'avoir à dîner avec Lucas.

— Adjugé au chanceux gentleman détenant le n° 146, annonça le commissaire-priseur.

Génial. Son ex venait de remporter l'enchère. Elle allait devoir passer toute une soirée avec lui.

Souriante, mais à l'agonie intérieurement, elle traversa la scène pour rejoindre les autres jeunes femmes et laisser place à la candidate suivante.

Dans quelques minutes, elle devrait se faire photographier avec son ex-mari, se tenir à son côté, sourire à l'objectif… Non ! C'était catégoriquement non ! Elle ne dînerait pas avec son ex-mari. L'idée seule la rendait malade. N'avait-il pas provoqué assez de dégâts dans sa vie autrefois ? Elle accepterait de se laisser photographier, mais elle ferait un don aux organisateurs du gala de bienfaisance pour annuler le dîner. Lucas s'était montré si généreux qu'elle devrait écorner sérieusement ses économies pour offrir une somme équivalente, mais elle était prête à payer très cher pour échapper à ce tête-à-tête avec lui. Et puis, l'argent serait versé au profit d'une belle cause.

Oh ! Mais comment osait-il lui faire un coup pareil ? Pourquoi ?

Dans la luxueuse salle de réception se pressaient des centaines d'invités, mais le seul qu'elle voyait, c'était cet homme impeccablement sanglé dans son smoking, et qui arborait un sourire nonchalant, comme s'il était fier de son acte odieux. Lucas Cain était encore plus séduisant qu'à l'époque où ils étaient mariés. Il était si beau qu'elle aurait voulu hurler son indignation devant une telle injustice : leur divorce n'avait laissé chez lui aucune trace. Alors qu'il l'avait détruite. Que tout son monde s'était écroulé.

Elle avait survécu et s'en était finalement sortie, enrichie par la leçon tirée de ce mariage calamiteux. Mais pourquoi attirait-il de nouveau l'attention sur eux en offrant cette somme exorbitante ? Pourquoi, alors qu'elle avait réussi à se reconstruire, venait-il perturber un équilibre si chèrement acquis ?

Elle menait une vie agréable au Children's Hospital où elle travaillait comme infirmière. Elle sortait avec Richard Givens, un pharmacien qui travaillait près de l'hôpital et qui était tout le contraire de Lucas.

Jetant un regard dans sa direction, elle le vit en train de rire avec l'une des personnes assises à leur table.

Cette insouciance l'exaspéra.

Il venait de céder à un autre homme le droit de passer une soirée avec sa petite amie à lui, et il riait ?

Il n'avait pas l'air inquiet, mais pourquoi l'aurait-il été ? Il ignorait que le Dr Cain était son ex-mari. Personne n'était au courant au Children's Hospital. Voulant effacer ses mauvais souvenirs, elle avait repris son nom de jeune fille et n'avait jamais plus évoqué Lucas. Jusqu'à trois semaines auparavant, le jour où celui-ci avait pris ses nouvelles fonctions de directeur médical du département de neurologie pédiatrique. Le département dans lequel *elle* travaillait et se plaisait !

Peut-être pourrait-elle demander un transfert ? La perspective de ne plus voir Lucas valait sans doute la peine d'abandonner un poste auquel elle tenait…

Elle sentit la colère l'envahir.

Mais comment osait-il s'installer là où elle travaillait, l'amenant à envisager un transfert alors qu'elle avait déjà dû renoncer à un job pour le fuir ? Elle avait quitté l'hôpital où il achevait des recherches en neurochirurgie financées par une bourse d'études.

Elle aurait dû réfléchir avant d'épouser ce type. Ses parents et amis l'avaient mise en garde, comme ceux de Lucas. Elle était trop jeune, et lui n'était pas prêt à se stabiliser. Ils étaient trop différents l'un de l'autre. Elle était une fille de Brooklyn de la classe moyenne, lui était né avec une cuiller en argent dans la bouche et n'avait jamais eu à s'inquiéter de rien. Mais elle s'était montrée imprudente. Très amoureuse, elle avait cru avoir trouvé, le grand amour.

A vingt et un an, elle venait juste d'obtenir son diplôme d'infirmière et travaillait à l'hôpital depuis quelques semaines lorsqu'elle avait eu le souffle coupé en croisant le plus bel homme qu'elle ait jamais rencontré. Elle avait été séduite par le sourire de Lucas, ses yeux malicieux, sa vivacité d'esprit. Ils étaient devenus très vite amants, s'étaient mariés, puis s'étaient installés dans le petit appartement qu'il occupait près de l'hôpital, car elle avait refusé d'emménager dans la luxueuse résidence de Park Avenue où vivaient les parents de Lucas : elle ne voulait pas commencer sa vie de couple en cohabitant avec des beaux-parents qu'elle n'avait rencontrés que deux ou trois fois. Elle avait envie d'apporter la preuve à tous ceux qui désapprouvaient ce mariage qu'ils s'étaient trompés, car elle comptait bien passer les prochaines cinquante années avec Lucas Cain.

C'était elle qui s'était trompée. Lucas s'était lassé très vite, malgré tous les efforts qu'elle avait faits pour arranger les choses. Elle avait accepté qu'il ne lui accorde pas toute son attention. Après tout, il devait terminer sa spécialisation. Mais elle s'était attendue à ce qu'il lui consacre de temps en temps quelques heures, elle qui l'aimait tellement. A la fin, elle le voyait à peine, au point qu'elle s'était demandé s'il avait remarqué qu'elle avait quitté l'appartement comme il l'en avait priée. Mais il avait dû s'en apercevoir, car il avait aussitôt entamé la procédure de divorce, invoquant l'incompatibilité d'humeur et l'abandon du domicile conjugal.

Qui avait abandonné qui ? Alors qu'elle lui avait donné son cœur et avait fait tout son possible pour que leur mariage réussisse, il s'était débarrassé d'elle sans le moindre scrupule !

Elle avait sombré dans une profonde dépression. Cet échec l'avait détruite, et elle avait mis beaucoup de temps à se reconstruire. Maintenant qu'elle avait retrouvé un semblant de vie normale et repris goût aux choses, voilà qu'il refaisait surface ! Etait-il revenu pour l'anéantir de nouveau ?

Elle ne le laisserait pas faire. Il ne lui volerait pas sa tranquillité d'esprit.

Sauf que, depuis qu'elle avait découvert qui était le nouveau directeur médical du département, elle avait bcl et bien perdu sa tranquillité d'esprit…

Mais elle sortirait victorieuse de cette bataille ! Elle ne laisserait pas Lucas Cain avoir prise sur elle. Cette époque était finie. Elle avait décidé de l'éviter au maximum et de n'avoir de contact avec lui qu'en cas d'absolue nécessité et dans le cadre professionnel.

Mais Lucas avait apparemment d'autres idées en tête. Comme de s'offrir un rendez-vous avec elle en proposant une somme si énorme que Richard ne puisse pas surenchérir.

Alors que la vente aux enchères touchait à sa fin, elle jeta un regard noir à son ex-mari, s'étonnant s'il soit possible de haïr autant quelqu'un qu'on a passionnément aimé.

Elle connaissait ses défauts. Elle savait que sous cette apparence séduisante battait le cœur d'un homme incapable d'aimer quelqu'un, incapable d'être là quand sa femme avait eu besoin de lui. Un homme qui n'avait pas été là lors de la pire nuit qu'elle ait eu à subir.

Lucas avait-il passé la soirée à travailler à l'hôpital, ou bien était-il chez ses parents, ou encore occupé à faire la fête avec ses copains tandis que son monde à elle était en train de s'écrouler ? Toujours est-il qu'il n'avait pas été auprès d'elle, ce jour-là, dans la salle des urgences.

— Quelle chance tu as ! murmura Meghan, sa meilleure amie. Je n'arrive pas à croire que le Dr Cain ait payé pour avoir ce rendez-vous avec toi. Et à quel prix ! Tu dois dégager des phéromones puissantes, car j'ai cru un instant que Richard et lui allaient en venir aux mains.

Emily esquissa une moue dubitative.

Lucas ne s'était jamais battu de toute sa vie, ni pour elle ni pour quoi que ce soit. Il obtenait toujours tout ce qu'il voulait. Elle était probablement le seul point noir de son parcours sans faute. Quant à Richard, il n'était pas du genre à chercher la bagarre. Elle n'était pas étonnée de l'avoir vu s'effacer devant Lucas lors de la mise aux enchères. Elle avait été déçue, mais pas vraiment surprise. Il avait dû trouver stupide de payer très cher pour obtenir quelque chose dont il profitait gratuitement plusieurs fois par semaine.

Elle se serait réjouie de le voir voler à son secours pour la délivrer des griffes de Lucas Cain et remettre celui-ci à sa place, tel un preux chevalier revêtu de sa brillante armure sauvant une damoiselle en détresse. Mais, pour être juste, il fallait reconnaître que Lucas avait fait monter l'enchère de façon extravagante, et Richard était loin de posséder la même fortune, bien qu'il soit à l'aise financièrement. S'il gagnait bien sa vie, c'était parce qu'il travaillait très dur. Elle considérait que Richard et elle appartenaient au même monde. Ils étaient tous deux des gens ordinaires menant une vie ordinaire. Et ça lui plaisait.

— Je te le laisse volontiers, répondit-elle à mi-voix à son amie, infirmière dans le service de neurologie pédiatrique.

Meghan lui lança un regard incrédule tandis qu'elles quittaient la scène pour laisser la place aux jeunes femmes qui allaient être l'objet de nouvelles enchères.

— Tu es aveugle ? C'est l'homme le plus séduisant de tout Manhattan !

— Pas mon type.

— Pas ton type ? Quelle femme normalement constituée pourrait lui résister ? Il est si grand, si brun, tellement beau !

— Je préfère Richard.

Meghan n'avait jamais caché qu'elle ne comprenait pas ce qui l'attirait chez Richard.

— Richard ? Il est ennuyeux. Tu mérites tellement mieux !

Emily fronça les sourcils.

— Je ne le trouve pas du tout ennuyeux, protesta-t-elle. Il est loyal, intelligent, gentil…

Avec Lucas, elle avait connu l'excitation d'une vie trépidante. Elle n'en voulait plus. Elle était contente de rentrer chez elle le soir après le travail et de préparer un petit dîner léger pour deux. Richard et elle se racontaient leur journée, puis ils sortaient se promener ou allaient voir un spectacle. Richard était calme, prévisible, stable. Exactement ce qu'elle attendait d'un homme. Tout opposé de Lucas.

— Tu ne peux pas prétendre mettre Richard Givens dans la même catégorie que Lucas Cain, quand même ?

— Tu as raison. Richard lui est bien supérieur.

Meghan la regarda bizarrement.

— Est-ce que tu aurais bu ?

Emily éclata de rire.

— Sous prétexte que je trouve l'homme avec qui je sors plus attirant qu'un médecin qui vient d'arriver à l'hôpital, tu penses que je suis ivre ? Richard est mon petit ami. Pourquoi le trouverais-je moins attirant que le Dr Cain ?

— Vous le pensez vraiment ? dit une voix masculine dans son dos.

Elle n'eut aucun mal à reconnaître cette voix. Aussitôt, elle se retrouva sur le qui-vive, les jambes flageolantes, les mains tremblantes, le cœur battant.

Elle ne voulait pas regarder cet homme ni lui adresser la parole, mais elle se retourna pour faire face.

Vu de près, il était encore plus beau. Pourquoi le temps semblait-il ne laisser aucune trace sur ce visage ?

Il lui avait dit de partir. Il avait demandé le divorce. C'était un sale type, froid, sans cœur, qui ne représentait plus rien pour elle.

Pourtant, elle ne pouvait empêcher ses mains de trembler, et son estomac menaçait de rejeter les amuse-gueule qu'elle avait grignotés un peu plus tôt.

— Je pense quoi ?

— Vous pensez vraiment que l'homme qui a été mon rival lors de la vente aux enchères est plus attirant que moi ?

Ses yeux bleus pétillaient toujours de la même malice arrogante.

Il savait qu'il était beau comme un dieu et que les femmes succombaient dès qu'il leur accordait un sourire. Il ne comprenait pas qu'elle puisse trouver un autre homme plus séduisant que lui. Quel pauvre type !

— Oui, docteur Cain. Cela fait presque dix mois que je sors avec lui.

— Dix mois ? Certains mariages ne durent pas aussi longtemps.

Elle enfonça les ongles dans ses paumes et le traita mentalement de tous les noms.

— Vous avez raison, rétorqua-t-elle. Trop de gens se retrouvent mariés à quelqu'un qu'ils n'auraient pas dû épouser : soit ils étaient trop jeunes pour comprendre ce qu'ils faisaient, soit l'un des deux n'était pas prêt à s'engager. Mais ensuite, on fait un choix plus judicieux.

Lucas cilla légèrement et perdit de son arrogance.

Visiblement, elle avait gagné le round. Tant mieux. Il avait besoin qu'on lui rabatte le caquet de temps en temps.

— Vous avez sans doute raison…

Il se tourna vers Meghan et lui adressa un sourire charmeur destiné à la faire tomber en pâmoison.

— Bonsoir, je suis le Dr Lucas Cain. Je travaille au Children's Hospital.

Son amie sembla avoir du mal à trouver ses mots.

Il avait toujours fait cet effet aux femmes. Même à elle, pensa Emily. Mais cela appartenait au passé. A présent, elle était vaccinée contre le sex-appeal de Lucas… Enfin, presque. Elle n'était pas de bois. Mais elle avait des arguments pour garder la tête froide.

— Moi aussi, bégaya Meghan. Je veux dire, je travaille au Children's Hospital, moi aussi.

Lucas lui décocha le plus irrésistible de ses sourires.

— Dans le service de neurologie, avec Emily ?

Meghan hocha la tête.

— Je me suis occupée de certains de vos… Vos patients, dit-elle, toujours bégayante et balbutiante.

— Ah, voilà pourquoi votre visage ne m'est pas inconnu !

Emily était convaincue qu'il savait fort bien qui était Meghan. Il savait déjà tout d'elle, sans aucun doute.

— J'imagine que vous avez entendu ce que j'étais en train de dire sur vous, minauda Meghan en battant des cils.

Voilà que sa meilleure amie flirtait avec son ex ! Meghan ignorait ce dernier détail, mais tout de même, quelle ironie !

Emily ne pouvait qu'excuser son amie. Comment celle-ci aurait-elle trouvé la force de résister ? D'autant plus qu'ellc ignorait que cet homme avait un cœur de pierre. Mais la situation lui devenait insupportable. Elle eut soudain envie de quitter l'hôtel et de sauter dans un taxi.

— Si vous voulez bien m'excuser, je dois me rendre au vestiaire des dames.

A cet instant, le photographe apparut.

— Bonsoir ! lança-t-il en s'approchant. J'aimerais vous prendre en photo pour notre site Internet.

Les dents serrées, Emily se rapprocha de Lucas.

— Ayez l'air heureuse, conseilla le photographe. Vous venez de rapporter à cette œuvre de bienfaisance bien plus d'argent que toutes les autres jeunes femmes.

Elle se concentra sur l'aide dont bénéficieraient les familles des petits patients grâce à la générosité de Lucas.

Curieusement, Lucas lui-même marqua une certaine hésitation avant de lui passer un bras autour de la taille.

S'efforçant d'ignorer ce contact, Emily s'obligea à sourire.

— Merci, dit le photographe après les avoir mitraillés.

L'homme qui avait surenchéri pour obtenir un rendez-vous avec Meghan l'avait rejointe. Il se tourna vers le couple.

— A votre tour.

Meghan se blottit contre son compagnon et prit la pose.

Comme plus personne ne lui prêtait attention, Emily foudroya Lucas du regard.

— Félicitations, dit-elle, la gorge nouée. Tu es vraiment de la trempe des vainqueurs ! Mais ne crois pas que tu arriveras à tes fins, cette fois-ci !

Et elle lui tourna le dos pour rejoindre sa table.

2.

Lucas regarda Emily s'éloigner dans la salle de réception, ses courbes ravissantes mises en valeur par une robe vert émeraude qui la moulait étroitement.

Les choses ne s'étaient pas passées comme il l'avait espéré pour leur première rencontre en dehors du cadre de l'hôpital. Le regard qu'elle lui avait lancé disait clairement qu'elle aurait aimé le frapper. Voire pire.

Mais à quoi s'était-il attendu ? Il devrait remercier sa bonne étoile qu'elle ne lui ait pas fait une scène en public.

— Je crois que vous êtes partis tous les deux du mauvais pied, intervint Meghan en le rejoignant à la fin de sa séance photo. Je ne comprends pas, ajouta-t-elle en fronçant les sourcils. Emily s'entend bien avec tout le monde. C'est la personne la plus douce et la plus gentille que je connaisse.

Ils n'étaient pas partis du mauvais pied, mais ça s'était mal terminé.

Il ferma les yeux et huma les délicats effluves du parfum qui flottaient encore dans l'air.

Emily avait toujours eu cette senteur vanillée. Chaque fois qu'il captait une odeur proche de la vanille, il était assailli de souvenirs. Ces derniers temps, presque tout lui rappelait leur idylle. Depuis le jour où on lui avait proposé de travailler au Children's Hospital, il n'avait cessé de songer au passé. Sans doute parce qu'il avait compris que, s'il acceptait ce poste, il devrait faire face à son plus grand regret.

Diriger un département de neurologie pédiatrique, superviser les recherches sur les traumatismes crâniens, jouer un rôle actif dans les prises de décision concernant le fonctionnement du service — tout cela, le Children's Hospital le lui offrait, et plus encore. Ce poste était exactement ce dont il avait toujours rêvé. Pourtant, il avait hésité à accepter. A cause de la femme qui venait de le quitter, tout comme elle l'avait fait cinq ans auparavant.

Certes, il avait bien mérité qu'elle le laisse tomber. Mais il n'avait jamais envisagé qu'elle partirait, même si la situation devenait impossible.

En quoi il avait eu tort.

Emily avait eu raison de le quitter. Elle avait été malheureuse avec lui, elle pleurait sans cesse. Il avait cru qu'elle était tombée dans la dépression. Lorsqu'il lui avait suggéré de voir un médecin, elle avait fondu en larmes. C'était cette nuit-là qu'elle avait fait ses valises.

Le départ de sa femme l'avait beaucoup affecté, mais il avait surmonté cette épreuve et fini par s'organiser une vie qui lui plaisait. Cependant, revoir Emily dans les couloirs de l'hôpital n'avait pas été chose facile. Cela s'était même avéré plus dur qu'il l'avait imaginé. L'accueil glacial qu'elle lui réservait chaque fois qu'il se rendait dans le service de neurologie pédiatrique lui était très pénible.

Bien sûr, il ne s'était pas attendu à la voir exploser de joie en découvrant qu'il avait intégré l'hôpital où elle travaillait, mais il était un bon neurochirurgien en pédiatrie, et il était maintenant le directeur médical du service. Ce qu'il y avait eu entre eux appartenait au passé. Depuis, beaucoup d'eau avait coulé sous les ponts, et tous deux avaient avancé dans la vie. Il était heureux, elle aussi. Il n'y avait donc aucune raison pour qu'ils éprouvent de la gêne lorsqu'ils se trouvaient en présence l'un de l'autre.

C'était ce qui l'avait poussé à renchérir pour ce dîner en tête à tête avec elle…

Enfin, c'était la raison principale. Mais, à mesure que les enchères avaient grossi, il s'était senti de plus en plus agacé par l'attitude de l'homme avec qui elle était venue. L'homme qu'elle avait dit lui préférer. L'homme qui n'avait pas cru bon de surenchérir pour la garder pour lui.

Emily était trop bien pour un type pareil.

Sans doute pouvait-on dire aussi qu'elle avait été trop bien pour lui. C'était probablement vrai.

D'ailleurs, cet homme devait la rendre heureuse, puisqu'elle avait pris sa défense devant son amie. Lui-même, Lucas, n'avait pas su lui donner le bonheur auquel elle avait droit.

Malgré tout, la réticence de ce Richard à faire grimper l'enchère posait problème. Il avait vu dans le regard d'Emily, exposée sur la scène, un sentiment d'insécurité qui avait réveillé chez lui l'envie de la protéger. Au point de proposer une somme considérable afin de montrer à ce type qu'une soirée avec cette femme méritait d'être payée très cher.

Il se rappela l'époque où ils dormaient ensemble, leurs corps si bien emboîtés que leurs souffles se mélangeaient.

Aujourd'hui, il n'avait même plus le droit de lui caresser la joue…

Il avala sa salive.

D'où lui venait une telle pensée ? Il n'avait pas fait monter les enchères pour avoir un rendez-vous sentimental avec Emily. Il voulait seulement tenter de rendre l'atmosphère entre eux plus légère.

Peut-être était-il venu au Children's Hospital pour réparer le passé et arranger les choses avec Emily, afin qu'ils deviennent des amis, ou du moins des collègues capables de bien s'entendre au travail.

Lorsque Emily rejoignit Richard à leur table, celui-ci l'accueillit avec un air revêche.

— Qui était cet homme ? lança-t-il.

Elle aurait dû s'attendre à cette question, mais cela la prit au dépourvu. Elle avait couru vers Richard pour échapper à Lucas, et non pour parler de lui.

Cachant son malaise, elle se pencha et posa un baiser sur la joue de son amant.

— Personne, mon chéri.

Elle ne mentait pas. Lucas Cain n'était personne. Personne d'important. Plus maintenant. Plus jamais.

— Tu l'intéresses, insista Richard, l'air mécontent.

Rien d'étonnant à cela. Lucas venait de lui souffler la vedette en suscitant la curiosité de leurs collègues.

— Comme il est nouveau à l'hôpital, il cherche peut-être à attirer l'attention sur lui, dit-elle en s'asseyant.

Richard ne parut pas convaincu, mais plutôt ennuyé.

— En offrant cette somme énorme pour toi ? Pourquoi ferait-il cela ?

Lucas avait fait grimper l'enchère beaucoup trop haut. Mais Richard avait-il vraiment besoin d'insinuer qu'un rendez-vous avec elle ne valait pas la peine de dépenser autant d'argent ?

— C'est au bénéfice d'une œuvre de bienfaisance, souligna-t-elle, irritée par son manque de tact. Tu l'as dit toi-même.

Richard prit un air pincé.

— J'ai vu qu'il te parlait, il y a quelques instants. Devrais-je m'en inquiéter ?

— Non, dit-elle en riant. Je n'aime pas du tout ce genre de type ! Mais chaque candidate a été photographiée avec l'homme qui avait remporté l'enchère. Que voulais-tu que je fasse ? Que je refuse ?

En réalité, elle aurait bien aimé pouvoir le faire.

Richard plissa les yeux derrière ses lunettes cerclées de métal.

— Tu as pu voir en si peu de temps quel genre de type c'est ?

— Je l'avais déjà rencontré…

Ce qu'on appelle un euphémisme.

— Le Dr Cain est neurochirurgien en pédiatrie dans le département pour lequel je travaille. En fait, c'est le nouveau directeur du département. Il est arrivé il y a un mois.

Trente-deux jours exactement.

Elle jeta nerveusement un coup d'œil vers l'endroit où Lucas était en train de parler avec Meghan.

Tous deux regardaient de son côté. En voyant qu'elle les observait, Lucas leva son verre pour la saluer.

Quel pauvre type !

Elle leva les yeux au ciel, déplaça sa chaise afin de lui tourner le dos et saisit la main de Richard.

Elle ne voulait plus le voir. Elle avait juste envie d'oublier qu'il était là, dans cette salle.

Ce qui s'avéra impossible, même après que Richard eut cessé de lui parler de Lucas : il avait fini par se détendre et l'avait invitée à danser un slow avec lui, quand une voix tonitruante se fit entendre au micro.

— Chers amis, le temps est venu pour nos célibataires de danser avec les heureux gagnants des enchères.

Des applaudissements retentirent dans la salle, mais elle n'y prit pas part. Elle s'accrocha à Richard.

— Savais-tu qu'il te faudrait faire cela ? demanda-t-il.

Il avait l'air exaspéré, comme si c'était elle qui s'était débrouillée pour organiser cette danse.

— Non. Peut-être qu'il ne viendra pas par ici.

Mais elle n'eut pas cette chance. On aurait dit que Lucas avait pour mission dans la vie de l'énerver le plus possible.

— Salut, Emily. Je viens réclamer ma danse. Si votre ami est d'accord, ajouta-t-il en se tournant vers Richard.

Elle eut un mouvement de recul.

Elle ne voulait pas danser avec lui. Ni contrarier davantage Richard. Mais c'était lui qui avait laissé Lucas remporter l'enchère. N'aurait-il pas pu s'arranger pour lui éviter de passer une soirée avec un autre que lui ? Il est vrai que Lucas aurait certainement continué d'annoncer des sommes de plus en plus élevées. L'argent ne signifiait rien pour lui, sauf à l'époque de leur mariage, où il avait été forcé de vivre selon leurs modestes moyens, bien différents du standing qu'il avait connu chez ses parents.

Peut-être était-elle trop sévère avec Richard. La présence de Lucas la rendait nerveuse, et plus critique qu'elle n'aurait dû. Elle aimait Richard. Il était calme, apaisant. Il ne faisait pas de vagues, ne l'amenait jamais à se poser de questions. Enfin, habituellement. Pourquoi laissait-elle Lucas venir troubler cette vie agréable qui la satisfaisait ? Pourquoi la forçait-il à s'interroger sur un homme qu'elle aimait sincèrement et avec qui elle n'avait pas eu de conflit jusqu'à présent ?

Cette dispute avec Richard n'était pas sa faute à lui, mais celle de Lucas. Elle devait s'en souvenir.

Elle croisa le regard de son cavalier.

Dis-lui que non, le supplia-t-elle en silence. Dis-lui de déguerpir. Dis-lui que je t'appartiens. Que tu refuses de me partager. Que je suis l'amour de ta vie et que tu ne laisseras jamais un autre homme me serrer dans ses bras !

Mais Richard ne dit rien de tout cela. Il poussa seulement un soupir d'exaspération et fit un pas en arrière, comme s'il la servait pratiquement sur un plateau à Lucas Cain.

— Vas-y. Toutes les autres le font, ajouta-t-il comme pour se justifier.

Elle n'était pas du genre à apprécier les psychodrames, mais il aurait pu au moins lancer une forme d'avertissement, du style « Bas les pattes, elle est à moi » !

— Il est vraiment de la trempe des vainqueurs, ton ami, ironisa Lucas tandis qu'ils se dirigeaient vers la piste de danse. Je comprends pourquoi tu le trouves si attirant.

— Tais-toi, ordonna-t-elle en lui passant les bras autour du cou.

Instantanément, la proximité de son corps, son odeur, la virilité qui se dégageait de lui, les souvenirs qui resurgissaient avec violence lui firent presque oublier sa décision d'éviter tout scandale, et elle faillit quitter purement et simplement la salle de bal.

Le toucher était une torture. Comme de brûler vive. Comme d'avoir le cœur serré dans un étau jusqu'à en extirper la dernière goutte de sang. Mais elle ne pourrait pas continuer à le fuir indéfiniment. Il valait mieux qu'elle sache ce qu'il attendait d'elle pour qu'il la laisse tranquille ensuite. Car elle était certaine qu'il attendait quelque chose d'elle.

Autrefois, c'était elle qu'il voulait. Mais ça n'avait pas duré longtemps. Un feu de paille qui s'était éteint aussi rapidement qu'il avait commencé. De quoi rêvait-il aujourd'hui ? De quelque chose qu'il désirait ardemment, au point de venir l'importuner après toutes ces années ? Avait-elle emporté par mégarde cinq ans auparavant une de ses chemises préférées, ou autre chose qu'il avait brusquement décidé de récupérer ?

Malheureusement, les quelques vêtements de Lucas mélangés aux siens qu'elle avait pris sans le faire exprès avaient été donnés à un foyer accueillant des sans-abri. Sauf un.

Les souvenirs l'assaillirent.

Un jour, en fouillant dans un sac de marin qu'elle n'utilisait plus depuis des années, elle avait trouvé un T-shirt qu'il avait porté un soir où ils avaient assisté à un concert à Madison Square Garden. A l'époque, ils étaient heureux, amoureux, fous l'un de l'autre. Ils riaient continuellement, croyaient que rien ne pourrait jamais les séparer.

Comme ils se trompaient !

Elle avait déchiré le T-shirt, espérant que cela lui ferait du bien, mais elle s'était retrouvée aussi détruite que le vêtement mis en lambeaux.

— Lorsque nous étions ensemble, jamais je n'aurais laissé un autre homme te gagner aux enchères, observa Lucas.

— Non, probablement pas. Mais à la fin, tu m'aurais enveloppée dans du papier cadeau et livrée toi-même.

— Ce n'est pas vrai !

Il se raidit, cessa de danser, puis poussa un soupir.

— Ne parlons plus du passé, Emily. Pas maintenant. Ecoutons juste la chanson.

Cette capitulation la surprit. Auparavant, jamais Lucas n'aurait renoncé à discuter uniquement pour avoir la paix. Ça, c'était son rôle à elle…

Mais il avait raison, il ne fallait pas reparler du passé. Le passé était le passé. Disparu à jamais. Le mieux était de l'oublier. Ce qu'elle avait essayé de faire durant ces cinq années.

Elle n'aurait pu dire quelle était la chanson jouée par l'orchestre avant que Lucas n'attire son attention sur elle.

Cela parlait de seconde chance et de nouvel amour.

Elle ne pensait pas retomber amoureuse. Bien sûr, elle avait envie d'avoir quelqu'un à aimer et qui l'aimerait, mais elle ne voulait pas revivre d'amour fou comme avec Lucas. Ce genre d'amour violent, intense, beaucoup trop fort pour qu'un cœur puisse survivre à sa disparition une fois qu'il s'est effondré.

Elle n'était plus assez naïve pour croire qu'une relation pouvait durer éternellement. Elle n'y croyait plus. Il suffisait de regarder autour d'elle tous ces gens séparés, divorcés, terriblement seuls.

Elle, elle avait ce bon vieux Richard, si fiable. Oh ! bien sûr, il ne faisait pas d'étincelles et ne sentait pas aussi bon que Lucas ! Mais ce n'était pas non plus un bâton de dynamite brûlant par les deux bouts.

— Tu sens bon, Emily.

Elle ne s'attendait pas à ce que Lucas lui dise une chose pareille. Pourquoi la serrait-il si fort dans ses bras ? Et pourquoi le laissait-elle faire ?

Elle fit un faux pas, écrasant les élégantes chaussures italiennes qu'il portait.

Tant mieux. Bien fait pour lui.

— Que veux-tu que je réponde à cela ? dit-elle sans lever les yeux.

A cet instant, elle croisa le regard de Richard.

Il avait l'air malheureux.

Génial ! Des problèmes surgissaient dans son paradis...

Bon, ce n'était peut-être pas un paradis mais simplement un îlot de tranquillité...

Elle respira à fond et mesura combien elle était sensible à la présence de Lucas.

Comment avait-elle pu oublier à quel point elle aimait son odeur ? Il ne se mettait pourtant pas de parfum. Du moins, il ne le faisait pas autrefois. Avait-il changé ? Peut-être cette légère senteur épicée était-elle celle d'un after-shave ? Ou peut-être d'un gel douche ? Ou bien encore était-ce son odeur naturelle pleine de phéromones qui faisait tourner la tête des femmes ?

Mais Lucas Cain ne lui faisait pas tourner la tête. Il la rendait folle, ce qui n'était pas tout à fait la même chose. Il semblait si fort, si solide, tandis qu'ils dansaient ensemble. Pourquoi, oh, pourquoi son cœur battait à tout rompre ? C'était n'importe quoi. Elle s'en voulait de réagir ainsi. Si seulement elle pouvait devenir insensible à sa présence !

— A vrai dire, répliqua-t-il, je n'attendais aucune réponse de ta part. Et je ne sais pas pourquoi je t'ai dit cela. C'est sorti tout seul, mais c'était sincère. Tu sens vraiment bon. Ça a toujours été le cas.

Elle sentit son souffle sur sa tempe, ce qui lui donna la chair de poule.

Elle s'écarta légèrement.

— Je ne t'ai pas demandé d'évoquer le passé, dit-elle. Tout ça, c'est arrivé par ta faute. Tu ne peux t'en prendre qu'à toi-même.

— Tu as raison. C'est moi qui ai réclamé cette danse.

Elle n'en revenait pas. Il avait donc soudoyé l'animateur de la soirée pour qu'il annonce cette danse entre les célibataires de la vente aux enchères et les heureux gagnants !

— Pourquoi ?

Avait-elle réellement envie de le savoir ? Pas vraiment, mais si elle savait ce qu'il avait en tête, elle pourrait préparer sa défense. Elle en avait besoin.

— Je pourrais tourner autour du pot, mais ça n'a jamais été mon style. Ce poste au Children's Hospital est important pour moi.

Ah ! Il s'agissait de son travail. Cela n'avait rien de surprenant. Il s'était toujours montré d'une franchise brutale. Comme lorsqu'il lui avait dit de quitter leur appartement.

— Je veux que les choses se passent le mieux possible entre nous, dans l'intérêt même de nos patients.

Elle cessa de danser. Ses pieds étaient devenus aussi lourds que des blocs de béton. Elle regarda fixement Lucas, avec l'envie folle d'effacer le mois qui venait de s'écouler, d'effacer la réapparition de cet homme dans sa vie.

Elle s'était sentie si bien, sans lui ! Heureuse et satisfaite de sa relation avec Richard, dans son îlot de tranquillité.

— Tu me crois donc capable d'empêcher que nos patients bénéficient des meilleurs soins sous prétexte que tu travailles dans ce département ? Comment oses-tu insinuer que leur bien-être compte moins à mes yeux que notre passé minable ?

Lucas ne la quittait pas du regard.

— Je ne crois pas un instant que tu pourrais intentionnellement faire quoi que ce soit qui mettrait nos patients en danger.

— Tu penses que je pourrais le faire involontairement ?

— Non ! Ce que je pense, c'est que ce que tu ressens à mon égard risque d'influencer ta façon de te comporter. Cela pourrait devenir problématique. C'est pourquoi j'ai monté l'enchère, afin d'obtenir ce rendez-vous avec toi. Nous pourrons discuter et nouer une forme d'amitié.

Il était fou ! Fou de travailler au Children's Hospital. Fou d'assister à ce gala de bienfaisance. Fou d'avoir fait monter l'enchère. Fou de danser avec elle. Les couples divorcés ne se conduisaient pas ainsi. Elle en était sûre.

— Tu es fou. Toi et moi, nous ne serons jamais amis.

— Nous devons au moins établir une certaine forme de coexistence. Il y a trop de tension entre nous, tu t'enfuis chaque fois que je m'approche.

— Bien sûr que je m'en vais lorsque tu es dans les parages ! Je ne t'aime pas.

— Tu t'imagines que les autres ne le remarquent pas ?

Elle haussa les épaules.

Pourquoi quelqu'un aurait-il prêté attention à l'attitude qu'elle avait face au nouveau médecin, du moins jusqu'à ce soir ? Mais maintenant qu'il avait stupidement claqué une somme faramineuse pour obtenir une soirée avec elle, beaucoup de gens devaient les observer pour voir s'il se passait quelque chose entre elle et le Dr Cain.

— Je ne veux pas de toi ici, lança-t-elle sèchement.

Elle avait une envie folle de lui planter un de ses hauts talons dans les orteils. Il était si stupide qu'il le méritait.

— Je comprends, dit-il. Le fait de savoir que tu travaillais au Children's Hospital m'a fait hésiter. Mais une erreur commise il y a cinq ans ne pouvait pas m'empêcher d'accepter le poste dont je rêvais. Je veux faire la paix avec toi.

Elle se mit à rire. Un peu trop fort. Cela frisait presque l'hystérie.

— Si j'ai bien compris, tu as acheté ce rendez-vous avec moi afin que nous fassions la paix, pour ne pas risquer de gâcher ton job de rêve ?

— Oui, c'est à peu près ça, admit Lucas d'un air crispé.

S'écartant autant qu'elle le pouvait, elle l'apostropha.

— Et si, moi, j'avais déjà *mon* job de rêve et qu'il était menacé parce que tu veux réaliser ton rêve à toi ? Pourquoi renoncerais-je à mon poste pour que tu gardes le tien ?

— Mais je ne te demande pas de renoncer à ton poste, Emily ! Ecoute-moi. Je veux que nous puissions coexister en paix, peut-être même devenir amis.

Et, l'attirant à lui, il recommença à danser.

Elle le laissa faire, car elle n'avait pas envie d'attirer l'attention sur eux. Déjà que Richard ne les quittait pas des yeux…

De toute évidence, Lucas ne se rendait pas compte qu'il bouleversait son monde à elle. Il trouvait normal de danser un slow avec son ex-femme et de suggérer qu'ils deviennent amis. Quel culot !

Elle ferma les yeux, priant pour que tout ça ne soit qu'un mauvais rêve dont elle allait se réveiller.

— Je n'arrive pas à y croire.

— Pourquoi ne serions-nous pas amis ?

— Nous ne pourrons jamais l'être. Nous ne l'avons jamais été.

— Mais si !

Elle secoua la tête.

— Tu n'as jamais été mon ami.

— Je suis désolé de t'entendre dire ça parce que, autrefois, tu étais ma meilleure amie.

Ces mots la glacèrent jusqu'au sang. Elle se sentit soudain si lourde qu'elle ne pouvait presque plus bouger.

— Pourquoi n'es-tu pas resté là où tu étais ?

— Parce que le Children's Hospital m'offrait le poste de directeur médical du service de traumatologie du cerveau.

— J'étais là avant toi !

En prononçant cette phrase, elle se rendit compte à quel point elle semblait pleurnicharde et enfantine.

— Je regrette que ma présence au Children's Hospital soit un problème pour toi.

Lucas Cain s'était excusé deux fois en moins de deux minutes ! Etonnant.

— Je n'essaye pas de te forcer à faire quoi que ce soit, Emily. Je souhaite seulement faire la paix avec toi pour qu'il n'y ait aucune tension dans le service.

— Je suis assez professionnelle pour garder pour moi ce que je ressens.

Il soupira.

— S'il te plaît, fais-le pour moi, parce que, apparemment, moi, je n'en suis pas capable.

— Je ne te dois rien.

— Alors, fais-le pour nos patients. Je suis bon dans mon métier. Ce poste me donne l'occasion de devenir encore meilleur. Permets-le-moi.

Comme si elle pouvait l'en empêcher ! Aucun hôpital ne renoncerait à un neurochirurgien pédiatrique talentueux pour son ex-femme, si excellente infirmière soit-elle.

— Je t'en prie, insista-t-il.

Elle croisa son regard et fut surprise de voir qu'il était sincère.

Il n'avait pas besoin de son approbation. Ils le savaient tous les deux. Alors, pourquoi y tenait-il tant ? Pourquoi avait-il dit : « Je t'en prie » ? Elle ne voulait pas penser qu'il avait pu changer. Elle avait besoin de le garder dans la catégorie des « sales types ».

— Ça n'a aucune importance. Ce que je pense, ce que je veux, n'a pour toi aucune importance. Tu veux ce poste, il est déjà à toi. Le fait que j'aie été là avant, que je vive très bien sans toi et que j'adore mon job t'importe peu. Rien ne t'importe, à part arriver à obtenir ce que tu veux.

— Il ne s'agit pas seulement d'obtenir ce que je veux, mais de faire ce qu'il faut pour le bien de toutes les personnes concernées.

— Si je dois coexister avec toi, c'est donc pour le bien de toutes les personnes concernées ?

— Tu sais que c'est vrai.

Non, elle ne savait plus rien. Etre dans les bras de Lucas la rendait folle. Son odeur, le son de sa voix. Mais il s'agissait de nostalgie, n'est-ce pas ? Autrefois, elle aurait donné n'importe quoi pour le rendre heureux. Il avait été son premier amant, son mari, son fantasme. C'était la vieille alchimie qui refaisait surface. A présent, tout ce qu'elle ressentait pour cet homme, c'était du dégoût.

Menteuse.

Elle ferma les yeux, respira profondément puis fixa de nouveau le regard de Lucas, l'air décidé.

— C'est ridicule. Tu es ridicule.

— Ton cœur bat à tout rompre contre le mien, Emily.

Il avait raison. Et elle n'était pas la seule à être affectée. Le cœur de Lucas aussi battait à tout rompre.

— Le cœur peut s'emballer pour tout un tas de raisons. Dont la peur et le dégoût.

Etait-ce la peur qui accélérait le rythme cardiaque de Lucas ? Elle ne l'imaginait pas effrayé par quoi que ce soit.

— La peur ? dit-il, l'air déconcerté. Je ne t'ai jamais donné une seule raison d'avoir peur de moi. Jamais.

Il ne l'avait jamais frappée ni agressée physiquement d'aucune façon, c'est vrai. Les blessures qu'il lui avait infligées n'avaient pas laissé de traces visibles, toutes étaient à l'intérieur. Emotionnellement, il l'avait détruite. Elle devait garder cela à l'esprit. Coexister avec lui était impossible. Les conséquences en seraient trop graves.

— Aucune raison qui soit détectable à l'œil nu.

— Tu n'es pas la seule à avoir été blessée par notre séparation.

Quoi ? Il aurait souffert aussi ?

Elle avait du mal à le croire. Il avait perdu tout intérêt pour elle, pour leur couple, bien avant le soir où il lui avait dit de s'en aller. Comment aurait-il pu souffrir de la perte de quelque chose qu'il ne désirait plus ? De la perte de quelque chose dont il n'avait même pas connu l'existence parce qu'il n'avait pas voulu savoir ?

Il n'avait pas voulu, voilà tout. Il l'avait soupçonnée d'avoir une dépression alors qu'elle était en réalité…

Non. Elle ne voulait plus y songer.

Elle jeta un coup d'œil autour d'elle.

Personne ne faisait attention à eux. Personne, à part Meghan qui leva le pouce lorsqu'elle croisa son regard.

Elle tourna les yeux vers la table où Richard l'attendait.

Elle allait devoir lui donner des explications en le rejoignant.

Un violent ressentiment grandit en elle, menaçant d'exploser.

— Si tu as souffert toi aussi, alors, pourquoi es-tu en train de raviver les vieilles blessures, Lucas ? J'ai guéri, je suis heureuse, et je t'assure que je me passerais bien de cette évocation d'un temps révolu !

Elle l'entendit avaler sa salive.

— Je t'ai dit pourquoi j'étais ici.

— Toi et moi, nous ne serons *jamais* amis, Lucas ! Laisse-moi tranquille, maintenant.

Elle se dégagea de ses bras pour retourner vers Richard.

Mais en songeant à la centaine de questions que ce dernier allait certainement lui poser, elle perdit courage.

Non, elle n'avait pas envie de lui expliquer pourquoi elle était troublée d'avoir dansé avec un homme avec qui elle travaillait.

Passant devant leur table sans s'arrêter, elle se dirigea vers le vestiaire des dames.

3.

Lucas sourit à la petite fille de six ans.

— Bonjour, Cassie. Je suis le Dr Cain.

On avait diagnostiqué chez elle une tumeur cérébrale non cancéreuse qui ne cessait de grossir malgré les traitements mis en œuvre pour la réduire.

Il était surtout spécialisé dans les blessures traumatiques cérébrales, mais il s'occupait aussi des tumeurs et d'autres atteintes du cerveau. Le Dr Edwards lui avait demandé de se pencher sur son cas, et il allait l'opérer si tout se présentait bien.

La fillette le dévisagea de ses grands yeux bruns où se lisaient le doute et la méfiance.

— Bonjour, répondit-elle.

Au cours des derniers mois, elle avait dû subir tant d'examens et de traitements à répétition qu'elle avait pris l'habitude de se tenir sur ses gardes.

— Que fais-tu ? demanda-t-il en désignant le puzzle qu'elle avait devant elle.

— Ma maman dit que je dois faire des puzzles. C'est bon pour mon cerveau.

— Ta maman a bien raison. Puis-je t'aider ? ajouta-t-il en s'asseyant à côté d'elle.

— Si vous voulez, répondit-elle en haussant les épaules. Je ne suis pas sûre qu'il y a toutes les pièces. Je l'ai trouvé ici.

« Ici » désignait la salle de jeux de l'hôpital. Une vaste pièce équipée de petites tables à hauteur d'enfant, de consoles de jeux vidéo, de jouets et de jeux de toutes sortes.

Lucas fit mine de chercher où placer l'une des pièces du puzzle, mais en réalité il observait Cassie. Il étudiait ses mouvements, les expressions de son visage, la façon dont elle bougeait. Il remarqua qu'elle grimaçait lorsqu'elle essayait de se concentrer sur sa tâche. Elle louchait et tremblait légèrement.

— As-tu mal à la tête, Cassie ?

Il connaissait déjà la réponse, mais poser la question à l'enfant pouvait aider à briser la glace. Il voulait que Cassie ait confiance en lui.

— Oui, mais parfois ça ne me fait pas trop mal.

Les maux de tête avaient été le premier symptôme à alerter les parents de l'enfant. Ils n'imaginaient pas alors qu'on allait leur annoncer que leur fille avait une tumeur cérébrale grosse comme une balle de golf. Heureusement, il ne s'agissait pas d'une tumeur cancéreuse, mais étant donné sa taille et le fait qu'elle ne cessait de grossir, elle allait créer de plus en plus de problèmes. Elle affectait la vision, l'audition, le langage, la motricité. Cassie commençait à montrer des pertes d'équilibre.

Même si l'opération s'avérait délicate, il fallait enlever cette tumeur. Et c'est lui qui s'en chargerait.

— Allez-vous me faire une prise de sang ? demanda Cassie d'un ton suspicieux.

— Non, je ne suis pas là pour ça, Cassie.

— Je ne donne pas de coups de pied et je ne crie pas, dit-elle sans lever les yeux de son puzzle. Je ne le fais plus.

— Je suis content de l'apprendre, mais sache que je ne vais pas te faire de prise de sang.

Elle lui jeta un regard dubitatif.

— Qu'allez-vous faire ?

— Maintenant ? T'aider à terminer ce puzzle et parler avec toi de tes maux de tête.

— Parfois, j'ai l'impression que mon crâne va exploser.

— Je suis neurochirurgien en pédiatrie. Mon travail consiste à faire cesser tes maux de tête.

Elle leva les yeux vers lui.

— Vous pourriez faire cela ?

— Mais oui. J'ai parlé avec le neurologue qui s'est occupé de toi, et j'ai vu ton dossier médical. Ce ne sera pas facile, mais oui, je crois que je peux te débarrasser de tes maux de tête.

L'enfant se tourna vers sa mère, assise dans un rocking-chair dans un coin de la salle. La jeune femme avait l'air triste et fatigué. Elle répondit au regard interrogateur de sa fille par un hochement de tête.

— Je voudrais bien ne plus avoir mal à la tête, dit Cassie.

— Moi aussi, je le voudrais, affirma Lucas.

Il était sincère. Malheureusement, beaucoup des cas dont il s'occupait n'étaient pas de ceux que l'on peut corriger ou traiter avec efficacité.

Une fois qu'il aurait retiré la tumeur, Cassie devrait être soulagée, mais dans la chirurgie du cerveau, rien n'est gagné d'avance. Extraire la tumeur de l'enfant n'était pas sans risques. On pouvait craindre certaines séquelles. La tumeur était assez grosse, et la chimiothérapie n'avait pas réussi à la réduire. Une fois opérée, Cassie pouvait souffrir de lésions cérébrales qui l'empêcheraient de faire des choses qui ne lui posaient actuellement pas de problème. Mais si on ne l'opérait pas, il y avait un risque encore plus grand que la tumeur continue de grossir, endommageant le tissu cérébral, au point de provoquer de plus en plus de dégâts et peut-être même la mort.

Il avait déjà évoqué le problème avec les parents de Cassie. Ils souhaitaient que l'opération ait lieu le plus rapidement possible. Il avait voulu rencontrer la petite fille, échanger avec elle, et prendre l'avis d'un de ses collègues, neurochirurgien pédiatrique comme lui, en qui il avait pleinement confiance. Il voulait s'assurer que son collègue approuve la façon dont il avait l'intention de traiter Cassie et dont il envisageait les suites de son intervention.

Il mit en place la pièce du puzzle qu'il avait en main.

— Voyons si ce morceau s'encastre bien ici.

L'enfant hocha la tête et lui tendit une autre pièce.

Emily s'arrêta net lorsque, entrant dans la salle de jeux, elle vit Lucas assis sur l'une des chaises d'enfant, en train de faire un puzzle à côté de Cassie Bellows.

Elle s'intéressait à tous ses patients, et Cassie ne faisait pas exception à la règle. Elle s'était sentie immédiatement en phase avec l'enfant et ses parents — surtout avec la mère qui avait le même âge qu'elle.

Elle savait que Lucas avait été consulté au sujet de la petite fille et que c'était sans doute lui qui l'opérerait. En revanche, elle ne s'attendait pas à le voir assis avec Cassie, en train de l'aider à faire un puzzle.

Elle travaillait dans ce département depuis plusieurs années déjà, et jamais elle n'avait vu un neurochirurgien jouer avec son petit patient. Si on lui avait dit qu'elle assisterait à cette scène un jour et que le neurochirurgien en question serait Lucas Cain, elle ne l'aurait pas cru. S'il était un excellent pédiatre, il lui avait donné durant leur mariage la nette impression qu'il n'aimait pas les enfants. Dommage qu'il ne l'ait pas convaincue du contraire avant que…

Elle se mordit la lèvre.

Lucas rit à quelque chose que l'enfant venait de lui dire, puis il posa une pièce à la place qui convenait, ce qui lui valut un : « Bien joué ! » de la part de Cassie. La petite fille observa le puzzle et trouva rapidement comment placer un nouveau morceau.

Emily sentit ses yeux s'humecter.

Maudit soit cet homme ! Elle ne voulait pas le voir comme quelqu'un de « gentil ». Comment continuer à le mettre dans la catégorie des « sales types » comme elle le faisait depuis des années, si elle le voyait se comporter ainsi ?

Il jouait la comédie. Forcément. Il n'aimait pas les enfants, il ne voulait pas en avoir. Non qu'il le lui ait jamais dit, mais quand elle avait exprimé son désir d'avoir un bébé, il avait déclaré qu'il n'en était pas question et qu'elle devait cesser d'en parler. A partir de ce moment-là, il avait mal interprété tout ce qu'elle disait, au point qu'elle avait fini par cesser de lui adresser la parole, ce qui avait contribué à les éloigner l'un de l'autre.

Maintenant, c'était ce dont elle avait besoin : s'éloigner de lui. La présence de Lucas au Children's Hospital lui était une torture. Le voir la replongeait chaque fois dans ce passé qu'elle voulait oublier. Surtout la façon dont ils s'étaient quittés et les événements dramatiques qui avaient suivi.

Si seulement elle pouvait oublier !

Pourquoi faisait-il un puzzle avec Cassie ? Il n'avait pas à interagir ainsi avec l'enfant. Tout ce qu'il devait faire, c'était l'examiner, parler avec ses parents, faire signer les décharges chirurgicales et opérer la petite fille. Rien d'autre.

Mais voilà qu'il jouait avec elle et que la mère de Cassie le regardait comme s'il était un superhéros !

S'il parvenait à guérir sa fille sans que celle-ci souffre de graves séquelles après l'opération, sans doute Mme Bellows se verrait-elle confortée dans ce jugement. Mais Emily savait que Lucas Cain n'était pas un superhéros. Il était…

Elle s'arrêta.

Il était un ex-mari, un excellent neurochirurgien pédiatrique, et peut-être aussi un type très gentil avec ses petits patients, si elle se fiait à la scène qu'elle avait sous les yeux, et bien qu'elle ait du mal à y croire.

Et puis, Lucas avait raison sur un point : si elle voulait rester au Children's Hospital, elle devait oublier ses sentiments personnels. Elle ne pouvait pas laisser les patients comme Cassie et ses parents pâtir de son animosité envers lui. Que se passerait-il si elle les amenait à douter de lui ? Si ses sentiments envers son ex-mari exerçaient une influence négative au point qu'il y ait un retard ou une annulation des soins dont un patient avait besoin ?

Elle avait affirmé se comporter en professionnelle. C'était vrai, mais même les professionnels peuvent avoir le cœur brisé, ce qui risque de les aveugler. Elle ne devait pas laisser l'opinion qu'elle avait de Lucas affecter de quelque façon que ce soit le sort de leurs patients. Sinon, elle ne serait pas une bonne infirmière.

Elle n'avait pas revu celui-ci depuis la vente aux enchères du samedi précédent. Ce soir-là, elle avait dit à Richard qu'elle avait mal à la tête et préférait rentrer. Il avait paru soulagé, mais lorsqu'elle l'avait renvoyé chez lui en invoquant la migraine, il l'avait plutôt mal pris.

Peut-être aurait-elle dû lui dire de rester.

Elle l'aimait bien. Elle s'était dit qu'ils pourraient avoir une vie agréable ensemble. Il ne l'avait jamais fait pleurer. Mais, ce soir-là, elle ne supportait pas l'idée qu'il puisse même l'embrasser. Et depuis, il ne s'était rien passé entre eux. Elle n'avait plus aucun désir pour lui.

Maudit soit Lucas Cain ! Il avait créé la pagaille dans sa vie. La nuit de samedi à dimanche et la nuit suivante, elle avait rêvé de lui, du passé. Non pas des disputes et des larmes, mais de ce qu'il y avait eu de magique dans leur relation. Le sexe.

Elle n'avait à l'époque aucune expérience dans ce domaine, et tout ce qu'elle avait connu de bon avec lui était à mettre au crédit de ses qualités d'amant. Il l'avait éblouie, comblée. Une simple caresse de sa part suffisait alors à la faire fondre. Un baiser éveillait en elle un désir dont la violence ne cessait de la surprendre. Elle ne pouvait plus se passer de lui. Il était devenu sa drogue.

Mais, peu de temps après leur mariage, il s'était lassé d'elle. L'avait-il trompée ?

Elle ne le pensait pas. Même si leur mariage avait été une erreur, elle ne croyait pas qu'il l'ait trahie. Il lui avait dit de partir avant que les choses aillent aussi loin. Peut-être faisait-elle preuve de naïveté, mais elle n'imaginait pas qu'il ait eu quelqu'un d'autre dans sa vie... Mais depuis leur divorce, il n'avait certainement pas pratiqué l'abstinence. Il aimait beaucoup trop le sexe pour cela.

Qu'il aille au diable ! Comment, en le voyant assis là en train de jouer avec une enfant, en venait-elle à penser au sexe ? Jamais plus elle ne coucherait avec cet homme. Jamais.

Ce qui, d'une certaine façon, était vraiment dommage, parce qu'il lui avait fait vivre des sensations qu'elle n'avait plus connues depuis. Richard n'était pas l'homme qu'il lui fallait sur ce plan-là. Elle devait chercher quelqu'un d'autre, quelqu'un qui attende de la vie les mêmes choses qu'elle, mais qui soit aussi un bon amant.

Un tel spécimen existait-il ? Si elle se fiait à son expérience, c'était l'un ou l'autre, mais jamais les deux en même temps. Elle avait cru trouver ce miracle chez Lucas, mais tout s'était effondré, la laissant dévastée.

— Vous voulez nous aider à faire ce puzzle ? dit-il soudain.

Bon sang ! Il l'avait surprise en train de l'observer, submergée par ses souvenirs !

La présence de cet homme au Children's Hospital lui faisait perdre tout le professionnalisme qu'elle se targuait d'avoir, et elle détestait ça.

— Désolée, marmonna-t-elle.

Désolée d'avoir été prise en flagrant délit. Désolée d'avoir les joues en feu. Désolée d'avoir laissé son esprit vagabonder. Désolée de ne pouvoir s'immuniser contre lui. Désolée de ne pouvoir cacher son désarroi tandis qu'il l'observait comme s'il devinait toutes ses pensées.

— Je dois vérifier les constantes vitales de Cassie, dit-elle.

La petite fille lui jeta un regard suspicieux.

— Vous allez me faire une prise de sang ?

C'était toujours la première question que posait Cassie. Pauvre petite !

Reportant son attention sur sa patiente en essayant d'ignorer l'homme qui l'observait, Emily secoua la tête.

— Non. Je vais vérifier ta température, ta tension artérielle, ton rythme cardiaque et ta saturation en oxygène. Pour ça, il n'y a pas besoin d'aiguille.

Cassie releva fièrement le menton.

— Je ne pleure plus quand on me prend du sang.

— C'est très courageux de ta part. Mais, parfois, cela fait du bien de pleurer.

L'enfant cligna des yeux.

— Est-ce que ça vous arrive de pleurer ?

Emily se mordit la lèvre.

Elle avait versé toutes les larmes de son corps pour l'homme qui était assis à côté de Cassie. Il avait détesté la voir pleurer. Il lui disait de se calmer, ce qui n'avait pour résultat que de faire redoubler ses sanglots. Mais tout cela appartenait au passé.

— J'ai beaucoup pleuré, mais maintenant ça m'arrive très rarement, répondit-elle.

Uniquement quand son ex-mari réapparaissait et exigeait qu'ils deviennent amis.

Lucas ne la quittait pas des yeux, mais elle l'ignora. Il pouvait bien penser ce qu'il voulait.

— Aujourd'hui, qu'est-ce qui vous fait pleurer, Emily ? lança-t-il.

Avait-il deviné qu'elle avait pleuré samedi soir, en rentrant chez elle après la vente aux enchères ? Voulait-il lui faire admettre qu'il l'avait perturbée ? Il savait déclencher des émotions fortes en elle, aussi bien celles du pur bonheur que du profond désespoir.

— Les films tristes, lança-t-elle.

— Moi aussi, déclara Cassie.

Et elle commença à raconter un film où elle avait pleuré en voyant un chien mourir.

Sous le regard de Lucas, Emily prit la température de l'enfant en lui appliquant le thermomètre sur le front, puis elle contrôla sa tension artérielle et lui plaça l'oxymètre sur le doigt pour vérifier sa saturation en oxygène. Prenant son stéthoscope, elle compléta son examen en auscultant le cœur et les poumons de la petite fille.

Elle notait tous les résultats sur un carnet, afin de les enregistrer dans le dossier médical informatisé de Cassie dès qu'elle aurait regagné le bureau des infirmières.

— As-tu besoin de quelque chose, Cassie ? conclut-elle.

L'enfant secoua la tête.

— Non, je veux juste finir ce puzzle.

— On dirait que tu l'as bien avancé.

— Le Dr Cain m'aide.

— Oh ! je ne fais pas grand-chose ! intervint aussitôt Lucas. Cassie est une championne. Je suis à la remorque.

Emily sentit sa gorge se nouer.

Elle devait rester professionnelle, se répéta-t-elle. Ne pas se laisser déstabiliser. Se focaliser sur le travail.

Elle se tourna vers la mère de Cassie et lui sourit.

— Puis-je faire quelque chose pour vous, madame Bellows ?

— Non, je vous remercie.

Sans un mot pour Lucas, elle sortit de la pièce.

Quelques secondes plus tard, il la rejoignit dans le couloir.

— Je suis désolé, Emily.

C'était la troisième fois qu'il lui présentait ses excuses ! Il semblait avoir bien changé, en cinq ans.

— Pour ?

— Pour samedi soir.

Elle sentit le souffle lui manquer tandis que son cœur faisait des bonds dans sa poitrine.

— Samedi soir, il y a eu pas mal de choses pour lesquelles tu devrais t'excuser. A laquelle fais-tu allusion ?

— Je veux m'excuser pour tout.

— Pour tout, vraiment ?

Elle s'efforça d'empêcher ses mains de trembler.

— Sauf la vente aux enchères, dit-il avec un sourire faussement contrit. Je voudrais t'inviter à dîner.

Il voulait l'inviter à dîner !

Des bribes du passé lui revinrent en mémoire.

Lucas n'avait pas cessé de lui faire la cour jusqu'à ce qu'elle accepte de sortir avec lui. Non qu'elle n'ait pas eu envie de dire oui, mais elle s'était promis de ne pas tomber dans le piège de se laisser séduire par l'un des praticiens avec qui elle travaillait. Une promesse qu'elle n'avait pas su tenir.

— Tu n'as peut-être pas compris en quoi consiste le rendez-vous pour lequel tu as payé. C'est moi qui suis censée t'offrir le dîner.

Elle était allée trouver l'organisatrice du gala de bienfaisance pour lui demander de racheter le rendez-vous qu'il avait acquis. Celle-ci avait accueilli sa requête en éclatant de rire, avant de lui expliquer que c'était impossible. De toute évidence, elle pensait qu'elle devait avoir perdu la tête pour poser une telle question.

Lucas haussa les épaules.

— Je préférerais que tu sois mon invitée, mais on doit se contenter de ce que l'on a.

« Se contenter de ce que l'on a » ? Que voulait-il dire ?

— Peut-être pourrions-nous transformer ce dîner en déjeuner, avança-t-elle.

Il secoua la tête.

— La plupart du temps, je ne déjeune pas, car je travaille. Je me contente d'avaler quelque chose sur le pouce quand je peux.

Tout comme elle.

— Bon, d'accord. Disons demain soir.

Elle préférait se débarrasser le plus rapidement possible de cette obligation. Elle ne voulait plus de cette épée de Damoclès suspendue au-dessus de sa tête.

— Vraiment ?

Pourquoi avait-il l'air si surpris ?

— Finissons-en.

— A quelle heure puis-je passer te prendre ? demanda-t-il avec un grand sourire.

— Nous nous retrouverons au Stluka's.

Elle lui indiqua l'adresse du grill-room qui se trouvait non loin de chez elle.

— Parfait, dit Lucas en lui décochant son plus beau sourire.

Elle se sentit perdre pied.

Seigneur, à l'aide ! Elle ne voulait pas que le sourire de Lucas la touche. Ni même qu'il lui sourie. Elle ne voulait pas que les vieux souvenirs viennent la transformer en pile électrique.

Car c'était cela qui la perturbait : les vieux souvenirs. Et non le fait que Lucas ait réduit en miettes le mur protecteur qu'elle avait érigé entre eux.

Peut-être était-elle trop sévère envers elle-même ? Lucas Cain était un bel homme, avec des yeux magnifiques et un sourire irrésistible. Par ailleurs, elle savait de quoi étaient capables ses longs doigts, sa bouche sensuelle, son corps puissant. Oh ! oui, elle le savait !

Si seulement elle disposait d'un produit capable de le repousser, une sorte de bombe anti-Lucas ! Quelque chose qui lui donne la force de résister à l'attirance qu'il exerçait.

Elle ne voulait pas être attirée par lui ! Il représentait la pire période de sa vie…

Et aussi la plus belle, admit-elle une fois qu'elle se fut réfugiée dans le bureau des infirmières. Mais cela n'avait duré que très peu de temps, et il lui avait fallu des années pour s'en remettre.

4.

Emily arriva au Stluka's à 19 heures pile.

Elle avait veillé à ne pas être en avance afin de ne pas donner à Lucas l'impression d'être impatiente de le voir. Elle ne l'était pas. Elle voulait juste en finir avec ce rendez-vous.

Ce qui n'expliquait pas pourquoi elle avait l'estomac noué. Mais n'était-ce pas normal quand on dînait avec son ex-mari ?

Une jolie blonde lui souhaita la bienvenue.

— Avez-vous rendez-vous avec quelqu'un, ou voulez-vous simplement prendre un verre au bar ?

A cet instant, un homme assis sur l'un des tabourets du bar, se retourna. Lucas.

— Je dois voir quelqu'un, dit-elle. Il est déjà là.

L'hôtesse suivit son regard et eut l'air impressionné.

— Quelle chance vous avez ! lui glissa-t-elle dans un sourire.

Lucas les rejoignit. Entendit-il la remarque de la jeune femme ? En tout cas, il ne fit aucun commentaire.

— Vous pouvez nous conduire à notre table, dit-il à l'hôtesse.

Celle-ci prit deux menus et les invita à la suivre.

La salle était bondée. Le fait qu'ils obtiennent si rapidement une table surprit Emily.

Lucas avait dû donner un gros pourboire à l'hôtesse. L'argent lui permettait d'avoir tout ce qu'il voulait…

— A quoi penses-tu ? demanda-t-il tandis qu'ils se dirigeaient vers un box qui leur donnerait une certaine intimité.

— A rien.

— Tu n'as pas l'air content. Je n'ai pas pu avoir déjà fait quelque chose qui t'ait contrariée ? J'espérais que tu apprécierais cette soirée.

— Je ne suis pas là pour apprécier la soirée mais pour remplir une obligation.

— Et tu es décidée à ne prendre aucun plaisir à ce dîner ?

— Oui, c'est à peu près ça.

Il se mit à rire et s'effaça pour la laisser s'installer dans le box, puis il prit place en face d'elle.

— La serveuse va venir prendre votre commande dans quelques instants, annonça l'hôtesse.

Lucas étudia le menu.

— Tout a l'air délicieux. Quel est ton plat préféré, Emily ?

— Le confit de canard aux pommes est très bon.

— Cela me tente. Et toi, que choisis-tu ?

— Le saumon grillé est excellent.

— Bien. Je vais commander cela, et nous partagerons.

— Je ne veux pas partager avec toi. Le canard me suffira.

— J'espérais simplement pouvoir goûter le saumon et le canard afin de savoir lequel je préfère pour la prochaine fois.

Avait-il l'intention de revenir ici avec l'une de ses conquêtes ?

— Comme tu voudras.

La serveuse arriva, prit la commande et disparut.

— Dis-moi, Emily, comment en es-tu venue à participer à cette vente aux enchères ? J'avoue que cela m'a surpris lorsque j'ai vu ton nom sur la liste.

— Pourquoi ? Tu pensais que personne ne voudrait acheter un rendez-vous avec moi ?

— Moi, je l'ai fait.

— Il aurait mieux valu que tu t'abstiennes.

— Aurais-tu accepté de dîner avec moi s'il n'y avait pas eu cette vente aux enchères ?

— Non.

— Alors, j'ai bien fait d'agir ainsi. Par ailleurs, j'étais agacé de voir que ton copain ne faisait guère monter l'enchère.

— Est-ce pour cela que tu as proposé cette somme extravagante ?

— Tu mérites que quelqu'un t'estime à ta juste valeur.

— Oui, certainement. Mais cela ne m'explique pas pourquoi *toi*, tu as fait cette offre.

Mais pourquoi disait-elle cela ? Elle ne voulait pas discuter avec Lucas. Tout ce qu'elle voulait, c'était se débarrasser de ce dîner et rentrer chez elle indemne après cette soirée en sa compagnie.

— Pour être parfaitement honnête, dit-il, je dois reconnaître que je ne savais pas que je participerais aux enchères jusqu'au moment où je l'ai fait.

Elle n'aurait su dire si cet aveu lui faisait du bien ou s'il rendait la situation pire encore. Il n'avait pas eu l'intention d'acheter une soirée avec elle ?

— Je te l'ai dit, tu n'aurais pas dû faire ça, dit-elle en dépliant sa serviette. Cela n'a fait que créer des problèmes.

— Comment cela ?

— Richard est mon ami. Il n'est pas ravi de ce que tu as fait. Et il n'est pas ravi que je passe la soirée avec toi.

— Il pouvait surenchérir, observa Lucas en buvant de l'eau.

— Oui, c'est vrai. Mais il a l'esprit trop pratique pour dépenser autant d'argent uniquement pour avoir le droit de dîner avec moi, alors qu'il peut le faire gratuitement.

— Tu aimes les gens qui ont l'esprit pratique ?

— Mais oui.

C'était rassurant. Elle ne voulait plus jamais se sentir déstabilisée.

— Tu aimes ce type ?

Elle eut envie de mentir. De dire à Lucas qu'elle aimait Richard, qu'elle avait tiré un trait sur le passé et donné son cœur à un autre. Mais elle ne put s'empêcher de dire la vérité.

— C'est quelqu'un de bien. Nous avons beaucoup de choses en commun, et notre relation me satisfait.

Jusqu'au moment où Richard avait laissé Lucas surenchérir. Maintenant, elle s'interrogeait sur tout.

Lucas ne la quittait pas des yeux.

— Mais l'aimes-tu ?

L'aimait-elle ? Pas dans le sens où Lucas l'entendait. Pas de la façon dont elle l'avait aimé, lui. Elle ne se permettrait plus jamais d'aimer de cette façon. Elle savait à quel point cela pouvait faire souffrir.

— Mes sentiments envers Richard ne te regardent en rien.

— Je vois. Tu ne l'aimes pas, murmura-t-il, comme s'il parlait pour lui plus que pour elle.

Pourquoi voulait-il savoir si elle aimait Richard ? Il n'était pas venu travailler au Children's Hospital parce qu'il avait des sentiments pour elle, mais parce qu'on lui avait offert le poste de ses rêves.

— Qu'est-ce que tes parents pensent de lui ?

— Ils l'aiment bien.

Ils étaient surtout contents qu'elle sorte avec quelqu'un et qu'elle refasse sa vie. Et puis, Richard était pharmacien. C'était un type bien qui avait un revenu stable et qui venait du même milieu social qu'elle. Ils appréciaient le fait qu'il ne ressemble en rien à l'homme qui lui avait brisé le cœur. S'ils savaient que son ex-mari travaillait maintenant au Children's Hospital et qu'elle dînait ce soir avec lui, ils en seraient malades. Sa mère tenterait de la convaincre de changer de job au plus vite, et son père s'en prendrait à Lucas.

— Et toi ? demanda-t-elle. As-tu quelqu'un dans ta vie ?

Lucas haussa les épaules.

— Je fais des rencontres de temps en temps, mais actuellement je ne vois personne.

— Peut-être trouveras-tu quelqu'un au Children's Hospital, une fille qui sera folle de toi et avec qui tu couleras des jours heureux pour le restant de ta vie.

Pourquoi l'idée d'assister à l'éclosion de cette idylle la rendait-elle malade ?

— Je ne cherche pas à rencontrer qui que ce soit, Emily. Je suis dans cet hôpital à cause des possibilités de carrière et de recherche que m'offre ce poste. Rien de plus.

— Des recherches de quel genre ?

Le regard de Lucas s'illumina tandis qu'il commençait à lui expliquer une nouvelle méthode qu'un de ses confrères et lui avaient mise au point pour réduire la pression intracrânienne après un traumatisme cérébral.

Cet homme adorait son métier et voulait améliorer le sort de ses patients. Sa passion pour ce qu'il faisait, pour les objectifs qu'il espérait atteindre était impressionnante. Maudit soit-il ! Même si elle ne voulait rien apprécier chez lui, elle ne pouvait s'empêcher d'admirer la passion qui l'animait.

— Tu ne pouvais pas faire tout cela là où tu étais avant ?

— Non. Le Dr Collins est toujours le directeur médical, et il me mettait des bâtons dans les roues chaque fois que je voulais utiliser ma méthode.

Le Dr Collins. Un vieil homme grincheux, si âgé qu'il avait dû prendre ses fonctions à l'époque où l'hôpital avait été fondé. Rien d'étonnant à ce qu'un jeune et brillant neurochirurgien comme Lucas ait voulu faire carrière ailleurs.

— Au Children's Hospital, tu espères pouvoir appliquer ta méthode ?

— J'attends simplement d'avoir le patient qui convient.

— En quoi cette méthode diffère-t-elle des autres procédures ?

— Elle est moins invasive et comporte moins de risques de complications post-chirurgicales.

Il exposa en détail les avantages de sa méthode et continua ses explications même après que la serveuse leur eut apporté leurs plats.

A sa grande surprise, Emily prenait plaisir à l'écouter.

— Je ne savais pas que tu t'intéressais tellement à la recherche, dit-elle.

— J'ai toujours rêvé d'en faire.

— Je l'ignorais.

— Nous ne parlions pas beaucoup de mes études ni de mon travail.

— Nous ne parlions pas de grand-chose, observa-t-elle, d'un ton plus sarcastique qu'elle l'aurait voulu.

— Ce n'est pas le souvenir que j'en ai. En tout cas, ce n'était pas ainsi au début. Nous passions des heures à bavarder.

Elle se revit couchée dans les bras de Lucas, comblée, parlant avec lui de tout et de rien, mais elle refoula vite ce souvenir.

Il lui serait plus facile de garder ses distances si elle évoquait plutôt les torrents de larmes qu'elle avait versés et leurs disputes sans fin.

Lucas piqua un morceau de canard avec sa fourchette et le lui tendit.

— Allez, goûte.

— Non, je sais déjà que c'est excellent.

— Fais-moi plaisir, sinon je me sentirai coupable quand je te demanderai de me faire goûter le saumon.

— Mais, je…

— Emily, *s'il te plaît.*

Elle se pencha vers lui et prit le morceau qu'il lui offrait.

La saveur à la fois douce et aigrelette des pommes mêlée à celle du canard la fit soupirer d'aise. Si le saumon était son plat préféré, le canard venait tout de suite après.

Comme Lucas regardait fixement le poisson qu'elle avait dans son assiette, elle lui en offrit une bouchée.

Il ne la quitta pas des yeux tandis qu'il prenait le morceau de poisson dans sa bouche et sourit. Il s'agissait d'un vrai sourire, qui se reflétait dans son regard et traduisait un réel moment de plaisir.

Elle détestait se sentir faiblir. Pour rien au monde elle ne voulait réagir à l'attitude de Lucas, sous quelque forme que ce soit. Mais avoir échangé leur nourriture la troublait au point d'en avoir la gorge nouée.

— Stupéfiant, dit-il.

Sans doute faisait-il allusion à ce qu'il venait de déguster, mais cela aurait pu s'appliquer au flot d'émotions qui se bousculaient en elle.

Pourquoi ne pouvait-elle pas s'immuniser contre cet homme ? Elle devrait pourtant être vaccinée, après qu'il l'eut si profondément blessée.

— C'était vraiment une très mauvaise idée, dit-elle.
— Pourquoi ?
— Tu es mon ennemi.
— Ton ennemi ? Mais non, je ne le suis pas. Et ce n'est pas ainsi que je te vois, Emily.
— Comment me vois-tu, Lucas ?

Lucas observa celle à qui il avait donné son nom et qui avait eu sur lui plus de pouvoir que n'importe quelle autre personne. Sa femme. Ou plutôt son ex-femme.
— Je te vois comme la femme la plus belle que j'aie jamais rencontrée, à l'intérieur comme à l'extérieur.
Il le pensait vraiment. Si seulement sa tristesse n'avait pas abîmé leur relation ! Si seulement il avait pu comprendre ce qui l'avait ainsi changée. Lui. Car c'était lui qui l'avait changée. Pas étonnant qu'elle ait sauté sur l'occasion pour le quitter.
Emily secoua la tête.
— Ne dis pas des choses pareilles.
— Des choses comme quoi ?
— Des choses que tu ne devrais pas me dire.
— Pourquoi ne pourrais-je pas te dire que tu es belle ?
— Parce que, il y a longtemps, à cause de toi, je ne me suis plus sentie belle.
Ces mots le stupéfièrent et le choquèrent.
Comme il regrettait d'avoir pu la faire douter d'elle-même et de son évidente beauté !
— Je suis désolé, Emily.
— Je ne veux pas de ta pitié. C'était il y a bien longtemps.
— Je n'ai pas pitié de toi, mais de nous, pour tout ce que nous avons perdu.
Oui, il regrettait de ne pas l'avoir rendue heureuse. L'émotion qu'il lisait dans son regard, la sincérité qui transparaissait dans sa voix l'emplissaient du regret d'avoir perdu ce rire qu'il aimait tant chez elle et qui avait disparu après leur mariage.
— Puis-je vous proposer un dessert ? demanda la serveuse.

— Pas pour moi, répondit Emily. Merci.

Il aurait aimé faire durer le repas, mais il déclina l'offre de la serveuse.

— Merci pour ce dîner, dit Emily. Tout était délicieux.

Son ton était si guindé qu'il se sentit humilié.

— Tu donnes l'impression d'en avoir fini avec ce rendez-vous.

— C'est le cas.

— La soirée ne fait que commencer, Emily.

Devant son air horrifié, il s'empressa de la rassurer.

— Je ne voulais pas dire que nous devons coucher ensemble.

Même si cette idée, loin de l'horrifier, le tentait plutôt. Il la désirait encore, il devait se rendre à l'évidence.

— Je ne sais pas à quoi tu penses, lança-t-elle, mais ma réponse est non.

— Tu n'es pas curieuse de savoir ce que j'ai en tête ?

— Non, je veux juste en finir avec cette soirée.

Ça avait le mérite d'être clair.

La serveuse posa l'addition sur la table. Emily fit mine de s'en emparer, mais il se montra plus rapide qu'elle.

— Tu ne vas pas payer notre dîner, dit-il.

— Mais, dans la vente aux enchères, il est prévu…

— Aucune importance. Tu ne payeras pas.

— Mais…

— Je t'en prie, Emily, ne discute pas. Laisse-moi seulement me sentir un homme en acceptant d'être mon invitée.

Elle haussa les épaules.

— Bon, d'accord, si c'est ce que tu veux.

Ce qu'il voulait, c'était elle. Son ex-femme. Il la connaissait mieux que n'importe quelle autre femme qu'il avait rencontrée dans sa vie. Mais il ne savait plus rien d'elle. Il voulait la connaître telle qu'elle était aujourd'hui. Tout savoir d'elle.

Il hocha la tête.

— Oui, c'est ce que je veux.

Quand ils s'étaient séparés, il n'avait pas les idées très claires. Il ne songeait qu'à devenir médecin. Lorsqu'il avait du temps libre, il aimait le passer avec d'autres étudiants ou avec ses amis de longue date, profiter de la vie. Il n'avait aucune envie de rester coincé dans le minuscule appartement qu'il occupait avec Emily. Aucune envie de contempler les murs ni de se disputer avec elle comme cela arrivait si souvent depuis qu'ils étaient mariés.

Comment aurait-il pu se plaire en sa compagnie, alors qu'elle ne cessait de pleurer et qu'il lisait dans son regard toute la tristesse du monde ?

Elle était si pétillante lorsqu'il l'avait rencontrée ! Dès qu'il avait fait sa connaissance, durant son internat, il était tombé amoureux de cette infirmière, une excellente professionnelle mais aussi une ravissante créature dotée d'un sourire éblouissant et de grands yeux verts.

Il lui avait proposé d'aller boire un café avec lui. Même si elle semblait s'intéresser à lui, elle avait refusé. Mais il avait renouvelé sa proposition le lendemain. Et aussi le jour suivant. Il avait insisté jour après jour. Jusqu'à ce qu'elle dise enfin oui pour le lendemain, s'il était libre.

Il s'était débrouillé pour se rendre disponible. En prenant ce café, ils avaient discuté, ri, et décidé d'aller se promener dans Central Park avant de dîner ensemble. Emily lui avait expliqué pourquoi elle avait résisté si longtemps à son invitation : ce n'était pas parce qu'elle n'avait pas d'attirance pour lui, mais parce qu'elle ne travaillait dans cet hôpital que depuis quelques mois et qu'elle ne souhaitait pas sortir avec quelqu'un exerçant dans le même établissement.

Lorsque le moment était venu de se dire bonne nuit, ils avaient échangé un baiser torride. Il n'avait pas envie de la quitter, mais elle n'aurait pas accepté qu'il reste avec elle.

Durant les semaines qui avaient suivi, il avait passé presque tout son temps libre avec elle. Les exigences de l'internat, ses obligations familiales, les heures qu'il consacrait à Emily, tout cela avait fini par entamer son énergie. Manquant de sommeil, au bord de l'épuisement, il avait compris qu'il ne pouvait continuer ainsi à brûler la chandelle par les deux bouts. Il s'était dit alors que, s'ils se mariaient, les choses seraient plus faciles.

Il s'était trompé. Emily avait essayé d'être l'épouse qu'elle pensait devoir être, mais elle ne s'était pas adaptée à sa famille ni à son style de vie. Elle avait voulu continuer à vivre modestement, sur ses propres finances. Peu à peu, ses sourires s'étaient raréfiés, jusqu'au jour où ils avaient cédé la place aux larmes. Il avait pensé que la situation s'améliorerait lorsqu'il aurait terminé son internat. Il suffisait de patienter pour que tout s'arrange. Il avait essayé de lui rendre le sourire, mais sans succès. Le mariage avait fait plonger Emily dans la dépression, même si elle refusait de l'admettre et repoussait l'idée de se faire aider. Comment accepter une situation où il avait le sentiment que le fait d'être mariée avec lui rendait sa femme malade ?

Et puis, alors qu'ils étaient mariés depuis moins d'un an, elle avait commencé à parler d'avoir un bébé.

Alors qu'il était constamment débordé par ce qu'il avait à faire et qu'elle pleurait tout le temps, elle aurait voulu mêler un bébé innocent à un tel gâchis ?

Il en avait parlé avec ses parents, qui avaient accusé Emily d'être intéressée. Si elle voulait un enfant, avaient-ils dit, c'était pour s'assurer d'avoir une part de la fortune de sa belle-famille. Il ne les avait pas crus. Si Emily avait été intéressée par l'argent, pourquoi aurait-elle tant insisté pour rester dans son minuscule appartement alors qu'elle pouvait bénéficier d'une vie beaucoup plus luxueuse et qu'il pouvait lui offrir tout ce qu'elle voulait ?

Mais il avait craint qu'elle finisse par faire exprès de tomber enceinte.

Il avait commencé à prendre ses distances. Il restait de plus en plus à l'hôpital, travaillait à ses recherches, voyait ses parents, ses amis. Il s'arrangeait pour avoir le moins souvent possible de moments d'intimité avec Emily. Au bout de quelques mois, il s'était creusé un tel gouffre entre eux qu'ils avaient fini par divorcer.

Et pourtant, aujourd'hui, il la désirait encore. Mais sans les liens du mariage qui avaient tout ruiné entre eux. Sans le stress, sans les larmes ni les disputes. Il désirait ce qu'ils avaient connu au début de leur relation, lorsque Emily était sa meilleure amie, sa confidente, la femme qui illuminait sa vie. Tout se passait si bien entre eux, quand ils n'avaient pas sur les épaules le poids des contraintes que le mariage leur imposait !

Son raisonnement lui paraissait parfaitement logique, mais lorsqu'il croisa le regard d'Emily assise face de lui de l'autre côté de la table, il comprit que la logique de son ex-femme était radicalement différente.

5.

Emily avait envie de hurler. Pourquoi Lucas la regardait-il ainsi, comme s'il voulait la déguster en guise de dessert ?

Même pas en rêve !

Il régla l'addition et laissa un énorme pourboire à la serveuse, qui le remercia en affichant un large sourire.

Elle se leva de table, excédée.

— Merci pour ce dîner, Lucas. Je vais rentrer. Demain, je travaille.

Elle avait besoin de s'éloigner de lui. Ce pourboire excessif était la goutte qui faisait déborder le vase. Elle ne voulait plus être le témoin de sa générosité ostentatoire. Elle ne voulait plus avoir à le comparer à Richard, qui était du genre à laisser un pourboire minimum. Il aurait été horrifié d'apprendre le montant de celui-ci. Tout comme il avait été horrifié par la somme dépensée par Lucas pour obtenir cette soirée avec elle.

— Je vais te raccompagner chez toi, dit-il.

— Non, merci. Je peux très bien rentrer toute seule.

— C'est une offense faite à mes principes de gentleman.

— Tant pis. Je ne veux pas que tu t'approches de mon appartement.

— Ma compagnie t'est-elle donc si pénible ?

Pourquoi avait-il posé la question d'une voix assourdie ?

— Elle ne me fait pas de bien.

— J'aimerais te prouver que tu te trompes, dit-il alors qu'ils sortaient du restaurant. Je pense que si nous passions du temps ensemble, cela pourrait nous faire du bien à tous les deux.

Elle s'arrêta. Un homme qui marchait derrière eux s'excusa et la contourna tandis qu'elle regardait fixement Lucas.

— Comment peux-tu penser une chose pareille ?

— Il y avait entre nous beaucoup de passion et d'émotions fortes que nous ne savions pas gérer parce que nous étions trop jeunes, et nous avons laissé notre relation s'abîmer. Mais si la vie nous réunit de nouveau, il y a bien une raison à cela.

— Tu es fou !

— Oui, peut-être. Parce que je mesure maintenant à quel point tu m'as manqué. Je suppose que beaucoup de gens diraient que c'est complètement fou de ma part.

— Je te rappelle que si je suis ici avec toi ce soir, c'est uniquement parce que tu as remporté l'enchère. Ne va pas t'imaginer autre chose.

— Je ne te crois pas, Emily. Je sens des vibrations entre nous. Tu es encore aussi attirée par moi que je le suis par toi.

Comment osait-il lui parler ainsi ?

— Tu ne m'attires pas du tout. Les vibrations dont tu parles appartiennent au passé. Il n'y a plus rien entre nous aujourd'hui. Rien du tout. Bonne nuit.

Relevant le menton, elle battit en retraite d'un pas rapide, consciente qu'il ne la quittait pas des yeux.

Parmi les petits patients d'Emily, certains lui brisaient le cœur. C'était le cas de Jenny Garcia, la petite fille âgée de 4 ans qui venait d'être amenée des urgences après avoir été maltraitée par le petit ami de sa mère sous l'emprise de la drogue.

L'enfant avait subi de multiples blessures. Outre des côtes brisées, une lèvre fendue, les yeux au beurre noir et des ecchymoses sur le corps, elle souffrait d'une commotion cérébrale qui avait motivé son transfert dans le service.

Lucas apparut quelques minutes après qu'elle eut accueilli l'enfant, toujours inconsciente.

— Dans quel état est-elle ? demanda-t-il.

— Pitoyable, répondit Emily, les larmes aux yeux.

— Certaines personnes ne devraient pas avoir d'enfants.

Elle tressaillit.

Certaines personnes n'en ont pas…

Non, elle n'allait pas se laisser envahir par ce genre de pensées.

— Je suis d'accord.

Elle lui tendit la tablette où étaient notées toutes les informations concernant l'enfant.

Lucas les lut et fit la grimace.

— Où est la mère ? s'enquit-il.

Elle haussa les épaules.

— Je ne l'ai pas vue. L'une des infirmières des urgences a dit qu'elle était restée un moment, puis qu'elle était repartie.

— Comment peut-on laisser son enfant après qu'il lui est arrivé une chose pareille ? demanda Lucas, visiblement choqué. Je vais l'examiner. Tu viens avec moi ?

Elle ne pouvait guère dire non au directeur médical du service.

Lorsqu'il vit la petite fille allongée sur son lit d'hôpital, une profonde indignation se peignit sur son visage.

— Plusieurs examens ont déjà été faits, expliqua Emily. L'urgentiste voudrait simplement que tu regardes les scans du cerveau et que tu fasses baisser la pression intracrânienne quand ils auront réussi à stabiliser l'enfant.

— Plusieurs de ses blessures réclament une intervention chirurgicale.

Elle hocha la tête.

— Jeremiah Franklin a réduit une fracture et refermé quelques plaies avant de la transférer dans le service. Il a prévu de la reprendre en chirurgie lorsque tu lui donneras le feu vert.

— C'est noté.

Il procéda à un examen neurologique complet de l'enfant afin d'évaluer l'étendue de ses blessures. Il faisait preuve d'une grande douceur en touchant la petite fille, toujours inconsciente. Elle poussait de temps en temps des gémissements de douleur, mais d'une voix si faible que cela ressemblait à un murmure.

— Si ce type se montrait ici, dit Lucas, je serais capable de le tuer de mes propres mains.

Emily ressentait la même chose. Cependant, elle était surprise de le voir se montrer si protecteur envers l'enfant. En fait, il aurait fait un père génial…

A cette pensée, elle laissa échapper un petit cri de détresse.

— Je suis désolé, Emily. Je n'aurais pas dû m'exprimer à haute voix.

Elle se força à lui faire face.

— Pour une fois, nous sommes d'accord sur quelque chose. J'aimerais que ce type fasse connaissance avec la batte de base-ball de mon père.

Un petit sourire éclaira le visage de Lucas.

— J'ai entendu parler de cette batte.

— Eh bien, oui, c'est dommage que cette petite n'ait pas un père armé d'une batte de base-ball pour la protéger de tous les sales types qui traînent sur la planète.

— Bien d'accord, dit-il vivement.

Il lui toucha l'épaule puis retira sa main comme s'il se rendait compte un peu tard qu'il ne devait pas avoir de contact physique avec elle.

— Je vais au bloc opératoire préparer l'intervention que je dois faire sur cette enfant pour diminuer la pression intracrânienne. Si tout se passe bien, je te la ramènerai avant que tu aies terminé ta garde.

Jenny avait dû regagner sa chambre une heure avant la fin du service d'Emily.

Lorsque Lucas entra dans la chambre de sa petite patiente, il trouva Emily au chevet de l'enfant, lui tenant la main.

Il fut ému de voir la compassion peinte sur le visage de son ex-femme, et sa volonté de protéger la petite fille jusqu'à son dernier souffle.

N'importe quel enfant aurait été chanceux d'avoir Emily pour mère. Naguère, celle-ci avait parlé de son désir d'avoir un bébé. Etait-ce encore le cas aujourd'hui ? Elle avait tellement dit à l'époque qu'elle voulait fonder une famille qu'il était surpris de la voir encore seule.

S'il pouvait effacer le passé, s'il la rencontrait aujourd'hui pour la première fois, les choses seraient-elles différentes ? En la voyant si belle, si compatissante, si généreuse, s'abandonnerait-il aux émotions qu'elle déclenchait chez lui ? L'inviterait-il à dîner pour qu'ils déplorent ensemble les injustices de la vie et le sort cruel réservé à une enfant innocente ? Se réconforteraient-ils mutuellement, se tiendraient-ils la main, se serreraient-ils dans les bras l'un de l'autre, échangeraient-ils un premier baiser ? Iraient-ils jusqu'à…

— Oh ! Je n'avais pas vu que tu étais là, dit-elle en se redressant. Elle se repose tranquillement, à présent. Sa pression intracrânienne est bien meilleure qu'avant ton intervention. Tu as utilisé ta nouvelle méthode sur elle ? Cela semble avoir fonctionné.

Il hocha la tête, la gorge serrée.

— Il lui reste encore beaucoup de chemin à faire avant de récupérer complètement.

Emily acquiesça.

— Si tu veux bien m'excuser, je vais aller m'occuper de mes autres patients.

Il la regarda traverser la chambre. Au moment où elle s'apprêtait à sortir, il l'arrêta.

— Dîne avec moi, Emily.

— Je ne peux pas. J'ai déjà d'autres engagements.

— Avec le pharmacien ?

Sans le regarder, elle acquiesça d'un hochement de tête.

— Tu comprendras que je ne te souhaite pas une bonne soirée ?

— Non, pas vraiment.

Il soupira.

— Eh bien, alors, bonne soirée, Emily.

Emily était loin de passer une bonne soirée. Richard boudait, voulant probablement lui faire payer le fait qu'elle avait dîné la veille avec Lucas.

Affichant un sourire, elle se força à l'écouter raconter une histoire qu'il tenait de l'un de ses clients à la pharmacie.

La veille, elle n'avait eu aucun effort à faire pour écouter Lucas, quand il lui avait parlé avec passion de son métier et de ses recherches.

— Emily ?

Richard s'éclaircit la voix.

— Je te demandais ce que tu en pensais, ajouta-t-il.

— Excuse-moi.

Elle n'avait aucune idée de ce qu'il venait de dire.

Ce n'était pas très grave, car il reprit le fil de son histoire.

Cette fois, elle essaya de rester attentive, mais elle ne pouvait s'empêcher de penser à Lucas.

Pourquoi lui avait-il proposé de dîner avec lui ce soir ? Aujourd'hui, ils avaient travaillé ensemble dans une ambiance relativement amicale. Elle n'avait pas pris la fuite lorsqu'il était arrivé dans le service. N'était-ce pas l'objectif qu'il visait lorsqu'il avait acheté ce rendez-vous avec elle ? Pourquoi auraient-ils de nouveau dîné ensemble ?

Elle entendit le signal émis par son téléphone, rangé dans son sac posé sur la chaise voisine de la sienne. Elle le prit et, si elle ne reconnut pas le numéro s'inscrivant sur l'écran, elle sut aussitôt qui lui adressait le message.

Tu as l'air de t'ennuyer.

Elle répondit aussitôt.

Comment le sais-tu ?

J'avais faim, et je suis dans le même restaurant que toi.

J'ai du mal à croire qu'il s'agisse d'une coïncidence.

C'en est une.

— Emily, est-ce que je t'ennuie ?

Elle leva les yeux vers l'homme assis en face d'elle.

— Excuse-moi, j'avais un message auquel je devais répondre.

— Le travail ?

Elle se sentit rougir.

— Oui, c'est quelqu'un de l'hôpital.

Un nouveau texto arriva.

Oh ! Désolé ! Quelqu'un a l'air contrarié. Je crois que je ferais mieux de ne plus te déranger.

Oui, en effet.

Tu aurais dû accepter mon invitation à dîner. Tu aurais passé une meilleure soirée.

Avec toi ? Je ne crois pas.

Nous devrions tester cette théorie. Ne fais aucun projet avec lui pour demain soir.

Laisse-moi tranquille, Lucas. S'IL TE PLAIT.

— Tout va bien ? s'enquit Richard.

— Oui, mais nous avons eu une dure journée aujourd'hui.

— Tu veux m'en parler ?

Non, elle s'apercevait qu'elle n'en avait aucune envie. — Parlons d'autre chose.

— Es-tu rentrée tard, hier soir ? Vraiment, rien ne t'obligeait à participer à cette vente aux enchères.

— Non, je ne suis pas rentrée très tard… Et rien ne t'obligeait à laisser quelqu'un d'autre remporter l'enchère.

Elle regretta aussitôt ses propos, car elle s'était promis de ne pas dévoiler à Richard ses sentiments.

— Si tu voulais que je surenchérisse, il fallait me le dire, lança-t-il d'un air pincé.

Toujours le même esprit pratique. Logique. Exaspérant.

— Vraiment ? Je ne devrais pas avoir à te le préciser. Oui, j'aurais préféré que toi, l'homme avec qui je sors, tu remportes l'enchère.

Richard eut l'air sincèrement contrit.

— Comment aurais-je pu le savoir ?

— Tu pouvais ne pas accepter l'idée que je passe une soirée avec un autre que toi.

— Ça ne me plaisait pas, mais tu l'as fait quand même.

— Si tu avais surenchéri, ça ne serait pas arrivé.

Dire que Lucas devait être en train de les regarder se disputer ! Elle repoussa son assiette.

— Je suis fatiguée. J'ai envie de rentrer chez moi.

Richard fronça les sourcils mais posa sa serviette sur la table.

— Nous pourrons nous en aller dès que j'aurai payé l'addition.

— Bien. Parfait. Le plus tôt sera le mieux.

Pourquoi était-elle si contrariée de voir qu'il laissait à la serveuse le pourboire minimum, calculé au centime près ?

Bien qu'elle n'ait eu avec Lucas que de rares conversations, il avait déjà réussi à l'amener à s'interroger sur cet homme qui jusque-là la satisfaisait.

Depuis quand la vie se limitait-elle à se sentir seulement satisfait ? Quand avait-elle cessé de croire aux contes de fées et à la possibilité de vivre heureuse le restant de ses jours ?

Elle le savait. Elle avait cessé de rêver lorsque son mariage avec Lucas s'était brisé.

Le retour chez elle s'effectua en silence. Arrivée devant sa porte, elle se tourna vers Richard.

— Je vais te dire bonsoir ici.

— Tu ne veux pas que je monte chez toi ?

Elle secoua la tête.

— La journée a été vraiment dure.

— Cela ne me convient pas, Emily.

— Que veux-tu dire ?

— Ce que je dis, c'est que tu sors dîner avec d'autres hommes et que, moi, tu me renvoies chez moi. Je suis censé être l'homme de ta vie.

Oui, il était censé l'être. Seulement, elle n'était pas certaine d'avoir envie qu'il le soit. Elle méritait sûrement mieux que ce qu'il lui faisait vivre.

— Je crois que nous devrions marquer une pause dans notre relation, ajouta-t-il.

— Quoi ? Si je ne t'invite pas à venir chez moi ce soir, nous nous séparons, c'est bien cela ?

Il ne répondit pas, mais l'expression de son visage parlait pour lui.

— Alors, tu as raison, dit-elle. Mieux vaut faire une pause.

Il parut surpris. Avait-il cru que son ultimatum lui vaudrait une invitation à passer la nuit avec elle ?

— Si tu as des vues sur ce médecin, Emily, tu perds ton temps. Cet homme ne prendra jamais au sérieux quelqu'un comme toi.

— Quelqu'un comme moi ?

Il semblait sous-entendre qu'elle n'était pas assez bien pour Lucas.

Il haussa les épaules.

— Tu n'appartiens pas à la même catégorie que lui.

Aïe !

Elle se força à sourire.

— Merci pour cette soirée instructive, et aussi pour avoir facilité un moment qui aurait pu s'avérer difficile. Au revoir, Richard.

Le lendemain, Emily eut à s'occuper de Cassie et de Jenny. L'état de Cassie avait continué à décliner. Jenny tenait bon, mais il faudrait sans doute attendre encore deux jours avant que l'enfant reprenne conscience.

— Ses constantes vitales sont restées satisfaisantes durant la nuit ?

Elle se tourna vers l'homme en blouse blanche qui venait d'entrer dans la pièce. Lucas.

— Oui, dit-elle, son état est stable.

— C'est une bonne nouvelle.

Il examina la petite fille puis regarda Emily.

— Annonce-moi une autre bonne nouvelle.

— Je te demande pardon ?

— Dis-moi que tu n'as pas fait de projet pour ce soir.

Elle soupira.

— Je ne dînerai pas avec toi, Lucas. Il n'en est pas question.

— Est-ce parce que tu comptes sortir avec le pharmacien ?

— Richard n'a rien à voir là-dedans. Je ne le vois plus, c'est fini. Je dînerai chez moi, ravie d'être seule et au calme.

Lucas la regarda longuement.

Les jambes molles, elle trouva malgré tout la force de se détourner.

— Je vais m'occuper de Cassie, dit-elle.

— J'irai lorsque j'aurai fini de compléter la fiche de Jenny.

Qu'il prenne son temps ! Peut-être en aurait-elle fini alors avec Cassie et éviterait ainsi de le revoir.

Quand elle croisa Meghan dans le bureau des infirmières, celle-ci lui lança un regard curieux.

— Si j'ai bien compris, Richard et toi, c'est de l'histoire ancienne, maintenant. Est-ce que ça veut dire que tu sors avec le Dr Cain ?

Meghan aurait-elle écouté ce que Lucas et elle s'étaient dit grâce à un micro caché dans la chambre de Jenny ?

— Non, je ne sors pas avec le Dr Cain. Nous avons eu le dîner auquel il avait droit. Ce soir, je resterai chez moi pour cuisiner.

— Tu es folle !

— J'aime cuisiner.

— Tu pourrais venir au cinéma avec Amy et moi.

— Non, merci. Je vais cuisiner parce que j'en ai envie.

Peu après son divorce, elle avait pris des cours de cuisine pour s'occuper l'esprit. Au début, elle avait considéré cela comme une thérapie. Puis, petit à petit, elle s'était mise à apprécier cette activité au point de devenir une vraie cuisinière. Elle aimait préparer de bons petits plats pour son plaisir, et sans plus songer à Lucas.

Quittant le bureau des infirmières, elle retourna voir ses jeunes patientes.

Lucas l'intercepta alors qu'elle sortait de la chambre de Jenny.

— Tu comptes vraiment te préparer à dîner ce soir ?

Il semblait si incrédule qu'elle se sentit un peu vexée.

D'accord, elle ne savait pas cuisiner à l'époque de leur mariage, mais ce n'était pas un crime. Elle avait grandi dans une maison où la préparation des repas consistait à réchauffer au micro-ondes des plats achetés tout faits.

— Je sais faire la cuisine, à présent, dit-elle en le défiant du regard. Je ne suis pas du genre à stagner, tu sais.

— Je n'ai jamais pensé ça de toi.

— Alors, tu ne devrais pas t'étonner de voir que j'ai appris des choses que je ne savais pas faire autrefois.

— Tu as toujours appris très vite.

Il n'en dit pas davantage.

Ce n'était pas nécessaire. Elle avait compris à quoi il faisait allusion, et son corps réagit. Comme chaque fois qu'elle pensait à tout ce qu'elle avait appris de Lucas.

— Prouve-le, dit-il.

— Prouver quoi ?

— Que tu sais faire la cuisine.

— Je sais ce que tu essayes de faire. Tu voudrais que je t'invite à dîner chez moi.

— Tu as raison. C'est ce que j'espère. Qu'aurons-nous à manger ?

— Du foie haché, répondit-elle machinalement.

Elle savait qu'il détestait le foie.

— Du foie haché ? répéta-t-il.

Elle émit un petit rire.

— Mais oui. Et des brocolis, ajouta-t-elle.

— Je vois que tu te souviens de tous mes plats préférés.

Lui lançant un regard en biais, elle sourit.

— Mais bien sûr !

Après l'avoir observée un moment, il afficha à son tour un grand sourire.

— Je commence à avoir faim.

— Je ne t'ai pas invité à dîner !

— Mais tu vas le faire, parce que tu veux me prouver que tu es devenue aujourd'hui une grande cuisinière.

Il savait s'y prendre.

Elle lui lança un regard peu amène, mais elle avait vraiment envie de l'impressionner et de lui montrer qu'elle n'était plus la même personne que cinq ans auparavant.

Stupide orgueil !

— Je dîne à 21 heures. Je commencerai sans toi si tu arrives en retard.

6.

Lorsque Lucas sonna à la porte d'Emily, elle vint lui ouvrir sans un sourire, le visage fermé, et disparut aussitôt.

Sans doute dans la cuisine, pensa-t-il.

Elle ne semblait pas contente de le voir chez elle.

Il lui avait forcé la main pour qu'elle l'invite à dîner, et il avait lui-même du mal à comprendre pourquoi. Tout comme il avait du mal à comprendre le plaisir qu'il avait éprouvé en apprenant que tout était fini entre Emily et le pharmacien.

Refermant la porte derrière lui, il regarda la pièce où il se trouvait.

Accueillante et confortable, elle ne ressemblait en rien au taudis dans lequel ils avaient vécu lorsqu'ils étaient mariés.

Emily avait insisté pour assurer avec son seul salaire toutes les charges de leur couple. Elle n'avait rien voulu accepter de ses parents à lui, ni même de lui, qui avait pourtant de l'argent hérité de ses grands-parents. Il aurait voulu l'aider, participer aux frais, mais elle avait refusé. Tout cela pour prouver à ses parents qu'ils s'étaient trompés lorsqu'ils l'avaient accusée d'en vouloir à leur fortune.

Dans quelle mesure le fait de porter seule le poids des responsabilités financières avait-il joué dans le déclenchement de sa dépression ? se demanda-t-il en regardant autour de lui.

Il aimait la façon dont Emily avait décoré la pièce de séjour, choisissant des teintes neutres, apaisantes, où dominaient le crème et les couleurs terre, ponctuées par les tons plus vifs des coussins entassés sur le canapé. Quelques bibelots étaient posés çà et là, mais l'ensemble offrait une image de clarté et de sobriété. Rien ne rappelait l'époque où ils étaient mariés.

Quoi d'étonnant à cela ? Y avait-il chez lui le moindre souvenir de cette période de sa vie ?

Non. Du moins, il n'y en avait pas jusqu'au jour où, quelques semaines plus tôt, il était tombé par hasard sur une boîte qu'il n'avait pas eu le courage de jeter au moment de leur séparation. A l'intérieur, il avait trouvé les photos prises lors de leur week-end à Atlantic City. La virée qu'ils s'étaient offerte en guise de voyage de noces.

Il aurait voulu l'emmener dans un endroit exotique pour y passer une vraie lune de miel, mais au lieu de cela ils avaient dormi dans un hôtel bon marché, mangé dans des fast-foods, fait des promenades sur la plage, joué dans les vagues et fait l'amour aussi souvent qu'ils le pouvaient.

Même si ce voyage de noces n'était pas celui dont il aurait rêvé, il s'était rarement senti aussi heureux que pendant ces quelques jours. Et jamais il n'avait vu Emily aussi épanouie. A l'époque, il lui suffisait d'être avec lui pour se sentir heureuse.

En se remémorant tous ces souvenirs, il sentit un nœud à l'estomac.

Las d'attendre tout seul dans la salle de séjour, il décida de rejoindre Emily.

L'appartement n'étant pas très grand, il n'eut aucun mal à la trouver : un tablier noué autour de la taille, elle s'affairait devant la cuisinière.

Il la trouva incroyablement séduisante avec ses cheveux relevés sur le sommet de la tête, hormis quelques mèches qui lui encadraient le visage. Un maquillage léger mettait en valeur ses grands yeux verts, ses pommettes hautes et sa bouche pulpeuse qui invitait au baiser. Sous le tablier, elle portait un jean qui moulait ses longues jambes fines et un T-shirt de la même couleur que ses yeux.

— C'est presque prêt, annonça-t-elle.

Elle attrapa un verre de vin dont elle versa le contenu dans une casserole qui mijotait sur le feu.

— Tu n'étais pas obligée de te donner tout ce mal, dit-il. Je pouvais très bien t'emmener dîner dehors.

— J'ai cuisiné pour moi, pas pour toi.

La cuisine était petite mais bien aménagée. Un vase contenant quelques fleurs ornait une table où le couvert était déjà mis. Deux jolies assiettes en porcelaine, accompagnées d'une argenterie fine et de serviettes aux tons gais, étaient posées l'une en face de l'autre.

Lorsqu'ils étaient mariés, jamais Emily n'avait dressé une table avec autant de raffinement. Cela faisait-il partie des nouvelles compétences qu'elle avait acquises depuis leur divorce ?

— Qu'avons-nous pour le dîner ? demanda-t-il en la regardant s'affairer. Du foie, des brocolis, des asperges et des petits pois ? Cela fait beaucoup de légumes verts.

— Tu es médecin, rappela-t-elle en affichant un sourire ironique. Je me suis dit que tu serais content de manger sainement. Les légumes verts sont excellents pour la santé. Si tu veux bien t'asseoir, je vais servir le dîner.

— Je ne veux pas que tu me serves, Emily.

— Ce n'est pas un problème. Tu es mon invité.

A contrecœur, il s'assit sur la chaise qu'elle lui désignait.

Elle lui prit son assiette, la garnit généreusement et la posa devant lui. Après quoi, elle remplit son assiette, avec plus de modération, et la mit en face de la sienne.

— Que veux-tu boire ? demanda-t-elle.

— J'aurais dû apporter une bouteille de vin.

Il était venu les mains vides. Pas de vin. Pas de fleurs. Rien. Il n'y avait pas pensé, l'esprit uniquement occupé par Emily.

— C'est mieux que tu ne l'aies pas fait, affirma-t-elle. Je n'ai pas envie de boire quelque chose qui risque de lever mes inhibitions et de m'empêcher d'avoir les idées claires.

— Surtout lorsque je suis là ?

— Tu n'as jamais eu de mal à lever mes inhibitions.

— Tu m'as dit non le premier soir, et encore pendant les quelques jours suivants.

— Oh ! pas très longtemps ! protesta-t-elle en riant.

Il y avait dans son rire plus d'autodérision que de gaieté.

Pendant qu'elle gardait les yeux fixés sur son assiette, il détailla son visage, saisi une fois de plus par le charme de ses pommettes hautes.

Lorsque, levant la tête, elle croisa son regard, il eut le souffle coupé devant le vert intense de ces yeux frangés de cils noirs qui le fixaient.

— Tu veux que je dise que je regrette de t'avoir tant désirée ?

— Je ne veux rien du tout, si ce n'est te voir manger.

Il avait perdu l'appétit. Mais il se devait de faire honneur au repas qu'Emily avait préparé.

— Parlons du travail, alors, proposa-t-il. Que préfères-tu dans ton poste au Children's Hospital ?

— Les enfants.

Du bout de sa fourchette, elle piqua un morceau de foie qu'elle mit dans sa bouche.

Il voulut l'imiter mais il se limita à jouer avec la nourriture. Il n'aimait vraiment pas le foie.

— Qu'est-ce qui te plaît chez les enfants ?

— Tout. Tu n'as pas faim ? demanda-t-elle en désignant son assiette encore intacte.

— Pas très.

— C'est dommage de gâcher de la bonne nourriture !

Il était d'accord. Aussi prit-il quelques brocolis et fut agréablement surpris par la saveur d'ail et de beurre qui imprégnait légèrement les légumes.

— Ce n'est pas mauvais.

Elle haussa un sourcil.

— Tu t'attendais au pire ?

— Les brocolis n'ont jamais été mon plat préféré.

— Vraiment ? dit-elle d'un air innocent.

— Vraiment.

Il avala tous ses brocolis, puis il contempla les asperges et le foie.

— Il arrive parfois dans la vie qu'on apprenne à aimer des choses qu'on n'aimait pas, et vice versa, déclara Emily.

— Parlons-nous de nourriture ou de tes sentiments à mon égard ?

— A toi de le dire. Essaye les asperges. C'est délicieux.

La sauce au beurre qui accompagnait les asperges était un vrai régal. Il mangea tout sans rien laisser.

— Maintenant, goûte la viande. Tu verras, c'est très tendre, et aussi très savoureux avec ma sauce spéciale.

Il obéit et dut reconnaître que, cuisiné par Emily, le foie s'avérait être un mets de roi.

— Bravo ! dit-il en applaudissant.

Elle rougit.

— Tu aimes ?

— C'était ton but, non ? Me convaincre que le foie pouvait être bon ?

— Oui, en quelque sorte.

— Vais-je regretter plus tard d'avoir mangé tout cela ? demanda-t-il en piquant un autre morceau avec sa fourchette, Tu n'y as pas mis de mort-aux-rats ou autre chose qui va m'envoyer aux urgences ?

— Tu penses que tu le mériterais ?

— Peut-être.

Emily resta silencieuse, continuant son repas, les yeux fixés sur son assiette.

— Je suis désolé de t'avoir fait du mal, Emily.

Elle laissa tomber sa fourchette.

— Je suis désolé pour tout un tas de choses, poursuivit-il. Notamment de t'avoir vue devenir si triste après notre mariage. Je regrette de n'avoir pas su te rendre heureuse.

Elle leva les yeux. Il y avait de l'incrédulité dans son regard. Ou peut-être de la colère.

— Ah non ! Tu ne peux pas me faire cela !

— De quoi parles-tu ?

Elle repoussa son assiette et secoua la tête.

— Tu ne peux pas venir chez moi pour t'excuser et faire comme si tu regrettais la façon dont nous nous sommes quittés.

— Mais je le regrette vraiment ! Je l'ai toujours regretté.

— Foutaises !

Elle se leva de table et alla vers le réfrigérateur. Elle en sortit deux coupes en verre contenant du pudding nappé d'une bonne dose de crème fouettée.

Il adorait le pudding. Depuis toujours.

Le souvenir lui revint d'un soir où, autrefois, Emily avait essayé de faire un pudding qui s'était avéré une catastrophe. Elle avait paru si désespérée devant ce gâteau qui ne ressemblait à rien qu'il avait eu du mal à supporter la situation. Lorsqu'elle avait commencé à pleurer comme cela lui arrivait si souvent à l'époque, il aurait fait n'importe quoi pour qu'elle arrête. Il avait voulu la prendre dans ses bras, essuyer ses larmes avec ses baisers, la taquiner, plaisanter avec elle, et oublier cette histoire de pudding raté pour ne plus penser qu'à eux deux.

Au lieu de quoi ils s'étaient disputés. Méchamment. Il avait quitté l'appartement en trombe pour aller passer la nuit à l'hôpital dans la salle de repos des médecins. Cela avait marqué la fin de leur mariage.

Ce soir-là, il lui avait dit que si elle était si malheureuse avec lui, elle n'avait qu'à le quitter.

Et elle l'avait fait. Parce qu'elle était malheureuse avec lui.

Lorsqu'il était revenu chez eux le lendemain, elle n'était plus là. Jamais le minuscule appartement ne lui avait paru aussi sinistre.

Il n'avait pas voulu qu'elle s'en aille. Les mots avaient dépassé sa pensée. Il n'avait pas voulu non plus qu'elle soit malheureuse, mais il n'avait pas su la rendre heureuse. Alors, sa fierté avait pris le dessus, et le pire était arrivé.

Quel idiot immature il avait été ! Un idiot immature et égoïste, qui avait chassé la femme la plus fabuleuse qu'il ait jamais connue. Une femme adorable, bonne, loyale, saine, vraie.

— Je suis vraiment désolé que les choses se soient passées aussi mal, Emily. Et je regrette aussi que cette vérité te gêne.

Evitant de le regarder, elle haussa les épaules.

— Elle ne me gêne pas. La vie a suivi son cours comme elle devait le faire.

C'était visiblement un mensonge. Lui, il avait l'impression que la façon dont ils s'étaient quittés les avait laissés l'un et l'autre avec beaucoup trop d'émotions non résolues pour qu'ils puissent réellement passer à autre chose. Mais peut-être était-il le seul à avoir ce sentiment. Peut-être était-elle heureuse aujourd'hui. Dans ce cas, il devrait s'en aller et la laisser tranquille. Pourquoi s'en sentait-il incapable ?

— Tu le crois vraiment ?

— Oui, affirma-t-elle. Je le crois vraiment.

— Je n'en suis pas certain.

Sa propre franchise le surprit, comme il fut surpris de voir qu'il se levait pour se rapprocher d'Emily.

Emily ferma les yeux et se mordit la lèvre, à la torture.

Pourquoi Lucas venait-il près d'elle ? Pourquoi ne mangeait-il pas ce fichu pudding ?

— Te souviens-tu de la première fois où nous nous sommes embrassés ?

Penché vers elle, il avait murmuré ces mots qui charmaient son oreille, son corps, son esprit.

Pensait-il sérieusement qu'elle avait pu oublier leur premier baiser ?

— Moi, continua-t-il, je m'en souviens.

Il était si proche d'elle qu'elle sentait la chaleur de son souffle sur son visage.

— Nous étions devant la porte de ton appartement, et je me suis penché pour poser mes lèvres sur les tiennes. Ta bouche était la plus douce que j'avais jamais goûtée, je ne pouvais pas m'en rassasier. Tu m'avais embrasé.

C'était elle, maintenant, qui avait le cerveau en ébullition et le corps en feu. Un feu d'enfer, parce qu'évoquer ces souvenirs la torturait. Elle l'avait tellement aimé, tellement désiré ! Mais c'était il y avait bien longtemps.

— Quelle importance cela a-t-il que je m'en souvienne ou non ? Tout cela est complètement fou. Je ne comprends pas pourquoi tu as voulu venir dîner chez moi. Nous savons tous les deux que ce n'était pas pour goûter à ma cuisine.

— Ton dîner était fameux.

Il était tout près d'elle. Beaucoup trop près.

— Je veux retrouver l'amitié que nous avions l'un pour l'autre, Emily, avant que tout ne tourne mal entre nous. Je veux t'embrasser. Je veux faire bien plus encore. Je veux retrouver tout ce qu'il y avait de bon entre nous avant que les liens du mariage ne viennent tout gâcher.

Qu'est-ce qu'il racontait ? Etait-il en train de lui demander d'être son amie tout en disant que les liens du mariage avaient tout gâché ? Il était vraiment fou.

— As-tu perdu tous tes autres amis ?

Il eut un petit sourire forcé.

— Je suis un bon ami, Emily, tu le sais. Un très bon ami.

Peut-être pour les autres, mais pas pour elle. La plupart du temps, il avait été un ami absent. Mais sans doute faisait-il allusion à leurs relations sexuelles.

S'écartant de lui, elle retourna s'asseoir à table et commença à manger son pudding.

— Il s'agit de sexe ? dit-elle en levant les yeux au ciel. C'est pour cette raison que tu as surenchéri afin de battre Richard lors de la vente ? Et aussi que tu t'imposes dans ma vie alors que je ne te supporte pas ? Tout ça parce que tu veux coucher avec moi ?

— Je te l'ai dit, je n'avais pas prévu de participer à la vente aux enchères. Et si cet idiot m'a laissé gagner au lieu de se battre pour toi, bon débarras ! Il ne te méritait pas.

Lucas avait repris sa place à table, mais, au lieu de déguster son dessert, il se pencha vers elle.

— Je ne te crois pas quand tu dis que tu ne me supportes pas. Je crois que tu as toujours du désir pour moi. Le sexe, entre nous deux, c'était génial.

Elle secoua la tête avec amertume.

— Ah, tu trouves ? J'ai eu l'impression que, très vite, cela t'a ennuyé de coucher avec moi.

— Jamais !

— Alors, nous ne gardons pas les mêmes souvenirs de cette période.

Lucas parut déconcerté. Il la regarda fixement quelques instants, puis il prit une bouchée de pudding et la dégusta.

— C'est très bon, commenta-t-il.

— Bien sûr.

Son ton sarcastique n'échappa pas à Lucas. Il haussa un sourcil, l'air interrogateur.

— Tu as changé de sujet de conversation, expliqua-t-elle, cette fois d'un ton accusateur.

— Tu veux que je te raconte les souvenirs que je garde de nos exploits au lit ?

Non. Oui. Peut-être. Tout dépendait de ce qu'il allait dire.

— Eh bien, je me souviens d'une femme dont je n'étais jamais rassasié. Une femme qui m'obsédait tellement que je voulais toujours être avec elle plutôt que de m'acquitter de tout ce que j'avais à faire pour mes études, pour l'hôpital ou pour mes parents. Une femme avec qui j'avais envie de passer tout mon temps, sans manger ni dormir, ni faire quoi que ce soit d'autre que d'être auprès d'elle.

Elle sentit un froid glacial l'envahir.

— Je ne t'ai jamais demandé de me faire passer avant tout le reste. Je savais que tu devais te consacrer à tes études.

— Dire cela et le vivre sont deux choses bien différentes. Tu t'attendais à ce que je sois le mari dont tu rêvais. Tu pleurais tout le temps, Emily. J'avais beau faire, j'avais l'impression que ce n'était jamais suffisant. Je ne parvenais pas à chasser ta tristesse. Te savoir aussi malheureuse me rendait moi aussi malheureux.

— Tu as regretté de m'avoir épousée dès qu'on a été mariés. Ose dire le contraire !

Voyant qu'il ne protestait pas immédiatement, elle ferma les yeux.

— C'est vrai, n'est-ce pas ? ajouta-t-elle d'une voix brisée. Oh ! pourquoi t'ai-je laissé venir chez moi ?

— Je me suis demandé une bonne dizaine de fois pourquoi tu l'avais fait. Et pourquoi le pharmacien et toi, vous n'êtes plus ensemble. La vérité, c'est que nous devions discuter, Emily. En dépit de ce qu'il s'est passé autrefois et de la façon dont les choses se sont terminées, tu es aussi curieuse que moi de voir si la flamme est toujours là. Tu veux savoir si tu es toujours aussi sensible et réactive dès que je te touche.

Trop énervée pour rester assise, elle bondit de sa chaise et marcha de long en large dans la cuisine.

— Non !

Elle ne voulait rien savoir. Enfin, pas vraiment. Elle voulait juste… Oh ! au secours ! La curiosité allait la perdre.

— Tu aurais pu dire que tu ne cuisinerais pas pour moi, souligna Lucas. Pourquoi ne l'as-tu pas fait ?

Elle s'agrippa au plan de travail.

Comme elle lui tournait le dos, il s'avança vers elle et lui mit les mains sur les épaules.

— Je ne cherche pas à te déstabiliser, dit-il. Ce que je veux, c'est que tu te sentes bien, que tu sois heureuse. C'est ce que j'ai toujours voulu. Mais, apparemment, je n'ai jamais vraiment réussi.

7.

Emily ne voulait pas que Lucas la touche. La chaleur de ses mains posées sur ses épaules la brûlait à travers le T-shirt, lui embrasait la peau, attisait ses souvenirs.

— Pourquoi me dis-tu tout cela ? dit-elle d'une voix éteinte.

Il continua de lui masser doucement le dos.

Elle sentit quelque chose se briser en elle. S'agissait-il de sa résolution, ou bien de son cœur dont elle avait eu tant de mal à recoller les morceaux ?

Déstabilisée, elle restait figée, rigide et froide, livrée à ces mains brûlantes.

— Tu sais, Emily, quand je t'ai dit que je voulais être ton ami, j'étais sérieux.

Exerçant une légère pression sur ses épaules, il l'obligea à lui faire face.

— C'est ce que je veux, poursuivit-il. J'ai envie de faire de nouveau partie de ta vie, et que tu fasses partie de la mienne. Je ne le savais pas quand j'ai pris ce poste au Children's Hospital, mais maintenant je le sais.

— Et tu ne te demandes pas ce que je veux, moi ? demanda-t-elle en essayant en vain de parler d'un ton ferme.

— Que veux-tu, Emily ?

— Oh ! c'est très simple ! Je veux que tu t'en ailles et que je n'aie plus jamais à te revoir.

Silence. Lucas lui prit le menton, la forçant à le regarder dans les yeux.

— Est-ce vraiment ce que tu veux, Emily ? Veux-tu que je démissionne de mon poste au Children's Hospital, que je disparaisse de ta vie et que je ne t'importune plus jamais ?

Parce que, si ça peut te rendre heureuse, je le ferai. Dis-moi ce que tu veux, et je ferai tout mon possible pour te satisfaire.

Oui, elle voulait qu'il disparaisse. C'était la meilleure chose qui pouvait arriver. Elle l'avait aimé plus que tout au monde, et il lui avait brisé le cœur. Elle ne pouvait que le haïr. Mais elle se sentait incapable de lui répondre, consciente que les mots qui sortiraient de sa bouche ne seraient pas ceux qui conviendraient.

— Réponds-moi, Emily. Veux-tu que je disparaisse de ta vie ? Tu n'as qu'un mot à dire et je le ferai.

— Je...

— Je n'ai aucune envie de partir, mais si c'est ce que tu veux, je m'en irai.

Elle leva les yeux, croisa son regard et ouvrit la bouche pour répondre. Pour lui dire que, oui, elle voulait qu'il parte et ne croise plus jamais son chemin.

Mais rien ne se passa ainsi. Tout ce qu'elle allait dire disparut sous la pression des lèvres de Lucas, qui s'empara de sa bouche.

Un baiser dont elle ne voulait pas.

Un baiser qu'elle désirait plus que tout au monde.

Un baiser d'une douceur surprenante, comme s'il n'avait pas pu se retenir de l'embrasser mais qu'il s'attendait à ce qu'elle le repousse.

Si elle lui disait d'arrêter, il le ferait. Il lui laissait le contrôle de la situation. Alors, pourquoi ne mettait-elle pas fin à ce baiser ?

Parce qu'elle en était incapable. Son corps la trahissait. Elle ne pouvait s'empêcher de prendre un plaisir infini à sentir ses lèvres sur les siennes, sa langue dans sa bouche.

Embrasser Lucas avait toujours déclenché chez elle un torrent de lave brûlante qui l'embrasait tout entière. Aujourd'hui, rien n'avait changé. Il pouvait, sans le moindre effort, la faire exploser de plaisir.

Elle était incapable d'arrêter le feu qui la consumait. Il lui fallait aller jusqu'au bout, satisfaire ce désir que seul Lucas saurait combler. Elle le laisserait l'enflammer, la toucher, la pénétrer, exigeant de lui qu'il lui donne toujours davantage, jusqu'au moment où il perdrait tout contrôle et où tous les deux connaîtraient l'orgasme.

Mais cette fois, elle n'aspirait qu'au plaisir physique. Pas question de promesses d'amour éternel.

Lucas sentait Emily vibrer sous ses caresses. Elle se pressait contre lui tandis qu'il la couvrait de baisers.

Depuis son divorce, il avait couché avec bien des femmes, mais aucune ne lui avait donné le plaisir qu'il connaissait avec Emily en cet instant.

Emily. Son Emily.

Avec elle, le sexe avait toujours été torride. Omniprésent. Il leur suffisait d'un regard brûlant, d'une caresse légère, d'un contact furtif entre leurs corps pour qu'il ait aussitôt envie de lui faire l'amour. D'atteindre avec elle l'extase qui transporte au septième ciel. Mais ils étaient retombés sur terre, et la chute avait été brutale. Une chute qui avait laissé Emily en larmes. Et il s'était senti impuissant à sécher ces pleurs.

Il s'écarta d'elle, lui saisit le visage entre ses mains et l'obligea à le regarder.

— Nous devons arrêter.

Elle ouvrit de grands yeux.

— Non ! cria-t-elle, furieuse. Tu ne vas pas me faire un coup pareil. Tu ne vas pas me repousser. Pas cette fois !

Elle parut aussitôt regretter ce qu'elle venait de dire. Elle avait exprimé quelque chose qu'elle aurait sans doute voulu garder secret. Quelque chose qu'il avait soudain besoin de comprendre.

Il ne l'avait pas repoussée. Il l'avait désirée. Toujours. Seulement, il n'avait pas été capable de supporter cette tristesse dont il se sentait responsable.

— Que veux-tu dire ?

— Rien. Rien du tout.

Elle voulut se dégager de ses bras, mais il la retint.

— Non. Je ne te lâcherai pas avant que tu ne m'aies expliqué.

Elle se raidit mais ne chercha pas à se débattre.

— Alors, dit-elle, tu ferais mieux de prendre une chaise et de t'installer confortablement, parce que tu peux attendre longtemps.

Pourquoi avait-il l'impression de s'y prendre très mal avec elle ? Peut-être en serait-il toujours ainsi. Peut-être était-il destiné à la rendre malheureuse. Pourtant, elle était la seule femme avec qui il aurait voulu que tout se passe bien.

— Emily, je te désire.

Elle rit, un rire qui ressemblait plutôt à un cri de douleur.

— Ah, je vais te croire, après t'avoir entendu dire que nous devions arrêter, alors que tout me laissait penser que tu voulais faire l'amour avec moi.

— Mais je *veux* faire l'amour avec toi !

— Pourrais-tu savoir enfin ce que tu veux vraiment ? Ton indécision me tue.

— Je ne suis pas indécis. J'essaye de faire les choses du mieux possible.

— En jouant avec mes émotions, avec cette façon que tu as de me séduire par tes baisers pour, tout de suite après, me repousser ? Pour toi, c'est cela « faire les choses du mieux possible » ?

— Je comprends ta réaction, mais écoute-moi.

— Je suis tout ouïe.

— Je rêverais de te coucher sur ce plan de travail et de t'embrasser jusqu'à ce que tu cries de plaisir, avoua-t-il en lui caressant les hanches.

— Mais ?

— Mais je ne suis pas venu ici pour coucher avec toi. Je voulais juste être avec toi. Je suis là parce que j'avais besoin de ta compagnie.

Ces paroles parurent avoir sur Emily un effet aphrodisiaque.

— Peut-être devrions-nous simplement faire l'amour, dit-elle en se collant contre lui.

— Peut-être. C'est sûr, il n'est plus question de mariage. Ce n'est pas dans mes projets.

— Tu crois que je voudrais épouser de nouveau un type aussi égoïste que toi ? Quelle erreur !

En même temps, elle lui avait sorti sa chemise de son pantalon, et elle commençait à lui défaire sa ceinture.

— Tu es sûre que c'est ce que tu veux ?

A présent, elle s'attaquait à la fermeture Eclair de sa braguette.

— A ton avis ? murmura-t-elle, en promenant ses mains sur son ventre et ses hanches avant de le débarrasser de son pantalon.

Il poussa un grognement.

— Je vais te donner du plaisir, promit-il.

Il lui en avait toujours donné. Dès le début, il avait su la combler. De ce côté-là, au moins, jamais il ne l'avait déçue.

Emily haletait. Son cœur battait à tout rompre. Son corps était luisant de sueur.

Jamais Lucas n'avait déclenché chez elle une telle jouissance.

Il l'avait dévêtue puis couverte de baisers, s'attardant où il la savait particulièrement sensible, jusqu'à ce qu'elle le supplie d'aller plus loin, de la prendre là, dans la cuisine. Ils avaient fait l'amour sur le plan de travail, sur la table, contre le réfrigérateur, et ils avaient atteint en même temps un orgasme qui les avait laissés sans force. Ils avaient montré une telle ardeur qu'elle était sûre qu'ils avaient cabossé la porte en acier du réfrigérateur.

A présent, elle était en nage, nue.

Elle n'avait aucun regret d'avoir fait l'amour avec Lucas. En fait, elle avait envie de le remercier. Il venait de lui donner la preuve que, loin d'avoir perdu son aptitude au plaisir, elle pouvait s'y abandonner complètement. Avec lui, elle se sentait une déesse du sexe, une reine, une sirène qui savait lui rendre le plaisir qu'il lui donnait.

— Merci, murmura-t-il, le nez dans son cou. Merci, Emily.

— Non. Merci à toi.

S'écartant de lui, elle commença à ramasser ses vêtements, éparpillés un peu partout dans la cuisine, mais elle n'était pas pressée de se rhabiller. Elle ne voulait pas qu'il pense que ça la gênait d'être nue devant lui. Elle ne l'était pas. Il l'avait vue maintes fois nue, la peau luisante et rougie après l'amour.

Il ne s'agissait ici que de sexe. Pourquoi devrait-elle se sentir coupable ou gênée ?

— Tu as été fantastique, dit Lucas.

Il la regardait en souriant, affichant un air fier et satisfait.

Elle avait été à la hauteur, comprit-elle.

— Toi aussi, reconnut-elle.

Puis elle songea aux conséquences possibles de ce qui venait d'avoir lieu.

Ils avaient fait l'amour sans se protéger ! De toute évidence, ni l'un ni l'autre n'y avaient pensé. Elle prenait la pilule, mais que se passerait-il s'il y avait un problème et qu'elle tombe enceinte ?

C'était impossible. Impensable. Elle ne pouvait pas.

Mais si…

Soudain prise de panique, elle n'eut plus qu'une envie : que Lucas s'en aille pour qu'elle puisse réfléchir à ce qui était arrivé.

Elle ne voulait pas qu'il sache à quel point le fait d'avoir couché avec lui l'avait bouleversée. Elle s'efforça de paraître calme.

— Je voudrais que tu t'en ailles pendant que je prends une douche.

Visiblement surpris par son attitude, Lucas fronça les sourcils.

— Quoi ? Comment ?

— Je vais prendre une douche, répéta-t-elle, d'une voix haut perchée qui trahissait l'état de panique dans lequel elle se trouvait.

Lucas ignorait qu'elle prenait la pilule. Il avait donc couru le risque de la mettre enceinte, alors qu'il avait toujours fait en sorte d'éviter cela lorsqu'ils étaient mariés.

Elle se détourna rapidement de crainte de ne pouvoir retenir ses larmes.

— Arrange-toi pour avoir quitté l'appartement lorsque je sortirai de la douche.

8.

L'infirmière de nuit rapporta que Cassie Bellows avait pleuré durant presque toute la nuit, tant elle souffrait. On lui avait donné son traitement, mais les larmes avaient coulé même pendant son sommeil.

En entendant cela, Emily eut le cœur serré en pensant à la souffrance de la petite fille.

— J'ai appelé le Dr Cain, il va venir l'examiner ce matin, dit l'infirmière avant de s'en aller. Il pense l'opérer cette semaine.

Lucas allait venir. C'était normal. Il travaillait ici. Elle aussi. Ils se verraient et se comporteraient en bons professionnels, comme si rien ne s'était passé dans la cuisine la nuit dernière, et ils se montreraient courtois l'un envers l'autre.

Sauf que, lorsque Lucas entra dans la chambre, il avait l'air irrité. Contre elle.

— Quand Cassie a-t-elle reçu sa dernière dose d'antalgique ?

Il avait posé la question presque en grognant.

Emily pointa le doigt sur l'écran de l'ordinateur.

— Là, dit-elle.

Il étudia les données inscrites sur l'écran en fronçant les sourcils.

— Je vais augmenter la dose.

Il précisa la quantité.

— Quand doit-elle recevoir la prochaine dose ? s'enquit Emily.

— Maintenant. Il faut lui donner le médicament immédiatement. Je ne veux pas qu'elle souffre. Je vais la transférer en chirurgie. Même si elle doit être sous sédatif presque toute la journée, c'est mieux que de la laisser pleurer de douleur. Je pratiquerai l'intervention aujourd'hui même si je peux avoir une salle au bloc opératoire et une équipe disponible.

Il semblait craindre de ne pas obtenir ce qu'il voulait. Peut-être était-ce pour cette raison qu'il avait l'air si irrité en arrivant.

— L'état de Cassie s'est beaucoup modifié au cours de la nuit, dit-elle.

Il hocha la tête.

— J'ai demandé qu'elle ait une IRM du cerveau. Ce doit être fait de toute urgence. Et je compte sur le personnel du bloc opératoire pour me trouver une salle et une équipe aujourd'hui même.

Elle avait du mal à croire qu'elle était en train d'avoir une conversation normale avec l'homme qui, la nuit dernière, lui avait fait l'amour comme un dieu. Pourtant, par le passé, ils se parlaient normalement après leurs folles étreintes. Alors, pourquoi cela lui paraissait-il étrange aujourd'hui ?

Elle n'aurait su le dire.

— Au sujet de la nuit dernière…

Elle l'interrompit.

— Ne t'inquiète pas, je prends la pilule. Il est donc inutile d'avoir ce genre de conversation, et c'est particulièrement déplacé de parler de cela quand nous sommes au travail.

Il avait le visage marqué par la fatigue.

— Il ne s'agissait pas de cela, mais tu as raison. Ce n'est ni le lieu ni le moment.

— Je suis d'accord.

— Je voudrais dîner avec toi pour que nous puissions parler de la nuit dernière, mais il se peut que je sois retenu assez tard au bloc opératoire.

Elle préférait ne pas lui dire pour l'instant que le projet qu'ils se voient en dehors du travail lui semblait une très mauvaise idée.

— Tu penses vraiment qu'il est arrivé quelque chose de nouveau à Cassie ?

— Avec les modifications apparues dans ses constantes vitales et le niveau de douleur, je serais étonné que l'IRM ne montre pas l'apparition d'un nouvel élément.

— Que soupçonnes-tu ?

— Je penserais à un écoulement de sang... La tumeur n'est pas forcément en cause. Cassie a fait plusieurs chutes avant d'être hospitalisée, mais les examens n'ont pas révélé jusque-là de saignement ni de concentration de fluide. Un saignement semble être l'explication la plus logique d'un changement aussi soudain. Je dois transférer Cassie en chirurgie et élucider ce mystère.

Lucas avait l'air soucieux. Son intérêt pour leur petite patiente était sincère.

Lors de ses études de médecine, il semblait considérer les patients comme des cas à étudier plus que comme des personnes réelles. Son attitude avait bien changé ! Elle s'en était aperçue lorsqu'elle l'avait vu faire un puzzle avec Cassie. Et aujourd'hui, il s'inquiétait pour celle-ci, tout comme il s'était inquiété pour Jenny avec qui il s'était montré si protecteur.

Elle aimait voir Lucas se comporter ainsi. En même temps, elle en était contrariée, car moins elle l'apprécierait, mieux ce serait.

Elle ne voulait pas l'imaginer comme un être sensible et vulnérable. C'était tellement plus facile de penser qu'il était responsable de l'échec de leur mariage, que c'était lui qui n'avait plus voulu d'elle ! Si elle le voyait autrement, comme une personne de cœur, ne devrait-elle pas s'interroger sur sa part de responsabilité dans leur séparation et sur ce qui, chez elle, avait pu pousser Lucas à la rejeter ?

Lucas avait vu juste, quand bien même, dans le cas présent, il aurait préféré s'être trompé.

En voyant sur les clichés de l'IRM la poche de fluide qui s'était formée dans le cerveau de Cassie, il s'expliquait pourquoi l'état de la petite patiente s'était dégradé si rapidement. Sans doute avait-elle souffert d'une lente hémorragie à la suite de l'une des chutes provoquées par ses pertes d'équilibre. La pauvre enfant semblait n'avoir droit à aucun répit.

Il se lava les mains, enfila des gants en latex et se dirigea vers la salle d'opération où Cassie l'attendait sous anesthésie.

Parfois, il lui arrivait encore de s'étonner d'être un chirurgien spécialiste du cerveau. Sa vocation était née au lycée, lorsqu'il avait vu un camarade souffrir d'une lésion cérébrale traumatique après avoir été blessé au cours d'un match de football. Fasciné par les soins qu'avait reçus ce garçon, il avait su ce qu'il voulait faire dans la vie.

Le fait d'être entretenu par ses parents durant ses études de médecine ne lui avait pas posé de problème jusqu'à ce qu'il rencontre Emily. Elle l'avait fait culpabiliser d'avoir une vie facile. Mais pourquoi aurait-il refusé l'aide de sa famille ? Il était un fils unique adoré de ses parents, et ceux-ci n'avaient pas compris l'attitude d'Emily.

A l'époque, lui aussi avait été choqué par son choix de s'opposer à tout soutien financier. Mais, le temps passant, il s'était dit qu'elle tenait à lui faire comprendre qui elle était, d'où elle venait. De toute façon, ce n'était pas la fortune de ses parents qui avait causé l'échec de leur mariage, mais sa propre incapacité à réconforter une épouse dépressive tout en s'acquittant de ses autres obligations.

Il essayait bien d'arrêter les crises de larmes d'Emily, mais ses interventions semblaient aggraver les choses. L'impression d'être responsable de ces larmes créait chez lui un sentiment d'impuissance insupportable. Il avait alors fait en sorte de passer le moins de temps possible avec elle, espérant qu'elle finirait par sortir de cette dépression.

Au lieu de quoi, elle avait commencé à parler de son désir d'avoir un bébé, revenant constamment sur le sujet.

Il avait été pris de panique. Il avait déjà du mal à assumer tout ce qu'il avait à faire. Si la dépression d'Emily empirait, que se passerait-il ?

Il n'avait pas pu lui donner ce qu'elle réclamait. Malgré ses efforts, il n'avait pas su la rendre heureuse. Elle avait plongé dans le désespoir et refusé d'être aidée. Il avait échoué sur tous les plans.

Pourquoi, alors qu'il s'apprêtait à opérer une patiente, avait-il l'esprit encombré de ces vieux souvenirs ? Il devait chasser Emily de ses pensées et fixer toute son attention sur Cassie.

Mais lorsqu'il pénétra dans la salle d'opération, il vit deux grands yeux verts l'observer et, malgré le masque chirurgical qui cachait le reste du visage, il n'eut aucun mal à reconnaître Emily.

Oublier Emily s'avérait plus difficile qu'il l'avait cru. Que faisait-elle là ? Et pourquoi ?

Après son divorce, Emily avait posé sa candidature au Children's Hospital pour ne plus avoir à travailler dans le même établissement que Lucas. Et, ironie du sort, voilà qu'elle s'était portée volontaire ce soir pour l'assister pendant qu'il opérerait la petite Cassie. Elle l'avait fait sans même prendre le temps de réfléchir.

Maintenant qu'elle était là, en train de regarder Lucas faire un trou dans le crâne de la petite fille, elle se demandait si elle n'avait pas montré trop de précipitation.

Ce n'était pas le spectacle qu'elle avait sous les yeux qui la troublait. Elle avait déjà assisté à ce genre d'intervention et savait que tout était fait dans l'intérêt de Cassie. Sans cette opération, les chances de survie de l'enfant étaient minces. Et plus on tarderait à l'opérer, plus le risque de lésion cérébrale permanente serait élevé.

Ce qui la frappait, c'était la précision et la compétence dont Lucas faisait preuve dans son travail. Elle ne quittait pas ses mains des yeux. Elle accomplissait sa tâche avec aisance, toujours prête à lui tendre l'instrument dont il avait besoin, à l'assister de son mieux comme les autres membres de l'équipe chirurgicale.

Après que Lucas eut localisé la minuscule hémorragie qui avait causé tant de problèmes et qu'il eut stoppé le saignement, il leva les yeux, cherchant son regard.

Elle vit à quel point il était soulagé.

Il s'était inquiété pour Cassie. Pour lui, celle-ci n'était pas un simple numéro ni un cas d'étude. Elle était une enfant dont on lui avait confié la responsabilité. Il prenait cela très à cœur.

Elle était contente. Si contente qu'elle lui sourit, même s'il ne pouvait pas le voir à cause du masque. Pourtant, elle aurait juré qu'il lui rendit ce sourire, même si, là encore, le masque l'empêchait de voir sa bouche.

Que lui arrivait-il ? Elle ne voulait établir de lien d'aucune sorte avec Lucas Cain. Ni physique ni affectif. Aucun. Cependant, en cet instant, elle avait l'impression de retourner des années en arrière, de plonger son regard dans les yeux de l'homme à qui elle avait donné son cœur, en oubliant l'autre, celui qui le lui avait brisé.

Lorsque, ce soir-là, Emily entendit sonner à sa porte, elle ne fut pas surprise de découvrir qui venait lui rendre visite à une heure aussi tardive.

— Je sais qu'il est presque minuit, dit Lucas, mais...

Il avait l'air fatigué. Et triste, également, comme s'il pensait qu'il n'aurait pas dû venir mais qu'il n'avait pu s'en empêcher.

Aussi, lorsqu'il la prit dans ses bras et l'embrassa, elle lui rendit son baiser.

Pourquoi pas ? Il ne s'agissait que de sexe, n'est-ce pas ? Car il était hors de question qu'elle retombe sous le charme de cet homme.

Il l'embrassait et l'étreignait avec fièvre, comme s'il était avide de la posséder tout entière.

Elle comprenait. Elle ressentait la même chose.

Ils firent l'amour dans la chambre. Sur le lit. Cette fois, ils pensèrent au préservatif, et comme la veille leur plaisir atteignit des sommets.

Lucas était un si merveilleux, un si parfait amant !

Sauf qu'il n'était pas son amant. Pas vraiment. Il était l'homme avec qui elle couchait. Mais si elle n'y prenait pas garde, il risquait de la détruire une nouvelle fois. Elle ne pouvait pas se permettre de croire qu'il s'agissait d'une seconde chance. Ce serait une folie, et la porte ouverte à bien des ennuis.

En écoutant le souffle régulier de Lucas, elle se rendit soudain compte qu'il s'était assoupi.

Elle roula sur le côté et le secoua, prise de panique.

— Tu ne peux pas dormir ici ! Tu dois t'en aller.

— Je sais, dit-il sans ouvrir les yeux.

Il semblait tellement las lorsqu'il était arrivé qu'elle se sentit coupable. Minuit était passé depuis longtemps.

Mais elle ne pouvait pas dormir à côté de cet homme avec qui elle avait cru autrefois qu'elle passerait sa vie. Elle ne pouvait pas se réveiller près de l'homme à qui elle avait donné naguère son amour. C'était trop intime.

Elle le secoua de nouveau.

— Lucas, tu dois sortir de mon lit. Tu ne peux pas rester ici.

Cette fois, il ouvrit les yeux et fronça les sourcils.

— Mais pourquoi ? Qu'est-ce que ça peut faire ?

Il bâilla et s'étira. Les couvertures glissèrent, révélant son corps trop parfait.

— Il le faut, insista-t-elle, en s'efforçant de ne regarder que son visage.

— Pourquoi ?

— Je ne veux pas de toi ici.

— Tu voulais bien de moi il y a à peine quelques minutes, rappela-t-il en lui adressant un sourire paresseux.

— Il ne s'agissait que de sexe.

Enfin, elle l'espérait. Elle avait failli ne pas survivre la première fois. Elle ne supporterait pas d'avoir de nouveau le cœur brisé.

« Il ne s'agissait que de sexe. »

Les mots continuaient de hanter Lucas. Lui restaient sur le cœur. Il ne voulait pas d'une relation stable, le sexe devrait donc lui suffire. Pourquoi la déclaration d'Emily l'irritait-elle autant ?

Parce que, ce qu'il attendait d'elle, c'était qu'ils redeviennent amis. Il avait adoré lui parler, lui faire part de ses pensées, lui raconter ses journées. Jusqu'au jour où ils s'étaient mariés. Après, ils n'avaient plus su communiquer et avaient fini par se séparer. Comment en étaient-ils arrivés là ?

Il lui caressa doucement la hanche.

— Es-tu certaine de ne pas vouloir que je reste ?

— Tout à fait certaine.

Emily sortit du lit et lui tendit ses sous-vêtements.

— Tu as dîné ? demanda-t-il.

— Oui. Je me suis réchauffé quelque chose lorsque je suis rentrée. Et toi ?

— Non. Je meurs de faim !

Elle se raidit.

— Il y a un fast-food chinois au coin de la rue. Il est ouvert vingt-quatre heures sur vingt-quatre.

D'accord, elle voulait vraiment qu'il s'en aille.

Il hocha la tête et s'assit au bord du lit.

— Ou bien, je pourrais te réchauffer les restes du dîner d'hier ? ajouta-t-elle d'une voix faible.

Il sauta sur la proposition.

— Du foie, des brocolis et des asperges, au beau milieu de la nuit ? Génial !

Et, surtout, l'idée de passer un peu plus de temps avec Emily lui paraissait excellente. Parce qu'il attendait d'elle bien davantage que du sexe. Il en avait toujours été ainsi. Il voulait qu'elle ait une place dans sa vie.

Et, cette fois, ils ne commettraient pas l'erreur de se marier.

Emily ne cessait de se faire des reproches tout en sortant du réfrigérateur les reliefs du dîner.

Pourquoi avait-elle proposé à Lucas de lui réchauffer les restes ? Elle aurait dû l'obliger à s'en aller. C'était un grand garçon, il ne serait pas mort de faim ! De toute évidence, il s'était fort bien nourri sans elle durant les cinq années qui venaient de s'écouler…

Il avait toujours été en bonne forme, mais aujourd'hui sa vigueur et son endurance étaient exceptionnelles. C'était vraiment un amant fabuleux. et pas seulement à cause de ses aptitudes physiques. Il avait une façon de se comporter comme si elle était la créature la plus désirable au monde, comme s'il ne pouvait pas se rassasier de ses lèvres, de son corps. C'était ce mélange de désespoir, de crainte et de tendresse qui la touchait. Il lui donnait l'impression d'être quelqu'un de très précieux.

Ce qui l'avait amenée autrefois à lui offrir sa virginité malgré sa décision de faire ce cadeau à celui qui deviendrait son mari. Cela pouvait paraître vieux jeu, mais elle l'avait revendiqué — jusqu'au jour où…

Ce jour-là, dès qu'il était entré dans l'appartement et l'avait embrassée, elle avait su que, cette fois, elle ne lui demanderait pas de s'arrêter. Elle avait compris qu'elle l'aimait à la folie et qu'il serait le premier à qui elle se donnerait, même s'ils n'étaient pas du même milieu. Un mois plus tard, il lui demandait de l'épouser, et le mois suivant ils étaient mariés. Tout s'était passé très vite, comme Lucas l'avait voulu, et elle nageait dans un tel bonheur qu'elle l'avait suivi sans se poser de questions.

Sans doute aurait-elle mieux fait de se montrer plus prudente. Ils étaient aussi différents l'un de l'autre que le jour et la nuit…

— A quoi penses-tu ?

— Pourquoi ?

— Ça fait cinq minutes que tu restes plantée là, à jouer avec le couvercle de cette boîte en plastique.

Elle n'allait pas lui dire qu'elle pensait à eux. Mais il s'en doutait probablement.

— Je ne t'aime pas, tu sais.

— C'est à ça que tu pensais ?

— Je ne veux pas sortir avec toi.

— D'accord.

— Refaire l'amour ensemble est une très mauvaise idée.

— Sans doute.

Elle sortit une boîte du micro-ondes pour y mettre celle qu'elle tenait.

— Je ne t'aime pas.

— Tu l'as déjà dit.

— Je voulais juste m'assurer que les choses étaient bien claires pour toi.

— Pourquoi ne m'aimes-tu pas, Emily ?

— Parce que…

Parce qu'il lui avait brisé le cœur et qu'elle n'avait jamais pu recoller complètement les morceaux malgré tous ses efforts. Parce qu'il était exceptionnel et qu'elle n'était qu'elle-même. Parce que…

— Tu es mon ex-mari. Je ne suis pas censée t'aimer.

— Qui a dit cela ?

— Tout le monde.

— Depuis quand écoutes-tu ce que tout le monde dit ?

— Ne fais pas comme si tu me connaissais si bien. J'ai beaucoup changé durant les cinq dernières années.

Il la détailla de la tête aux pieds, jetant un regard insistant sur son visage, son T-shirt, son short, ses jambes nues.

— Tu n'as pas tellement changé, conclut-il.

Elle dut se retenir pour ne pas lui lancer un coup de pied.

— Peut-être pas dans l'apparence, mais à l'intérieur, si, j'ai beaucoup changé.

La sonnerie du four à micro-ondes retentit, indiquant que le plat était chaud. Mais elle l'ignora, les yeux fixés sur lui.

— Je ne suis plus une gamine innocente dont un beau parleur n'a aucun mal à profiter.

— C'était donc ainsi que tu me voyais ? Comme un beau parleur qui profitait de ton innocence ?

— Tu avais plus d'expérience que moi.

— Ce n'était pas très difficile ! Même une pierre avait plus d'expérience que toi.

Devait-elle prendre cela comme une critique ?

— J'ai eu bien raison de partir et de vivre ma vie, dit-elle en sortant la boîte du micro-ondes.

— Alors, pourquoi m'as-tu ouvert ta porte, Emily ? Pour coucher avec moi ?

Qu'imaginait-il d'autre ?

— Nous n'avons rien en commun, aucun désir de vivre ensemble, aucune envie de revivre ce que nous avons connu. La seule chose qui existe entre nous, c'est l'entente sexuelle. Oui, bien sûr, c'est pour cela que je t'ai ouvert ma porte. Pour coucher avec toi. Maintenant, dépêche-toi de manger, et va-t'en. Je suis fatiguée, et demain je travaille.

Ce discours était d'une grande logique, et elle aurait voulu y croire.

Si seulement elle le pouvait ! Si seulement, lorsqu'elle regardait Lucas, elle ne désirait pas ardemment des choses qui n'arriveraient jamais !

9.

Lorsque Emily prit son service le lendemain matin, Cassie était encore plongée dans un coma artificiel. L'enfant ne semblait pas souffrir. Assise à son chevet, sa mère était dévastée par l'inquiétude.

— Quand se réveillera-t-elle ? demanda-t-elle.

— Cela dépend de beaucoup de choses. Pour l'instant, le Dr Cain préfère qu'elle reste inconsciente pour lui laisser le temps de se remettre de l'intervention.

— Elle ne va pas sortir de là diminuée, n'est-ce pas ?

La question était délicate. L'hémorragie avait augmenté la pression intracrânienne, ce qui compliquait la situation.

— Il est difficile de le savoir maintenant, mais le Dr Cain se montre plein d'espoir. Il pense qu'elle ne perdra aucune fonction physique ou intellectuelle importante.

— Peut-être qu'elle ne me reconnaîtra pas quand elle se réveillera, dit Mme Bellows en fondant en larmes. Ce serait horrible ! Et puis, ce n'est pas fini. Lorsqu'elle sera remise de cette intervention, il faudra encore l'opérer pour lui enlever la tumeur. La vie est si injuste !

Emily s'approcha d'elle pour la réconforter.

— Le Dr Cain est un excellent neurochirurgien. Il considère que l'intervention a été un succès. Avant de nous faire du souci, attendons de voir comment Cassie sera au réveil. Elle va avoir besoin d'une maman forte.

— Je le sais. Je veux me montrer forte, mais c'est dur.

— Bien sûr. Mais toutes les constantes vitales de Cassie ont été satisfaisantes durant la nuit, et encore ce matin. Son état est stable. C'est très rassurant.

La jeune femme hocha la tête.

— Je suis impatiente de la voir se réveiller et de constater que tout est normal chez elle.

— Avec un peu de chance, c'est exactement ce qui va se passer très bientôt, dit une voix masculine.

Toutes deux sursautèrent.

— Docteur Cain ! dit Mme Bellows. Nous ne vous avions pas entendu entrer.

— Je vois cela, répondit-il avec un sourire. Comment va Cassie ce matin ?

— Rien de nouveau depuis cette nuit, quand vous êtes venu la voir à 2 heures du matin. Je veux d'ailleurs vous en remercier, poursuivit Mme Bellows. Cela m'a fait beaucoup de bien que vous restiez un moment avec moi.

Emily dissimula son étonnement.

Lucas était donc retourné à l'hôpital après être parti de chez elle. Et non seulement il était venu à l'hôpital, mais il avait tenu compagnie à la mère de Cassie ! Quand prenait-il le temps de dormir ?

Depuis quelque temps, elle ne cessait de s'interroger sur ce nouveau comportement, qui la déstabilisait.

— Si vous n'avez plus besoin de moi, docteur Cain, intervint-elle, je vais aller m'occuper de mon autre patiente.

— Je suis désolée de m'être effondrée devant vous, dit Mme Bellows en se levant de sa chaise pour la serrer un instant dans ses bras.

— Je vous en prie, vous n'avez pas à vous excuser.

Et elle se hâta de quitter la chambre sans attendre que Lucas dise quoi que ce soit.

Dans le couloir, elle tomba sur Meghan.

— Que t'arrive-t-il, Emily ? Tu as les joues toutes rouges et les yeux brillants. Jamais Richard ne t'a fait cet effet-là !

— Arrête, Meghan ! Si j'ai les yeux brillants, c'est parce que j'ai de la peine pour Cassie et sa famille.

— Excuse-moi. J'ai entendu parler de l'hémorragie cérébrale

de la petite, et j'ai appris que tu t'étais portée volontaire hier pour participer à l'intervention chirurgicale.

Elle jeta un regard vers la chambre de Cassie.

— Il est là, n'est-ce pas ?

— Je ne sais pas où est Richard, dit Emily, faisant exprès d'avoir l'air de ne pas comprendre. Je t'ai dit que c'était fini avec lui.

— Je ne faisais pas allusion à ton pharmacien, et tu le sais parfaitement.

Elle aurait dû se douter que Meghan ne la lâcherait pas avant d'en avoir appris davantage.

Attrapant son amie par le bras, elle l'entraîna loin de la chambre de Cassie.

— Oui, j'ai compris à qui tu faisais allusion. Oui, il est là, et je ne veux pas parler de lui.

Meghan afficha un grand sourire qui voulait dire « je le savais ».

— Tu as couché avec lui, n'est-ce pas ? Inutile de nier, parce que je sais que tu l'as fait. Jamais je ne t'ai vue aussi épanouie !

— Je ne suis pas épanouie, et ta façon d'affirmer des choses que tu ignores m'exaspère !

— Je note que tu n'as pas dit que ces « choses » étaient fausses.

Consciente qu'elle ne gagnerait pas cette bataille, Emily haussa les épaules.

— J'avais raison ! s'écria son amie. Tu as couché avec le Dr Cain ! Est-il aussi formidable qu'il en a l'air ?

Emily jeta un regard autour d'elle. Beaucoup de monde circulait d'un pas pressé dans le couloir.

— Je ne répondrai pas à cette question, et je te prierai de parler moins fort. Je n'ai pas envie que quelqu'un t'entende.

— Tu n'as pas besoin de me répondre, ton visage parle pour toi ! rétorqua Meghan, surexcitée.

— Ce n'est pas l'endroit rêvé pour ce genre de conversation.

— Alors, dînons ensemble ce soir. Tu me raconteras tout.

Emily détourna les yeux.

— Tu ne peux pas, n'est-ce pas ? dit Meghan. Parce que tu dois le revoir ?

— Nous n'avons rien prévu de particulier, avoua-t-elle.

— Mais tu espères le voir ?

Comment pouvait-elle se montrer aussi ridicule ? Elle n'allait pas rentrer chez elle et attendre, pleine d'espoir, que Lucas sonne à sa porte, prêt à passer une nouvelle nuit torride avec elle. Non, elle ne ferait pas cela.

— Dînons ensemble.

— Tu es sûre ? demanda Meghan en haussant un sourcil.

— Absolument. Où veux-tu que nous nous retrouvions ?

Lucas était conscient d'être pathétique. Quel spectacle il offrait, planté devant la porte de l'appartement d'Emily, espérant qu'elle l'inviterait à partager de nouveau son lit !

Alors, pourquoi agissait-il ainsi ?

Parce qu'il était fou d'elle. Il n'avait pas imaginé retomber amoureux, mais il s'était pris au piège. Lorsqu'elle l'avait mis à la porte, la veille, il avait mesuré à quel point il avait envie de rester. Et pas uniquement pour faire l'amour avec elle.

Il lui envoya un texto.

Es-tu chez toi ?

Elle répondit presque aussitôt.

Non.

Où es-tu ?

En rendez-vous avec quelqu'un.

Il sentit son estomac se nouer.

Avec le pharmacien ?

Non. Nous avons rompu. Ce rendez-vous-là est plus intéressant.

Il voulut plaisanter, dans l'espoir de tordre le cou à la jalousie qui commençait à le torturer.

Tu as rendez-vous avec toi-même ?

Pas vraiment.

Il sentit ses mains se crisper sur le téléphone.

Emily se montrait évasive, elle lui cachait l'identité de la personne avec qui elle avait rendez-vous ce soir. Comment pouvait-elle sortir avec quelqu'un d'autre après avoir fait l'amour avec lui la nuit dernière et celle d'avant ?

Bien sûr, il n'avait aucun droit sur elle. Juste un désir irrépressible d'être en sa compagnie.

La personne avec qui je suis dit que tu devrais nous rejoindre.

Il cligna des yeux en lisant le message.

La personne avec qui tu sors veut que ton ex-mari vous rejoigne ?

Elle ignore que tu es mon ex-mari. Tout le monde l'ignore, tu te souviens ?

Tu devrais mettre ce type au courant.

Ce n'est pas un type.

Pas un…

Le soulagement l'assaillit à la découverte qu'elle n'était pas avec un autre homme. Parce qu'il la désirait, qu'il la voulait tout entière, rien que pour lui.

Je suis avec Meghan.

Meghan, la jolie brune du service de neuropédiatrie qui était avec Emily le soir de la vente aux enchères. Quand il la croisait à l'hôpital, il ne manquait jamais de la saluer.

Où es-tu ?

Emily lui indiqua le nom d'un club situé non loin de chez elle.

J'arrive.

— Il arrive, dit Emily en adressant à Meghan un regard suppliant Que va-t-il se passer, maintenant ? Je n'aurais pas dû l'inviter à venir nous rejoindre.

— Pourquoi ?

— Parce que nous devions passer la soirée toutes les deux.

Meghan gloussa.

— Emily, je t'adore, mais depuis que nous sommes ici, tu n'es pas avec moi. Tu as l'esprit ailleurs.

— Comment ça ?

— Crois-tu que je n'ai pas remarqué que tu consultais ton téléphone toutes les deux minutes ? Et quand tu as enfin reçu son texto, tu as failli t'évanouir de soulagement.

— Oh… Vraiment ?

— Mais oui ! Allez, parle-moi de lui. A part le fait qu'il est follement attiré par toi.

Emily fixa son verre de soda, hésitante.

Dès son arrivée au Children's Hospital, elle s'était liée d'amitié avec Meghan. Elle l'adorait, mais l'idée de lui parler de Lucas la rendait nerveuse. Pourtant, elle avait besoin d'entendre un avis objectif, et il n'y avait personne en qui elle avait plus confiance.

— Moi aussi, je suis attirée par lui.

— Ça me paraît évident, dit son amie en éclatant de rire.

Elle prit son courage à deux mains.

— J'ai été mariée avec lui.

— Quoi ?

— Oui, il est mon ex-mari

Meghan semblait sous le choc.

— Le Dr Cain, ton ex-mari ? Cet homme qui t'avait mise dans l'état lamentable où tu étais quand tu es arrivée à l'hôpital ?

Celui que tu as mis des années à oublier avant de pouvoir enfin sortir avec un autre ? C'est lui ?

Jouant avec la paille plantée dans son verre, Emily hocha la tête.

— Oui, nous avons été mariés.

— Savait-il que tu travaillais au Children's Hospital lorsqu'il a pris le poste ?

— Oui, il le savait. Il m'a dit qu'il avait hésité à accepter la proposition à cause de cela.

Meghan fronça les sourcils.

— Je ne comprends pas. Pourquoi alors a-t-il participé à la vente aux enchères pour gagner un rendez-vous avec toi ?

— Parce qu'il est ici pour me torturer.

— Tu es sérieuse ?

D'accord, elle exagérait, mais être proche de Lucas, l'embrasser, faire l'amour avec lui, cela la torturait parce qu'elle savait que c'était temporaire.

Elle but une gorgée.

— En fait, je ne comprends pas vraiment pourquoi il a surenchéri pour gagner cette soirée avec moi. Il m'a dit qu'il voulait qu'on s'entende bien afin que tout se passe au mieux au travail, mais il n'était pas obligé pour cela d'acheter ce rendez-vous. Je n'ai jamais été capable de lui résister bien longtemps.

— Il n'imaginait peut-être pas que tu accepterais de le revoir après cette soirée qui t'était imposée.

— Peut-être. Maintenant, c'est trop tard. Oh ! Meghan, comment ferai-je quand on arrêtera de coucher ensemble ?

Car il ne s'agissait que de cela. Elle ne pouvait même pas dire que Lucas était son amant. Ils avaient dîné au Stluka's, elle avait cuisiné pour lui, et ils avaient fait l'amour deux soirs de suite. Rien de plus.

— La dernière fois où Lucas et moi avons vécu ensemble, j'ai dû finir par démissionner de mon job. J'adore mon travail au Children's Hospital. J'aimerais mieux ne pas avoir à changer de job chaque fois qu'il réapparaît dans ma vie.

Meghan haussa les épaules.

— Alors, il ne faut pas démissionner.

Comme si c'était si simple !

— Tu ne te rends pas compte de ce que ça signifiait, après notre rupture, que d'avoir à le retrouver tous les jours au travail…

— Il t'a fait beaucoup souffrir, n'est-ce pas ? murmura Meghan.

Emily secoua la tête, frappée par une évidence.

— Je crois que, d'une certaine manière, chacun de nous a fait souffrir l'autre.

— Es-tu sûre que ce soit une bonne idée d'entretenir de nouveau une relation avec lui ? N'as-tu pas peur qu'il te fasse encore du mal ? Nous devrions peut-être partir d'ici avant qu'il n'arrive. Je n'ai pas envie de te voir souffrir.

— Je ne le laisserai pas me faire du mal.

Meghan n'avait pas l'air convaincu.

— Et comment comptes-tu l'en empêcher ?

Emily releva le menton.

— Cette fois, c'est moi qui contrôle la situation. C'est moi qui lui dis de partir de chez moi. La situation est inversée.

— Il t'avait dit de t'en aller ?

Incapable de parler, Emily hocha la tête.

Son amie la regarda comme si elle était devenue folle.

Peut-être avait-elle perdu la tête, en effet. Elle désirait trop Lucas pour garder les idées claires. Dès qu'il avait remporté la vente aux enchères, son destin avait été scellé. Peut-être l'était-il depuis le premier jour où elle l'avait rencontré.

Le frisson qui la parcourut lorsqu'elle croisa le regard de l'homme qui venait d'entrer dans le pub lui confirma que la raison n'avait rien à faire dans cette histoire.

— Il est là, dit-elle.

— Veux-tu que je m'en aille ? proposa Meghan, un peu nerveuse.

Emily lui saisit la main.

— Je t'en prie, reste. Tu m'aideras à me calmer, parce que, lorsque je vois cet homme, je n'ai qu'une envie, lui arracher ses vêtements !

— Normal, beaucoup de femmes en rêvent.

Emily tourna les yeux vers Lucas qui se frayait un chemin vers leur table.

— Que vais-je faire ?

— Tu veux coucher avec lui ? Pourquoi pas ? Visiblement, c'est un bon amant. Tant que tu gardes le contrôle de la situation et que tu n'oublies pas qu'il ne s'agit que de sexe, pourquoi te priver de ce plaisir ?

Pourquoi, en effet ? Sauf qu'elle n'avait pas jusqu'à présent été le genre de femme à faire l'amour juste pour le sexe.

Elle savait que Lucas et elle, ce serait une aventure sans lendemain. Et pourtant, elle s'était donnée à lui sans réserve au cours des deux dernières nuits, poussée par un désir purement physique d'où les sentiments étaient absents.

Lucas les rejoignit enfin.

— Bonsoir, docteur Cain, dit Meghan. Asseyez-vous, ajouta-t-elle en lui désignant un siège.

Lucas rapprocha la chaise de la table.

Emily et Meghan le regardaient fixement.

— Qu'y a-t-il ? J'ai quelque chose de bizarre ?

— Pourquoi cette question ? rétorqua Emily en avalant une gorgée de son soda.

— Vous avez toutes les deux une façon de me regarder qui me rend nerveux.

— Qui ? Nous ? dit Meghan.

Elle se mit à rire et lança un clin d'œil à son amie.

— Ça nous arrive souvent de rendre les hommes nerveux.

— Oui, renchérit Emily. Tout le temps. Chaque fois que nous venons dans ce club, en fait.

Il observa tour à tour les deux jeunes femmes.

Meghan était très jolie, mais Emily était d'une beauté à couper le souffle.

— Deux superbes femmes comme vous, je comprends que vous rendiez les hommes nerveux.

— Même le Dr Cain ? ironisa Emily.

Ah ça, oui, elle le rendait nerveux ! Il savait quel effet dévastateur elle pouvait avoir sur lui. Il aurait tant voulu la rendre heureuse, et il en avait été incapable.

— Oui.

— Je vous laisse, déclara Meghan. Ce type charmant, assis au bar, n'arrête pas de me sourire. Amusez-vous bien, tous les deux. Moi, je vais voir si je peux rendre cet homme un peu plus nerveux en lui demandant de m'offrir un verre.

Emily et lui regardèrent Meghan se hisser sur l'un des hauts tabourets du bar et adresser la parole au type en question.

— Il a l'air ravi, constata Emily.

— Veux-tu boire autre chose ? demanda Lucas.

— Non, je te remercie. Je n'ai pas encore fini mon verre. Continues-tu toujours à sortir avec tes amis dès que tu en as l'occasion ?

Il haussa les épaules.

Autrefois, il aimait passer ses soirées avec des potes, mais depuis qu'il travaillait au Children's Hospital, il y avait renoncé. Non que sa bande de copains ait disparu, tous continuaient à se voir régulièrement, mais il préférait lui-même se consacrer à d'autres occupations.

— Il m'arrive de les voir encore de temps en temps.

— Je m'en doutais.

Le ton sur lequel elle avait dit cela l'intrigua.

— Tu n'aimais pas mes amis, Emily ?

Elle rougit légèrement.

— Je n'ai jamais dit ça.

Non, mais il lui suffisait de regarder son joli visage pour connaître le fond de sa pensée.

— Tu acceptais rarement de m'accompagner dans mes sorties. Il ne m'est jamais venu à l'esprit que c'était parce que tu ne les aimais pas.

— Passer mes soirées à boire et à faire la fête, ce n'était pas mon truc.

Il l'avait constaté, à l'époque. Il avait espéré qu'elle finirait par se détendre et par apprécier ces sorties, mais elle n'y avait jamais pris goût.

— Quel était ton truc, alors ?

Elle hésita un moment.

— Toi, murmura-t-elle.

Sa réponse le mortifia.

Quel idiot il avait été ! Comment avait-il pu partager la vie de cette femme, avoir son amour et sa tendresse, et avoir perdu tout cela ? De tous ses échecs, le pire était de n'avoir pas su la garder.

Il aurait dû commencer par ne pas l'épouser, mais une fois que cela avait été fait, il n'aurait sûrement pas dû divorcer.

— J'ai fait beaucoup d'erreurs, n'est-ce pas ?

Elle haussa les épaules.

— Nous en avons fait tous les deux.

— Je n'ai pas su apprécier la chance que j'avais, Emily.

Elle garda les yeux fixés sur son verre.

— La plupart des gens sont dans le même cas. Ils n'apprécient quelque chose qu'une fois qu'ils l'ont perdu.

— C'est vrai…

Il ne savait plus quoi dire.

— Allons danser, proposa-t-il.

Tous les prétextes étaient bons pour la tenir dans ses bras.

Il la serra contre lui, respirant le léger parfum de vanille qui émanait de sa chevelure. Ils dansèrent un slow, puis plusieurs danses plus rythmées qui firent naître sur la peau d'Emily une roseur sexy.

— Hé ! les amis, je m'en vais ! annonça Meghan en les interrompant. Je dois être au travail de bonne heure demain matin, et en forme.

— Veux-tu que je te raccompagne chez toi ? demanda Emily.

— Non, ce n'est pas la peine. Reste et amuse-toi.

Après avoir embrassé son amie, elle s'en alla.

— Et toi, Emily, que veux-tu faire ? s'enquit-il. Veux-tu rester ici encore un moment ou bien préfères-tu rentrer chez toi ?

— Je ne travaille pas demain.

— Est-ce que ça veut dire que tu as envie de rester ?

Elle le regarda, les pupilles dilatées, les lèvres légèrement entrouvertes.

— Que veux-tu, toi ?

La tenir dans ses bras, faire l'amour avec elle, se réveiller à son côté et refaire l'amour. Jour après jour, nuit après nuit.

— Tout ce que tu voudras, Emily. Tout me va du moment que je suis avec toi.

Emily fronça les sourcils.

Sans qu'elle sache pourquoi, la réponse de Lucas lui paraissait trop agréable à entendre, et ça la déstabilisait.

— Rentrons chez moi, dit-elle.

— Si c'est ce que tu veux…

— Oui, sinon je ne l'aurais pas proposé, répondit-elle sèchement.

Elle regretta aussitôt de s'être montrée désagréable.

— Excuse-moi.

— Est-ce que ça va, Emily ?

— Très bien.

Mais elle mentait. A elle-même, à Meghan, à Lucas. Elle avait beau prétendre contrôler la situation, elle n'était pas dupe. C'en était même risible.

Elle se mit à rire nerveusement.

— Combien en as-tu pris, Emily ?

Elle ne comprit pas immédiatement à quoi Lucas faisait allusion, puis elle aperçut son verre vide posé sur la table.

— Un seul.

— Tu parles ! dit-il avec un sourire en coin.

— Je ne suis pas ivre. Et, je te l'ai dit, c'était un soda.

— Tant mieux.

— Pourquoi ?

— Parce que je n'aimerais pas faire l'amour avec une femme ivre.

— Vraiment ?

— Vraiment. Quel plaisir y aurait-il à cela ?

— Pour toi, faire l'amour, c'est surtout avoir du plaisir ?

— Le plaisir joue un rôle important. Et pour toi, Emily, c'est quoi, faire l'amour ?

— Avoir du plaisir. Rien de plus. Juste du plaisir.

Comme celui qu'elle éprouvait en ce moment même en pressant son corps contre celui de Lucas. Quand ce slow finirait-il pour laisser la place à une danse plus endiablée ?

— Cependant, tu as couché avec un homme qui ne t'en donnait pas.

Elle se figea.

— Je n'ai jamais dit que Richard ne me donnait pas de plaisir physique.

— T'en donnait-il ?

Elle fronça les sourcils.

— T'ai-je interrogé sur les femmes que tu as fréquentées depuis que nous avons divorcé ? Tu n'as pas le droit de me poser de questions sur Richard ni sur aucun autre homme.

— Y en a-t-il eu d'autres ?

Elle sentit qu'il se raidissait comme s'il redoutait sa réponse. Elle fut tentée de lui mentir, de lui dire qu'elle avait eu des dizaines d'amants. Mais le mensonge n'était pas son fort.

— Non.

— J'en suis ravi.

La réaction de Lucas l'agaça.

— Vraiment ? Tu es ravi que, au cours des cinq dernières années, je n'aie eu qu'un seul amant après toi ? Comme c'est charmant de ta part, alors que toi, j'en suis certaine, tu as collectionné les maîtresses !

— Tu te trompes, Emily.

Il ferma les yeux et respira un grand coup.

— Je suis le premier à reconnaître que je n'ai pas le droit de me montrer jaloux des hommes avec qui tu sors, mais le fait est, Emily : je suis jaloux. L'idée que tu sois avec un autre me rend malade.

— Ne dis pas ça.

— Pourquoi ?

— Parce que nous savons tous les deux que ce qu'il se passe actuellement entre nous n'est que temporaire, et je n'ai pas l'intention de finir ma vie seule. Il y aura d'autres hommes, Lucas. Un jour, peut-être aurai-je la chance de rencontrer quelqu'un qui m'apportera tout ce que j'attends d'un homme. Mais d'ici là, je compte bien avoir des amants qui me donneront du plaisir.

Lucas poussa un soupir exaspéré.

— Qu'attends-tu d'un homme, Emily ?

— De toi, ou des autres ?

— Les deux.

— De toi, j'attends du plaisir physique.

Il hocha la tête comme s'il avait deviné quelle serait sa réponse.

— Des autres hommes ? Parfois, je rêve de rencontrer quelqu'un avec qui je pourrais fonder une famille, assister aux réunions avec les professeurs, aux matchs de football, ce genre de choses.

En disant cela, elle sentit son cœur se serrer.

Aurait-elle jamais des enfants ? Prendrait-elle même le risque de tomber de nouveau enceinte ? Et si elle ne pouvait pas mener à bien une grossesse ?

— Tu mérites d'avoir une vie de ce genre.

Oh ! Lucas ! Si seulement…

— Je sais.

— Mais ce ne sera pas avec moi ?

Elle cessa de respirer.

— Que dis-tu ? Tu ne partages pas ce rêve-là ! Tu ne veux même pas avoir d'enfants.

— Je n'ai jamais dit ça ! protesta-t-il.

— Mais si. Lorsque je t'ai parlé de mon envie d'avoir un bébé, tu t'es montré très clair : il n'en était pas question.

— Nous n'étions mariés que depuis quelques mois, Emily. Tu commençais tout juste ta carrière d'infirmière, et moi, je terminais mon internat. Nous étions de très jeunes mariés. Tu étais malheureuse, j'étais stressé. Ce n'était pas le moment d'avoir un bébé.

— Alors, c'est sans doute une bonne chose qu'on n'en ait pas eu.

Elle s'écarta de lui, incapable de rester plus longtemps dans ses bras, incapable de chasser de son esprit les souvenirs qui l'assaillaient.

Elle avait besoin d'air frais.

Fendant la foule qui se pressait sur la piste de danse, elle se dirigea vers la sortie. Une fois dehors, elle respira à fond, mais son cœur battait à tout rompre, et ses poumons semblaient encore manquer d'oxygène.

— Emily ?

Oh ! pourquoi l'avait-il suivie ?

— Emily ?

Elle ferma les yeux.

— Va-t'en, Lucas.

— Non.

Elle ouvrit les yeux.

— Tu m'as dit que tu t'en irais si je te le demandais.

— C'était avant.

— Avant quoi ?

— Qu'est-ce qu'il vient de se passer, à l'instant ?

— Que veux-tu dire ?

— Pendant que nous parlions, tu es devenue soudain toute pâle, et j'ai cru que tu allais être malade. Mais tu n'as bu que du soda. Que s'est-il passé, dis-moi ?

— Il y a des choses dont nous ne devrions pas parler.

— Ça ne t'a pas gênée de parler de tes amants ou de mes maîtresses. Tu veux dire que tu t'es sentie mal à l'aise en évoquant mon prétendu manque d'intérêt pour les enfants ?

— Je n'aime pas ce genre de conversation, qu'il s'agisse des amants, des maîtresses ou des enfants. Je n'avais pas envie de parler de tout ça.

Elle se mit en marche, se dirigeant vers son appartement situé non loin.

— Je ne veux pas me battre avec toi, dit Lucas qui lui avait emboîté le pas.

— C'est pourtant ce que nous faisons le mieux, semble-t-il.

— Non. Ce que nous faisons le mieux, c'est autre chose.

— Alors, quel dommage qu'on ne puisse pas vivre nu tout le temps, n'est-ce pas ? ironisa-t-elle alors qu'ils arrivaient devant sa porte.

— Si c'était le cas, je parie que tu sortirais victorieuse de toutes nos discussions.

— Je n'ai pas le cœur à plaisanter.

— Excuse-moi, dit Lucas en lui caressant le visage. Excuse-moi pour tout ce que j'ai pu dire dans ce club, pour la maladresse de mes propos. Excuse-moi pour toutes les erreurs dont je me suis rendu coupable à ton égard. Pardonne-moi.

Elle n'était pas certaine d'en être capable, mais cela ne l'empêcha pas de fondre lorsque, après l'avoir poussée à l'intérieur de l'appartement, il l'embrassa.

10.

La petite Cassie Bellows reprit conscience durant la nuit. L'infirmière de garde avait dû avertir Lucas, car il était dans la chambre de l'enfant lorsque Emily arriva.

— Il est avec elle depuis un bon moment, lui dit Amy, l'infirmière de nuit, au moment de la relève. C'est un grand médecin, il ferait sûrement un père formidable.

Emily sentit son cœur se serrer. Elle ne dit rien, laissant Amy exprimer son admiration pour le Dr Cain.

— Je parie que tu étais aux anges lorsqu'il a acheté ton rendez-vous lors de la vente en enchères, dit la jeune femme.

— Bien sûr.

Elle préférait mentir plutôt que s'exposer aux questions.

— Qu'un aussi bel homme soit encore célibataire, ça me dépasse.

— Le physique n'est pas tout, murmura Emily.

— Oui, mais lui, il a toutes les qualités. La beauté, l'intelligence, le sens de l'humour, la compassion et l'argent. Une femme pourrait tomber plus mal.

— J'imagine.

— Pour ma part, je sais que s'il avait payé une somme pareille pour dîner avec moi, j'aurais fait en sorte qu'il en ait pour son argent. Tu devrais y réfléchir. J'ai entendu dire que ton pharmacien et toi, c'était terminé.

Les commérages allaient bon train !

— Le dîner avec le Dr Cain a déjà eu lieu, précisa-t-elle.

— Et j'en ai eu pour mon argent, lança une voix d'homme.

Elle avait horreur de la façon qu'avait Lucas de surgir derrière elle et de se mêler à la conversation !

— Bonjour, docteur Cain, balbutia Amy en rougissant. Nous parlions justement de vous.

— J'ai entendu, dit-il avec un sourire.

— Nous n'avons dit que du bien. Comment pourrait-il en être autrement ? repartit Amy avec un petit rire enjôleur.

Lucas se tourna vers Emily.

— Amy vous a-t-elle appris la bonne nouvelle ? Cassie a repris conscience cette nuit.

— Oui, elle me l'a dit. Et aussi que vous étiez aussitôt venu et que vous étiez resté auprès de l'enfant.

Elle détailla ses traits tirés et ses yeux cernés.

Quand avait-il pris le temps de dormir ?

— Elle se sort à bon compte de cette hémorragie, annonça Lucas, l'air sincèrement heureux. L'élévation de la pression intracrânienne n'a pas créé de dégâts durables.

— Excellent.

— Dès qu'elle sera assez forte pour supporter une autre intervention, je lui ôterai sa tumeur. Elle se sentira une tout autre personne lorsque ce sera fait.

— Sans aucun doute. Avez-vous encore besoin de nous, docteur Cain ? Amy doit finir de me faire son rapport pour que je puisse ensuite aller m'occuper de mes patients.

Emily ne fut pas surprise de voir Lucas réapparaître dans la chambre de Cassie un peu plus tard dans la journée, alors qu'elle venait de terminer la toilette de l'enfant avec l'aide de sa mère.

— Bonjour, docteur Cain, dit Cassie.

Elle lui adressa un grand sourire malgré les bandages qui lui couvraient la tête.

— Allez-vous me… prendre du sang ?

— Non, je vais te laisser tranquille.

— Ah, c'est bien. Parce que… je me sens… bien mieux.

Certes, elle allait mieux, mais il suffisait de l'observer pour voir qu'elle n'était pas encore tirée d'affaire.

— Je vois cela, dit Lucas en souriant. Tu as bien meilleure mine que ce matin.

— Maman dit… que je pourrai aller bientôt… dans la salle de jeux… si je continue à reprendre des forces.

— Tu seras sûrement bientôt sur pied.

Il procéda à un examen des nerfs crâniens de Cassie et demanda à la petite fille de reproduire différentes expressions faciales en prenant modèle sur lui. Il gonfla ses joues, bougea les sourcils, sourit, plissa le front, serra les dents. A chaque nouvelle grimace, Cassie riait sous le regard ravi de sa mère.

Emily ne put s'empêcher de pouffer elle aussi.

Lucas Cain était vraiment génial avec sa petite patiente. Amy avait raison, il ferait un père formidable. Si seulement…

Non, elle ne devait pas laisser vagabonder son esprit dans cette direction. Mieux valait ne pas raviver le souvenir des situations qui avaient failli la tuer.

— Tu veux bien dîner avec moi ce soir ?

Emily se mordilla la lèvre.

Elle ne *voulait* pas sortir avec Lucas. Elle voulait… Elle n'aurait su dire quoi.

— Je promets de ne pas mordre, dit-il.

— Oh ! j'ai déjà entendu cela !

— La promesse de ne pas mordre ne compte pas lorsque je suis dans un lit, précisa-t-il avec un sourire en coin.

Elle ne put s'empêcher de rire.

— Ferais-tu autorité en matière de morsure ?

— J'ai sans doute assez d'expérience pour revendiquer ce titre, mais si tu te portes volontaire pour me laisser améliorer sur toi ma technique de mordillement, j'en serai ravi.

— Je n'en doute pas.

— Mais, avant, j'aimerais t'emmener dîner quelque part.

— Pourquoi ?

— J'aime passer du temps avec toi.

Elle aussi — à condition qu'il ne soit question entre eux que de sexe.

— Je voudrais t'emmener dans ce petit bistrot français, à Broadway. Leur pain est absolument délicieux.

— Et il ira se déposer tout droit sur mes hanches.

— Tes hanches sont parfaites, Emily.

— Elles ne le resteront pas longtemps si je m'autorise à manger de ce pain.

— Je te promets de t'aider à brûler toutes tes calories avant le lever du soleil.

— Oh ! j'imagine très bien !

— Cela veut-il dire que tu acceptes mon invitation ?

Elle soupira, puis hocha la tête.

Comment refuser alors qu'elle ne rêvait que d'une chose : finir la nuit avec lui ?

— Oui, si tu promets de me faire apprécier chaque instant consacré à la combustion de mes calories.

— En douterais-tu ?

Non. De ça, elle n'avait jamais douté.

Le menu qu'Emily avait en main ne mentionnait pas le prix des plats, mais tout indiquait que Lucas l'avait emmenée dans un restaurant excessivement cher.

Pourquoi ? Elle se serait contentée d'un hot-dog à dévorer en se promenant dans Times Square au milieu de la foule. Pourtant, elle devait reconnaître que ce dîner aux chandelles dans une atmosphère feutrée lui plaisait beaucoup. Peut-être l'ambiance était-elle un peu trop romantique pour un couple divorcé, mais combien de couples divorcés s'offraient des nuits torrides comme celles qu'ils partageaient ?

— Tu es bien silencieuse. Dois-je m'en inquiéter ?

— J'étais en train de songer au moment où tu m'avais passé la bague au doigt, expliqua-t-elle en caressant son annulaire nu de toute alliance ou bague de fiançailles.

Lucas parut se crisper.

— Et alors ? Qu'est-ce que ça t'évoque ?

— Oh ! rien d'important ! Je me rappelais seulement cet instant si particulier.

— As-tu encore ta bague et ton alliance, Emily ?

— Oui. J'avais songé à les vendre, mais ça me semblait bizarre. Pourtant, les avoir gardées me paraît tout aussi bizarre.

— Moi aussi, j'ai conservé mon alliance.

— Vraiment ?

Pourquoi en était-elle surprise ? Et pourquoi cela lui faisait-il plaisir ?

— Comme toi, j'avais pensé à m'en débarrasser, mais j'y ai renoncé.

— Nous étions trop jeunes, dit-elle, pensive.

— Tout le monde nous le répétait, à l'époque. Mais en fait, j'étais plus âgé que tu ne l'es aujourd'hui.

Oui, mais il faisait beaucoup plus jeune que son âge. Peut-être parce qu'il était étudiant et vivait chez ses parents.

— J'ai eu une vie très protégée jusqu'à ce que j'entre à la faculté de médecine. J'ai découvert que c'était beaucoup plus dur que je l'avais imaginé.

— Tu avais toujours été un excellent élève.

Elle avait vu les récompenses qu'il avait collectionnées tout au long de sa scolarité.

— Au lycée, c'était facile. La faculté de médecine, c'était autre chose. J'ai dû fournir beaucoup plus d'efforts que je ne le laissais paraître.

A cet instant, la serveuse leur apporta le pain dont Lucas avait chanté les mérites.

— Mmm, il est délicieux, admit Emily après l'avoir goûté. Ça vaut la peine de prendre quelques grammes supplémentaires.

Lucas ne dit rien. Comme elle levait la tête, elle croisa son regard et vit que ses yeux bleus avaient pris une teinte plus sombre.

— Tu es belle, Emily. Si je n'ai pas su te le dire autrefois, laisse-moi maintenant te le répéter à tout instant. Tu es belle.

Que lui arrivait-il ? Pourquoi cette soudaine déclaration ?

— Toi aussi…

Que dire d'autre ?

Autrefois, grâce à lui, elle avait eu l'impression d'être la plus belle femme de la planète. Elle croyait que leur amour durerait toujours. Et puis était venu un temps où elle ne pouvait pas le regarder sans fondre en larmes — parce qu'elle était tombée enceinte et que Lucas ne voulait plus d'elle ni de leur bébé.

Lucas avait toujours adoré observer Emily quand elle était en train de manger, mais il l'avait oublié. Elle avait le regard satisfait, le visage détendu, et elle poussait de petits cris de contentement qui ne faisaient qu'aviver le désir qu'il avait pour elle.

Mais il ne s'agissait pas seulement d'un désir physique. Il aimait être avec elle. La regarder. L'écouter. La toucher.

— Ta façon de me regarder me rend nerveuse, dit-elle.

Il lui prit la main et la porta à ses lèvres.

— Tu n'as aucune raison de te sentir nerveuse avec moi.

— Oui, bien sûr. Tu es aussi inoffensif qu'un lion affamé !

— Peut-être, mais je n'ai jamais voulu te faire de mal. En dépit de ce que tu peux penser, j'ai toujours désiré te rendre heureuse.

Mais il avait échoué. Ils ne le savaient que trop, l'un et l'autre.

Après le dîner, Emily se laissa convaincre d'aller prendre un verre dans un restaurant panoramique situé au dernier étage d'un grand hôtel. La nuit, le lieu offrait une vue exceptionnelle sur les lumières de New York.

— C'était une bonne idée de venir ici, non ? dit Lucas.

— Oui, sans doute.

— Qu'aurais-tu voulu faire d'autre ?

Certes, elle avait apprécié la soirée, mais elle avait d'autres idées en tête.

— Nous aurions pu rentrer chez moi.

— Mais oui, bien sûr !

Il se leva d'un bond et jeta un billet sur la table.

Elle éclata de rire.

— Assieds-toi, Lucas, dit-elle en le tirant par le bras.

Lui obéissant, il se rassit.

— Mais tu as dit…

— Pour l'instant, nous sommes là, profitons du panorama. J'aimerais vérifier si on peut voir la statue de la Liberté d'ici.

— Avant, c'était possible. Mais de nouveaux immeubles ont été construits, et aujourd'hui, ils bouchent la vue… Mais si tu as envie de la voir, je t'y emmènerai.

— J'y suis déjà allée.

— Parfois, on apprécie mieux les choses la seconde fois.

Après avoir marqué une hésitation, elle hocha la tête.

— Oui, nous pourrions y retourner. Ça fait très longtemps que je l'ai visitée.

— Moi, je n'y suis jamais allé.

— Quoi ? dit-elle, incrédule. Tu n'es jamais monté dans la statue ? Incroyable ! Voilà qui porte atteinte à l'image d'une enfance croulant sous les privilèges. Combien de lacunes y a-t-il encore dans ton éducation ?

Lucas esquissa un petit sourire.

— Des lacunes ?

— Oui, comme la visite de la statue de la Liberté. Pauvre Lucas !

— Je suis allé voir la tour Eiffel. Est-ce que ça compte ?

Il lui avait dit un jour que, après avoir obtenu son diplôme de fin d'études, il avait fait un voyage en Europe avec des amis. Elle-même n'était pas allée plus loin que le New Jersey. Elle n'avait jamais éprouvé le besoin de quitter New York. Peut-être que, un jour, elle voyagerait et découvrirait quelques coins plus exotiques de la planète.

— Je pourrai t'emmener la voir, si ça te tente.

Elle ouvrit de grands yeux.

— La tour Eiffel ? Pourquoi ferais-tu une chose pareille ?

— Ne prends pas cet air choqué, Emily. Pourquoi n'irions-nous pas ensemble à Paris ? Tu adoreras la ville, la nourriture, les gens.

— Je te remercie, mais je refuse.
— Pourquoi ?
— Parce qu'une femme ne va pas à Paris avec son ex-mari.
— Peut-être devrait-elle le faire.
— Pourquoi ?
— Pour s'asseoir au bord de la Seine, boire un café en terrasse, regarder le soleil se lever. Pour visiter le Louvre, et déguster un délicieux repas en contemplant le coucher du soleil sur la tour Eiffel. J'aurais dû t'emmener à Paris pour notre lune de miel.
— Paris, Londres ou n'importe quelle autre destination lointaine, rien n'aurait pu me plaire davantage que notre week-end à Atlantic City. C'était parfait.
Lucas captura son regard.
— Je crois que tu as raison. Ce week-end était le plus beau que j'ai connu de toute ma vie.
— Un hôtel bon marché, des repas de médiocre qualité, des promenades sur la plage et dans des rues bondées… Je doute que ce soit ton plus beau week-end. Mais nous avons vraiment passé là-bas de bons moments.
Les souvenirs l'assaillirent, et elle se tut. Lucas aussi garda le silence un moment. Levant les yeux vers lui, elle comprit que lui aussi revivait les heures merveilleuses qu'ils avaient partagées là-bas.
Se demandait-il, comme elle, comment quelque chose d'aussi parfait avait pu tourner au désastre ?
— Emily, j'aimerais te ramener et te faire l'amour.
Elle n'allait pas discuter, elle aussi en avait envie.
Soudain, les mots qu'il avait utilisés la frappèrent : il n'avait pas dit qu'il voulait coucher avec elle. Il avait dit qu'il voulait lui faire l'amour…
Mais elle n'allait pas se mettre à accorder aux mots plus d'importance qu'ils n'en avaient. Ils allaient coucher ensemble, voilà tout. A vrai dire, elle s'interrogeait beaucoup trop sur la nature de leur relation.

11.

A peine Emily eut-elle refermé la porte de l'appartement que Lucas commença à la déshabiller, la couvrant de baisers et de caresses.

— Pourquoi suis-je la seule à être presque nue ? demanda-t-elle quand elle fut vêtue seulement de son slip.

— Parce que c'est toi qui es un plaisir pour les yeux.

— Pour ma part, je trouve scandaleux de dissimuler sous des vêtements un corps magnifique comme le tien.

Elle lui déboutonna sa chemise et, se penchant, couvrit son ventre de petits baisers.

Elle l'entendit haleter. Là où elle avait posé ses lèvres, il avait la chair de poule.

C'était son œuvre. Celle de ses caresses. De ses baisers. Bien sûr, d'autres femmes avaient sans doute déclenché chez lui de telles réactions, mais, en cet instant, il était avec elle, et c'était elle qu'il désirait.

Elle avait une envie folle de le toucher. De l'embrasser. De le lécher. De goûter chaque parcelle de sa peau.

Et elle le fit.

— Tu m'as tellement manqué, Emily, murmura-t-il lorsque, n'y tenant plus, il la coucha sous lui.

Et il ponctua cet aveu d'un baiser d'une douceur extrême.

Un baiser bien trop doux pour un moment aussi torride. Un baiser bien trop doux pour qu'elle conserve sa tranquillité d'esprit.

Haletant, Lucas se laissa retomber sur le lit à côté d'Emily. Elle avait les lèvres gonflées, le teint enflammé, et ses cheveux étaient déployés autour d'elle dans un charmant désordre provoqué par le plaisir qu'ils venaient de partager. Il n'avait jamais rien vu de plus érotique. De plus beau.

— Tu dois t'habiller et rentrer chez toi, dit-elle d'une voix essoufflée. Je travaille, demain.

— Je ne veux pas m'en aller, Emily.

— Je ne veux pas que tu restes.

— Pourquoi ?

— Nous ne sommes pas en couple, Lucas. Nous couchons ensemble, c'est tout. Dormir ensemble supposerait qu'il existe entre nous une certaine intimité, ce qui n'est pas le cas.

— Et si je voulais que cette intimité existe ?

— Il ne s'agit pas seulement de ce que, toi, tu veux.

— Je m'en rends compte, mais…

— Il n'y a pas de mais, Lucas.

Elle sortit du lit et ramassa son caleçon qui traînait sur le tapis.

— Tiens, dit-elle en le lui lançant. Habille-toi.

— De quoi as-tu peur, Emily ?

Au lieu de retourner se coucher, elle ouvrit un tiroir de la commode et enfila un grand T-shirt.

— Avec toi ? De tout.

— Après ce que nous venons de partager, comment peux-tu avoir peur de moi ?

— Il ne s'agissait que de sexe.

— Nous savons tous les deux que ce n'est pas vrai. Ça n'a jamais été le cas. Et ça ne le sera jamais.

Il vit la panique envahir son regard.

— Il ne peut pas s'agir d'autre chose ! insista-t-elle.

— Pourquoi ? Je veux avoir une vraie relation avec toi. Je veux être l'homme de ta vie. Celui auprès de qui tu t'endors et qui est à côté de toi quand tu te réveilles.

Debout près du lit, elle le regardait, mais elle donnait l'impression d'être prête à s'enfuir s'il faisait mine de s'approcher.

— Jamais je ne t'épouserai de nouveau, déclara-t-elle.

— Et je ne te le proposerai pas non plus. C'est le mariage qui a tout gâché entre nous. Tu es devenue si triste, une fois que nous avons été mari et femme.

— C'est nous qui avons gâché notre relation, Lucas. Toi et moi. Mariés ou non, nous nous serions séparés. Nous n'étions pas faits pour vivre ensemble.

— Tu te trompes. Je crois qu'il existe entre nous quelque chose que nous ne partageons avec personne d'autre.

— Cela s'appelle la chimie sexuelle.

— C'est bien plus encore.

Elle leva les yeux au ciel.

— Tu ne trouves pas ça comique ? La femme qui tente de prôner le sexe pour le sexe, et l'homme qui veut que l'amour physique s'accompagne de sentiments.

Il haussa les épaules.

— La vérité reste la même, quels que soient les mots utilisés.

— La vérité ? La vérité, c'est que nous sommes divorcés, et que nous devrions commencer à nous comporter comme des gens divorcés. Tu ne devrais pas te trouver ici.

— Tu ne veux plus me voir ?

— Je n'ai jamais voulu te revoir, Lucas. J'allais très bien jusqu'au jour où tu as resurgi dans ma vie avec ton sex-appeal et tes orgasmes fantastiques.

— Je t'ai donné des orgasmes fantastiques ?

Voyant qu'il affichait un large sourire, Emily leva de nouveau les yeux au ciel.

— Excuse-moi, reprit-il, mais un mari adore entendre sa femme déclarer qu'il lui a donné des orgasmes, et quand elle les qualifie de fantastiques, il a envie d'en savoir davantage.

— Je ne suis pas ta femme, corrigea-t-elle, les mains sur les hanches.

— Tu l'as été.

— *Autrefois.* Ça n'a plus d'importance aujourd'hui. Le passé est le passé.

— Mais il ne disparaît jamais complètement. C'est la somme de tous les éléments passés qui constitue le présent.

— Oh ! épargne-moi ta philosophie de comptoir !

— Cherches-tu réellement à te bagarrer avec moi, Emily ? Parce que moi, je m'y refuse. Si tu veux que je m'en aille, je partirai, mais sache que je n'en ai aucune envie. Ce que je veux, c'est être avec toi et dormir en te tenant dans mes bras.

Elle se laissa tomber sur le bord du lit.

— Tu es fou, murmura-t-elle.

— Oui, je suis fou de toi.

Se penchant vers elle, il lui donna un baiser sur le front.

— Bonne nuit, Emily. Fais de beaux rêves.

Deux semaines plus tard, Emily était de service lorsque le petit Kevin Rogers fut admis à l'hôpital.

Agé de quatre ans, l'enfant avait été victime d'un accident de la circulation. D'après les témoignages des passants, un homme au volant d'un taxi était monté sur le trottoir en consultant du coin de l'œil son téléphone portable. Après avoir renversé le petit garçon, il avait pris la fuite. L'enfant souffrait de fractures multiples et d'un traumatisme cérébral. Le médecin qui l'avait accueilli aux urgences estimait qu'il avait peu de chances de survivre.

La tomodensitométrie de la tête avait révélé la présence de nombreux saignements internes. Si le petit patient n'était pas rapidement opéré afin de diminuer la pression intracrânienne et d'arrêter les hémorragies, il ne passerait pas la nuit. Et s'il parvenait à survivre, il souffrirait probablement de graves lésions irréversibles dues à l'augmentation de la pression sur le fragile tissu cérébral.

Sans doute parce qu'Emily s'était portée volontaire lors de l'intervention pratiquée en urgence sur Cassie Bellows, l'infirmière en chef la désigna pour assister le Dr Cain.

Durant l'opération de Cassie, elle avait été affectée à la surveillance de la petite fille. Cette fois, elle devait assister directement Lucas. Ce qui signifiait qu'elle serait tout près de lui. Elle ne pourrait éviter le contact avec lui, malgré les gants stériles et la lumière crue inondant la pièce.

Elle se rendit au bloc opératoire et vérifia qu'elle avait sur son plateau tout le matériel dont Lucas pouvait avoir besoin.

L'enfant lui parut tout petit lorsqu'il arriva, allongé sur le chariot. Vêtu de sa tenue de chirurgien, Lucas le suivait de près. L'équipe se mobilisa aussitôt, prête à tout pour sauver le petit garçon, et, pendant des heures, Lucas poursuivit un travail minutieux, s'efforçant par tous les moyens d'arrêter les saignements qui affectaient le cerveau de l'enfant.

Emily essuyait la sueur qui perlait sur son front, regardait la fatigue creuser ses traits. Lorsque ce fut terminé, elle aurait voulu lui apporter son soutien, lui parler, le réconforter, mais elle s'interdit de le faire en raison de la présence des autres membres de l'équipe dans la salle d'opération.

Avant de quitter l'hôpital, elle passa voir Jenny et Cassie et constata avec satisfaction que leur état était stable.

Alors qu'elle rentrait chez elle, elle s'arrêta en chemin pour acheter de quoi préparer un petit dîner pour deux.

Qui sait si Lucas aurait eu le temps de manger lorsqu'il viendrait la rejoindre cette nuit ?

Mais, à 1 heure du matin, Lucas ne s'était toujours pas montré.

N'y tenant plus, elle lui envoya un texto.

Où es-tu ?

La réponse lui parvint aussitôt.

Devant ta porte.

Elle bondit hors du lit et se hâta d'aller ouvrir.

— Pourquoi n'as-tu pas frappé ?

— J'arrive de l'hôpital. J'étais dans l'ascenseur quand j'ai reçu ton message. Je t'ai manqué ?

Elle aurait pu mentir, mais il semblait si las qu'elle eut envie de dire la vérité.

— Oui, tu m'as manqué.

— Bien.

Il entra dans l'appartement, attendit qu'elle ait refermé la porte et mis en place la chaîne de sécurité, puis il la serra dans ses bras.

— Pourquoi es-tu resté si tard à l'hôpital ?

— Kevin Rogers est mort.

— Oh ! Lucas !

Elle se blottit contre lui et l'enlaça.

— Je suis désolée. Tu as fait tout ce que tu as pu.

— Vraiment ? Tu crois ?

— Mais oui, bien sûr ! J'étais près de toi durant toutes ces heures où tu t'es battu pour arrêter les saignements.

Lucas secoua la tête.

— Visiblement, je ne me suis pas assez battu.

— Tu n'es pas Dieu, Lucas. Tu ne peux pas faire de miracles.

— Je sais, mais cet enfant n'aurait pas dû mourir.

— Tu le sais, quand il s'agit de blessures, l'âge n'entre pas en ligne de compte.

Il se passa la main dans les cheveux.

— Puis-je prendre une douche rapide ? Je suis venu directement chez toi. J'ai besoin de faire peau neuve.

Elle hocha la tête.

— As-tu dîné ?

— Non.

— Tu devrais prendre davantage soin de toi, Lucas. Tu ne dors pas, tu ne manges pas. Que vais-je faire de toi ?

— Laisse-moi prendre ma douche, et je te montrerai exactement ce que tu peux faire de moi.

— Pendant que tu seras dans la salle de bains, je vais te faire réchauffer quelque chose à manger. Après, nous pourrons discuter de ce que tu veux me montrer.

— Marché conclu.

Emily attendit Lucas dans la cuisine en sirotant une tasse de thé.

La douche ne coulait plus depuis un bon moment, mais il n'était toujours pas venu la rejoindre. La mort du petit Kevin semblait l'avoir beaucoup affecté, ce qui était compréhensible. Ce n'était sûrement pas la première fois qu'il perdait un patient, mais le cas de Kevin l'avait visiblement atteint en plein cœur.

Cela faisait longtemps qu'il était enfermé dans la salle de bains. Est-ce qu'il allait bien ?

Voulant s'assurer qu'il n'avait besoin de rien, elle décida d'aller frapper à la porte pour prendre de ses nouvelles. Alors qu'elle passait devant la chambre, elle le trouva endormi sur le lit, les cheveux mouillés, vêtu seulement d'une serviette nouée autour des reins.

— Lucas ?

Pas de réponse.

Elle devait le réveiller. Il ne pouvait pas rester ici, dans sa chambre !

— Lucas ?

Mais il ne réagissait toujours pas.

Pouvait-elle vraiment le secouer et le renvoyer chez lui alors qu'il avait l'air complètement épuisé ?

Regagnant la cuisine, elle rangea les restes de nourriture, puis, après avoir éteint les lampes, elle considéra son petit canapé, se demandant si elle arriverait à y dormir.

Lucas n'était pas le seul à être épuisé. Sans doute ne fermerait-elle pas l'œil de la nuit si elle devait la passer recroquevillée sur le canapé.

En soupirant, elle retourna dans la chambre et, le cœur battant, observa l'homme qui dormait dans son lit.

Un homme qu'elle avait adoré. Un homme qu'elle avait haï. Un homme…

Qu'éprouvait-elle pour lui, à présent ?

Elle ne l'adorait pas, ne le haïssait pas. Quel était donc le sentiment qui l'habitait ? Car elle ressentait quelque chose pour lui. Une attirance sexuelle, oui, bien sûr, mais aussi autre chose.

En le regardant de plus près, elle remarqua que Lucas avait les yeux rougis de quelqu'un qui a pleuré.

Il avait pleuré lorsqu'il était sous la douche. Pleuré la mort du petit Kevin.

Cette découverte lui serra le cœur. Elle eut soudain envie de le protéger et de réconforter.

Une envie qui n'était pas la bienvenue. Elle ne souhaitait pas avoir ce genre de sentiments pour Lucas Cain. Cependant, il n'était plus question qu'elle dorme sur le canapé.

Contournant le lit, elle éteignit la lampe, le prit dans ses bras et s'endormit, serrée tout contre lui.

Lucas ouvrit les yeux au petit matin alors que le soleil commençait à inonder une pièce qu'il n'avait jamais vue à la lumière du jour.

La chambre d'Emily ! Elle l'avait donc laissé passer la nuit chez elle après qu'ils avaient fait l'amour...

Il fronça les sourcils.

En fait, ils n'avaient même pas fait l'amour. Epuisé émotionnellement et physiquement par l'opération qu'il avait pratiquée puis par la mort de l'enfant, il s'était allongé sur le lit avec l'intention de fermer les yeux quelques minutes pour retrouver un peu d'énergie, mais il s'était endormi.

Pourquoi Emily ne l'avait-elle pas réveillé et renvoyé chez lui ? Elle s'était glissée dans le lit, et, à présent, elle était collée contre lui, et il la tenait serrée dans ses bras.

Un léger parfum vanillé lui chatouilla les narines et il l'embrassa sur les cheveux.

Emily. Son Emily ! Il n'aimait rien au monde plus que l'avoir tout près de lui.

Fermant les yeux, il enfouit le visage dans sa chevelure et resserra son étreinte.

Aujourd'hui, il n'avait pas de rendez-vous avec ses patients et n'était pas de garde à l'hôpital. Emily ayant travaillé trois jours d'affilée, elle était certainement en congé pour la journée.

Si elle était d'accord, il pourrait rester avec elle. Il était prêt à faire tout ce qu'elle voudrait.

En attendant, il se sentait le plus heureux des hommes.

Même les jours où Emily ne travaillait pas, elle essayait de se réveiller de bonne heure. Ce matin, ce n'avait pas été le cas. Elle s'était retrouvée pelotonnée dans les bras musclés d'un homme et avait dormi beaucoup plus tard que d'habitude.

Elle se tourna vers Lucas pour le regarder.

Il avait les yeux clos, mais elle n'aurait pas su dire s'il dormait ou non.

— Bonjour, Emily.

Il était réveillé.

Elle rougit, gênée d'être surprise à l'observer.

— Bonjour.

Il ouvrit les yeux, sourit, et aussitôt elle sentit sa gêne s'évanouir.

— Désolé de m'être écroulé chez toi la nuit dernière.

— J'imagine que tu étais fatigué.

— Oui, sûrement. Merci de ne pas m'avoir jeté dehors.

— Nous savons l'un et l'autre que c'était probablement une erreur de te laisser dormir ici.

— Que veux-tu dire ?

— Dormir dans le même lit, c'est trop intime.

— Et coucher ensemble, ça ne l'est pas ?

— Le sexe, c'est… C'est le sexe.

— Il me semble qu'on partage une certaine intimité lorsqu'on couche ensemble, Emily.

— Je le sais. Tu ne comprends pas ce que je veux dire.

— En fait, si. Tu veux que ce qu'il se passe entre nous soit purement physique et rien d'autre.

Elle sourit, contente qu'il l'ait comprise.

— Exactement.

— Ça ne tient pas.

Son sourire s'évanouit.

— Et pourquoi ?

— Parce que j'attends de toi plus qu'un simple plaisir physique.

Elle s'écarta de lui et s'assit dans le lit.

— Je ne peux pas être amie avec toi, Lucas. Je ne peux pas, c'est impossible.

— Pourquoi ?

— Il s'est passé trop de choses entre nous pour que nous puissions être amis.

— Nous pouvons être amants, mais pas amis ?

— Ne te moque pas de moi. C'est sérieux.

— Je le sais et je n'ai pas l'intention de te taquiner, Emily.

— En es-tu sûr ?

— Bon, d'accord, peut-être un peu. J'ai toujours aimé te taquiner. Comme la fois où je t'avais présenté Hank, mon meilleur ami.

— Comment va-t-il ?

— Toujours le même bon vieux Hank.

— Sait-il que nous travaillons ensemble ?

Lucas hocha la tête.

— Et ?

— Et rien.

— Il ne t'a pas dit que tu étais fou de prendre un poste qui t'obligerait à voir ton ex-femme tous les jours ?

— Non.

— Pourquoi ?

— Bonne question. Tu devrais la lui poser quand tu en auras l'occasion.

— Je doute de jamais le revoir.

— Nous pourrions sortir un soir avec sa femme et lui.

— Hank est marié ?

— Depuis deux ans. Sa femme vient juste de découvrir qu'elle est enceinte.

Emily sentit son ventre se contracter douloureusement.

Lucas avait l'air presque envieux, mais elle ne s'y laisserait pas prendre. Cependant, peut-être se trompait-elle ? Il lui avait dit qu'elle faisait erreur en affirmant qu'il ne voulait pas d'enfants.

— Crois-tu que nous aurions des enfants aujourd'hui si nous n'avions pas divorcé ?

La question de Lucas l'atteignit en plein cœur, aussi sûrement que s'il l'avait poignardée.

Elle sauta du lit.

— Ce ne sont pas des sujets à aborder de si bonne heure.

Sans un regard pour Lucas, elle fonça dans la salle de bains et s'enferma à clé avant de se laisser glisser sur le carrelage et de fondre en larmes.

Dès qu'Emily sortit de la salle de bains, le regard vide et le visage fermé, Lucas sut que quelque chose avait changé.

Le désespoir le saisit.

Il ne voulait pas qu'elle mette un terme à leur relation, qu'elle le chasse de sa vie. Il avait besoin d'elle. De son ex-femme.

— Je vais aller à l'hôpital m'informer des mesures prises pour les obsèques de Kevin Rogers, dit-il alors qu'ils terminaient le petit déjeuner. Je me fais un devoir d'y aller.

Les yeux braqués sur sa tasse de café, Emily hocha la tête.

— Voudras-tu m'y accompagner, Emily ?

Elle leva les yeux. On aurait dit une biche prise dans la lumière des phares d'une voiture.

— Pourquoi ? demanda-t-elle d'une voix brisée.

— Je ne m'y connais pas beaucoup en matière de funérailles, surtout lorsqu'il s'agit de celles d'un enfant.

— Je... Ecoute, Lucas, nous ne devons pas passer autant de temps ensemble.

Même s'il s'y attendait, cette déclaration l'atteignit en plein cœur.

— Je t'en prie, viens avec moi à ces obsèques.

Visiblement en proie à une lutte intérieure, Emily finit par hocher la tête.

— Si tu veux vraiment que je sois là...

— Mais oui, je le veux.

Il avait besoin de sa présence à son côté. Il comprenait aujourd'hui qu'ils avaient besoin l'un de l'autre, parce qu'ils s'appartenaient.

— Que souhaites-tu faire aujourd'hui, Emily ? J'aimerais vraiment passer la journée avec toi.

Emily ferma les yeux, dévastée.

Lucas n'avait donc pas écouté ce qu'elle lui avait dit ? Qu'ils ne devraient pas passer autant de temps ensemble ?

Si elle avait accepté de l'accompagner aux funérailles de Kevin, c'était parce qu'elle se souvenait de son air perdu en arrivant chez elle et de ses yeux rougis par les larmes lorsqu'il s'était endormi. Mais elle détestait éprouver pour lui ce genre de sentiments. Si elle le laissait envahir ainsi sa vie, il finirait par la détruire, comme il l'avait fait cinq ans plus tôt. Elle ne voulait pas que cela se reproduise.

— Je me suis déjà fixé un programme pour la journée, Lucas.

C'était vrai. Elle avait prévu de prendre le bus jusqu'à Brooklyn afin de rendre visite à ses parents.

— Ne peux-tu pas changer tes plans ?

— Non, ce n'est pas possible.

— J'avais espéré t'emmener voir la statue de la Liberté.

— L'offre est tentante, mais non merci. Je dois aller chez mes parents.

Il fit la grimace.

— J'imagine que je ne serais pas le bienvenu si je t'y accompagnais.

— Non, il vaut mieux que tu ne viennes pas. Je préfère éviter que mon père finisse ses jours en prison.

— Il me déteste à ce point ?

Ses parents avaient jugé qu'elle commettait une erreur en épousant Lucas, mais, après son divorce, ils avaient toujours été là pour la soutenir et la réconforter. Ils ne supporteraient pas de voir son ex-mari se présenter à leur porte.

— Tu as divorcé de sa petite fille chérie, Lucas ! Imagine ce qu'il pense de toi !

Lorsque Emily arriva chez ses parents, sa mère la regarda d'un air soupçonneux mais ne lui posa aucune question.

De crainte de craquer et d'être tentée de tout raconter, elle abrégea sa visite. Elle voulait épargner toute nouvelle inquiétude à sa pauvre mère, qui s'était fait tant de souci pour elle après son divorce.

En quittant ses parents, elle aperçut la majestueuse statue qui se dressait dans la baie d'Hudson. Sans réfléchir, elle acheta un billet et monta dans le ferry qui conduisait jusqu'à l'île.

— Emily ?

Elle sursauta.

Lucas était là, devant elle, au pied de la statue de la Liberté.

— Que fais-tu là ? s'exclama-t-elle.

— Et toi ?

Il semblait aussi surpris qu'elle.

— En fait, reprit-il, j'avais envie de me promener. Je me suis offert un tour de ville en bus panoramique, et j'ai pris le ferry pour arriver jusqu'ici.

— Tu es monté dans un bus panoramique ? répéta-t-elle, incrédule. Pourquoi ?

— Quelqu'un m'a accusé d'avoir des lacunes dans mon éducation. Je voulais les combler et découvrir Manhattan.

— Je ne suis pas sûre que tu aies choisi le meilleur moyen pour compléter ton éducation.

— Crois-moi, j'ai appris beaucoup de choses, aujourd'hui !

Il souriait et semblait plus détendu et reposé qu'elle ne l'avait vu tous ces derniers jours.

— Peut-être devrais-je prendre l'un de ces bus, moi aussi.

— Excellente idée ! approuva Lucas. Allons-y.

Le ferry les ramena à Battery Park. Lucas acheta deux billets, et ils prirent place à l'arrière d'un bus touristique à demi-rempli.

A peine assis, Lucas s'empara de sa main. Elle fut tentée de la retirer, mais voulant éviter les questions, elle y renonça.

— Reconnais-le, c'est amusant, déclara-t-il une demi-heure plus tard en affichant un sourire craquant.

— Oh ! désopilant !

En réalité, cette visite de New York lui plaisait, mais elle s'en voulait encore de passer la journée avec lui.

Il éclata de rire.

— Dis-moi ce que tu penses vraiment.

— Le temps est génial.

C'était vrai. Un temps idéal, ni trop chaud ni trop froid.

— La compagnie est géniale aussi, ajouta-t-il.

— Et tellement modeste !

— Je parlais de toi, Emily.

— Ta compagnie n'est pas désagréable non plus.

— Mais tu n'as pas vraiment envie d'être avec moi.

— Reconnais que c'est complètement fou de nous voir ensemble.

— Je ne vois pas ce qu'il y a de fou à ce que toi et moi revenions l'un avec l'autre.

— Mais il ne s'agit pas de cela ! Nous ne sommes pas en couple.

— Peut-être devrions-nous l'être.

— Non !

— Pourquoi ? Je t'ai déjà dit une bonne dizaine de fois combien j'aimerais t'avoir dans ma vie. Réfléchis à ce que tu souhaites vraiment.

— Je ne peux pas faire une chose pareille, Lucas. Je croyais que je pourrais, mais c'est impossible.

Soudain, la situation lui parut insupportable. Venait-elle vraiment de lui faire cet aveu alors qu'ils étaient assis dans un bus panoramique, entourés de touristes ?

Comme le bus s'arrêtait, elle se leva, descendit le petit escalier en colimaçon et sauta dans la rue.

Heureusement, elle se trouvait dans un quartier qu'elle connaissait et qui n'était pas trop loin de là où elle habitait.

— Emily, je t'en prie ! Ne me quitte pas de cette façon.

Lucas l'avait suivie. Avait-elle vraiment cru qu'il ne le ferait pas ? L'avait-elle seulement souhaité ?

C'était elle, le problème. Elle et le tourbillon de ses émotions contradictoires : elle voulait Lucas tout en ne voulant pas de lui. Autrefois, sa fragilité émotionnelle lui avait joué des tours. Elle ne pouvait pas s'empêcher de pleurer, d'avoir des sautes d'humeur, ce qui avait entraîné des disputes entre elle et lui…

Mais elle ne voulait plus songer au passé ni à la façon lamentable dont tout s'était terminé entre eux.

Se reprochant sa faiblesse, elle continua d'avancer, silencieuse.

Lucas l'attrapa par le bras pour l'obliger à s'arrêter.

— Que se passe-t-il, Emily ? Parle-moi. Je t'en prie, parle-moi !

Les larmes aux yeux, elle secoua la tête et, s'étant libérée, elle reprit sa marche.

Lucas lui emboîta le pas, cette fois sans essayer de l'arrêter.

Lorsqu'ils arrivèrent au pied de son immeuble, elle se tourna vers lui.

— Je suis désolée, Lucas. Je ne me sens pas bien du tout, ces jours-ci. J'ai juste… J'ai juste eu besoin de sortir du bus.

Il l'observa attentivement.

— C'est à cause de moi, n'est-ce pas ?

Elle haussa les épaules.

— Je mentirais si je disais que je m'attendais à te voir réapparaître dans ma vie. Je n'étais pas prête à connaître avec toi une autre aventure émotionnelle. Je ne veux pas revivre cela. Je veux retrouver une vie calme, normale.

— Tu étais plus heureuse avant que je ne revienne vers toi ?

— Oui.

En tout cas, elle le croyait.

— Si nous continuons ainsi, reprit-elle, ça finira mal pour moi. Je veux y mettre un terme avant qu'il soit trop tard.

12.

Lucas avait pensé ne pas se rendre seul aux obsèques de Kevin Rogers, mais finalement il avait décidé d'y assister. Assis sur un banc, il écoutait le pasteur rendre hommage au petit garçon qui avait fait la joie de ses parents.

Emily était là elle aussi, vêtue d'une petite robe noire. Elle avait pris place à côté de lui. Lorsqu'il était arrivé à l'église, il l'avait vue qui attendait sur les marches. Elle avait l'air tendue, comme si elle aurait préféré ne pas être là.

Au cours des deux derniers jours, il avait fait de son mieux pour l'éviter. Comme elle lui avait manqué ! Mais le fait de savoir qu'il était la cause de son mal-être lui avait donné la force de rester à l'écart.

Emily méritait d'être heureuse. Si elle considérait qu'il lui compliquait la vie, il la laisserait tranquille. Peut-être en arriverait-il à quitter son poste au Children's Hospital, même si cette perspective le désespérait.

Il lui jeta un coup d'œil, et ce qu'il vit lui déchira le cœur.

Emily était en larmes. Comme autrefois, lorsqu'il était impuissant à calmer ses pleurs.

Bouleversé, il lui passa un bras autour des épaules et l'étreignit dans l'espoir de la réconforter, mais ses larmes redoublèrent.

Comme par le passé, il était incapable de la consoler.

Emily savait qu'il lui serait difficile d'assister aux funérailles de Kevin avec Lucas assis à côté d'elle, mais elle avait promis de venir, et elle avait tenu à respecter la parole donnée.

Pourtant, lorsque le pasteur évoqua la vie de l'enfant, elle ne put retenir ses larmes. La maison de verre dans laquelle elle restait enfermée depuis cinq ans se brisa, s'éparpillant en morceaux autour d'elle. Le chagrin et la colère l'aveuglaient. Elle en voulait à Lucas de n'avoir pas su la garder près de lui. Elle en voulait au destin qui lui avait arraché son bébé. La douleur était devenue si intense qu'elle ne la supportait plus.

Lucas l'avait prise dans ses bras, mais elle ne voulait pas de son étreinte ni de son réconfort. Elle n'avait plus qu'une envie : sortir de cette église. Seulement, elle craignait que ses jambes la trahissent. Pas question qu'elle s'évanouisse ici, au milieu de l'église, perturbant le déroulement des obsèques.

— Veux-tu que nous partions ? lui demanda Lucas dans le creux de l'oreille.

Elle secoua la tête.

— Emily ? répéta-t-il.

Visiblement, il ne comprenait pas pourquoi elle était bouleversée à ce point. Il la regardait d'un air inquiet.

Elle lui fit signe de la laisser tandis qu'elle laissait éclater le chagrin qu'elle avait si longtemps gardé enfoui en elle.

Lorsque les obsèques prirent fin, Lucas poussa un soupir de soulagement. Voir Emily sangloter à côté de lui sans pouvoir l'apaiser avait été pour lui une vraie torture.

— Excuse-moi, dit-elle en se levant.

Lucas la suivit des yeux tandis qu'elle sortait de l'église et s'éloignait sans jeter un regard derrière elle.

Elle lui avait demandé de la laisser tranquille, et il lui obéirait. Cependant, il avait besoin de s'assurer qu'elle allait bien, après les émotions qui l'avaient secouée durant cette cérémonie.

Et il avait besoin de lui dire ce qu'il ressentait pour elle. Même si elle finissait par se moquer de lui, par le rejeter et lui ordonner de s'en aller, il se devait de tout lui expliquer.

En la suivant de loin, il la vit s'arrêter un peu plus bas dans la rue, attendant visiblement le passage d'un taxi.

Même à cette distance, il distinguait qu'elle pleurait encore.

Il fit signe à un taxi, monta dedans et dit au chauffeur de s'arrêter devant elle.

Elle grimpa dans la voiture et referma la portière. Avait-elle seulement remarqué sa présence dans la voiture ?

Il donna au chauffeur l'adresse d'Emily.

Elle leva les yeux vers lui, visiblement étonnée de le trouver là. D'un revers de main, elle essuya les larmes qui lui inondaient les joues.

— Comment fais-tu pour être partout où je vais ? demanda-t-elle.

— Cette fois, c'était voulu. J'ai demandé au chauffeur de s'arrêter pour te prendre.

Elle lui tourna le dos, faisant mine de regarder par la vitre.

— Je te ramène chez toi, Emily, dit-il avec douceur mais fermeté. Après, nous parlerons. Je dois te faire part d'un certain nombre de choses que j'ai découvertes sur moi, sur toi et sur nous. Et tu me diras ce qui t'a tellement bouleversée pendant ces obsèques. Ensuite, je m'en irai et je présenterai ma démission au Children's Hospital, si c'est ce que tu veux. Et je quitterai Manhattan s'il le faut. Mais avant que je disparaisse de ta vie, il faut que nous parlions.

Emily chercha un autre mouchoir dans son sac en hoquetant.

Si Lucas croyait qu'elle allait lui révéler pourquoi elle avait sangloté sans pouvoir s'arrêter durant l'enterrement, il se trompait. Pourquoi lui dirait-elle aujourd'hui ce qu'elle lui avait caché si longtemps ? Il ne pouvait pas modifier le passé. Parler ne servirait à rien, sinon à créer encore plus de souffrance.

Une souffrance avec laquelle elle avait déjà vécu. Une souffrance qu'elle n'était même pas certaine qu'il ressentirait.

Pendant des années, elle avait cru qu'il n'éprouverait rien si elle lui révélait la vérité. A présent, elle ne savait plus quoi penser. Après l'avoir vu avec Cassie, Jenny et ses autres petits patients, elle était prise d'un doute. Elle n'était plus aussi sûre, maintenant, que Lucas aurait été soulagé d'apprendre que leur bébé était mort.

Assise à côté de lui dans l'église, elle avait revécu le moment douloureux où elle avait assisté aux funérailles de leur bébé. Des funérailles auxquelles il n'était pas présent. A sa décharge, il n'avait pas été informé de cette cérémonie où n'étaient présentes que trois personnes : elle et ses parents.

Refoulant ses larmes, elle se tourna vers lui.

— J'étais enceinte.

Lucas devint pâle comme un linge.

— Je n'ai pas bien entendu, Emily.

— J'étais enceinte, répéta-t-elle, cette fois un peu plus fort.

— Quand cela ?

Il paraissait tendu, distant. On aurait dit un étranger.

— Lorsque tu m'as dit que la dernière chose que tu souhaitais, c'était que nous ayons un bébé.

Lucas contempla le visage rouge et gonflé d'Emily.

Elle avait été enceinte. Lorsqu'il lui avait déclaré qu'il ne voulait pas avoir d'enfants, elle était *déjà* enceinte. Tout devenait clair, à présent. Il comprenait pourquoi elle sanglotait, tout à l'heure, à l'église.

Elle avait été enceinte, mais il n'y avait pas de bébé.

— Qu'est-il arrivé à notre bébé, Emily ?

Pâle comme un fantôme, elle restait muette, la bouche ouverte.

— Je suis désolé. Je ne savais pas que tu étais enceinte.

— Je sais.

La main sur la poignée de la portière, elle semblait prête à sauter du taxi qui était en train de s'arrêter devant chez elle.

Il jeta un billet de vingt dollars au chauffeur et suivit Emily qui venait de descendre de la voiture. Il lui emboîta le pas jusqu'à son immeuble, et là, sans un mot, il prit l'ascenseur avec elle.

— Dis-moi ce qu'il s'est passé, demanda-t-il lorsqu'ils furent à l'intérieur de l'appartement.

Elle secoua la tête.

— C'était il y a longtemps. J'aurais dû ne rien dire. Tu n'avais pas besoin de savoir.

Pour la première fois, il sentit la colère l'envahir.

Elle ne lui avait rien dit de sa grossesse et, maintenant, elle prétendait qu'il n'avait pas besoin de savoir, sous prétexte que ça s'était passé il y a longtemps ?

— Je ne te laisserai pas tant que tu ne m'auras pas tout dit, Emily. Tu aurais dû me mettre au courant, à l'époque.

— Pourquoi ?

— Parce que j'avais le droit de savoir. Comment est-ce arrivé ?

Aussitôt, elle fut sur la défensive.

— Je n'ai pas fait exprès de tomber enceinte, si c'est à ça que tu penses.

Elle parlait alors si souvent de son désir d'avoir un bébé. N'avait-il pas craint de la voir tout faire pour réaliser son rêve ? Etait-ce cette peur qui l'avait amené à éviter toute intimité avec elle ? En réalité, elle était déjà enceinte, et elle avait cherché à obtenir un signe quelconque de sa part, montrant qu'il se réjouirait d'apprendre qu'il allait être père. Mais il n'avait pas su le comprendre.

C'était donc pour cette raison qu'elle ne cessait de pleurer ! Il avait cru qu'elle traversait une dépression, alors qu'elle subissait les modifications hormonales liées à la grossesse.

— Je voulais juste savoir comment tu avais perdu notre bébé.

Elle traversa la pièce et s'arrêta, lui tournant le dos.

— J'ai commencé à saigner, et je suis allée aux urgences. L'obstétricien m'a dit que j'avais un déficit hormonal et que j'allais perdre l'enfant à plus ou moins long terme. On ne pouvait rien faire pour l'empêcher.

— De combien de mois étais-tu enceinte ?

— Cinq mois.

Il se laissa tomber sur le canapé.

Sa femme avait été enceinte cinq mois, et il n'en avait rien su. Comment était-ce possible ?

Certes, il avait cessé de coucher avec elle de crainte de lui faire un enfant, mais n'aurait-il pas dû remarquer quelque chose de différent chez elle ?

— Et je ne le savais pas !

— Je n'avais pas pris beaucoup de poids. Une fois habillée, je n'avais aucun mal à cacher ma grossesse.

— Je suis désolé, Emily. J'aurais dû être là, avec toi. Etais-tu seule lorsque c'est arrivé ?

— Après avoir quitté l'appartement, je suis allée chez mes parents. Je me suis sentie mal toute la semaine, mais j'ai pensé que c'était à cause de ce qu'il se passait entre nous. Lorsque j'ai commencé à saigner, ma mère a appelé une ambulance. Elle est restée avec moi.

— Elle doit me haïr.

— Tu n'es pas la personne qu'elle aime le plus au monde.

— Oui, j'imagine.

— J'ai dû la menacer de ne plus jamais lui adresser la parole si elle te mettait au courant. Tout ce que je voulais, c'était éviter de créer encore de nouveaux drames.

Ce qui expliquait pourquoi elle avait accepté de signer les papiers du divorce sans discuter.

Il ne s'était pas attendu à une telle réaction de sa part. Il avait cru que la menace du divorce amènerait Emily à se battre pour sauver leur mariage. Jamais il n'avait souhaité qu'ils se séparent. Il voulait juste qu'elle réagisse, qu'elle se reprenne et accepte enfin de se faire aider. Mais elle ne s'était pas battue. Elle avait signé les papiers et était sortie de sa vie sans jeter un regard derrière elle, comme si elle voulait faire une croix définitive sur leur mariage.

Il s'était senti blessé, trahi, humilié, abandonné. C'était lui qui avait un problème. Lui qui avait besoin d'être aidé.

— Avions-nous un garçon ou une fille ?

Elle marqua une hésitation puis soupira.

— Une fille. Ils n'ont pas voulu me laisser la voir. Je voulais la tenir dans mes bras, mais ils n'ont pas voulu.

Il se leva du canapé et prit Emily dans ses bras tandis qu'elle laissait les larmes couler sur ses joues.

— Tu es tellement meilleure que moi, dit-il au bout d'un moment.

Elle secoua la tête.

— J'ai gardé cela pour moi si longtemps. Je n'arrive pas à croire que je te l'ai dit.

— Tu aurais dû m'en parler bien avant.

— Pourquoi ? A quoi cela aurait-il servi ?

— A comprendre, à faire le point. Au moins, à présent, je comprends pourquoi tu as accepté si facilement de divorcer.

— Tu m'as dit de partir, et après, tu m'as envoyé les papiers du divorce. Pensais-tu que je ne les signerais pas ?

— Au beau milieu d'une dispute, je t'ai dit de partir si tu étais malheureuse avec moi, et tu es partie aussitôt.

Elle ferma les yeux.

— Comment aurais-je pu rester alors que tu me demandais de m'en aller ?

— Je n'ai jamais voulu que tu t'en ailles, Emily ! A ce moment-là de ma vie, je ne pouvais pas être celui que tu aurais voulu que je sois pour toi. Tu pleurais tout le temps et j'avais l'impression d'être incapable de te rendre heureuse. Entre mes études, les problèmes financiers, mon désir d'être un bon mari, je me sentais dépassé. Lorsque tu as parlé d'avoir un bébé, j'ai pensé que je ne serais pas à la hauteur. Comment aurais-je pu assumer la responsabilité d'élever un enfant alors que je me sentais si démuni ?

— J'imagine que c'est une bonne chose que tu n'aies pas eu à le faire.

— Non, Emily, ce n'est pas une bonne chose. Pas du tout. Si tu m'avais mis au courant, j'aurais voulu avoir ce bébé.

— Comment aurais-je pu te dire que j'étais enceinte ? Tes parents m'accusaient déjà de chercher à capter leur fortune. Ils t'avaient mis en garde, craignant que je fasse exprès d'avoir rapidement un bébé. Tu t'éloignais de plus en plus de moi, et plus j'essayais de me rapprocher, plus tu t'enfuyais.

— Je ne m'enfuyais pas, Emily. Je restais loin de toi pour éviter de te mettre enceinte. Je suis désolé. De t'avoir rendue si triste, de t'avoir fait tant de mal.

— Moi aussi, je suis désolée.

Il resta un long moment planté devant la fenêtre, le regard dans le vide.

Lorsqu'il se retourna, il vit Emily assise sur le canapé, les yeux rougis par les larmes, qui le regardait.

Toute cette souffrance était son œuvre à lui. Il l'avait blessée, rejetée, et elle avait perdu leur bébé. Comment pourrait-elle oublier ?

Et comment pourrait-il lui-même oublier qu'elle lui avait caché sa grossesse ? Ce silence lui faisait si mal aujourd'hui qu'il ne voyait pas comment surmonter une telle épreuve.

Ce soir, il avait pourtant besoin de souffrir, de ressentir cette douleur qui le déchirait en apprenant la perte du bébé. La mort de sa petite fille dont il n'avait rien su jusqu'alors.

Emily avait dit qu'il s'était passé trop de choses entre eux pour qu'ils aient droit à une seconde chance. Il n'avait pas compris, alors.

Maintenant, il comprenait.

13.

Emily passa la tête dans la chambre de sa patiente.

Cassie Bellows était réveillée, bien qu'encore un peu somnolente. Elle tenait la main de sa mère.

— Comment va-t-elle, ce matin ?

La mère de Cassie sourit.

— Elle s'est réveillée plusieurs fois pendant la nuit, mais chaque fois elle paraissait un peu plus forte.

— C'est ce que m'a dit l'infirmière de nuit. Elle trouve que Cassie s'est bien rétablie.

— Oui, le Dr Cain estime que tout s'est passé aussi bien que possible lorsqu'il a enlevé la tumeur. Maintenant, il ne nous reste plus qu'à attendre pour voir si l'opération a été ou non un succès.

Le Dr Cain.

Emily ne l'avait pas vu depuis trois jours. Il avait disparu de sa vie, mais pas de l'hôpital où il avait continué à remplir toutes ses missions. Il avait transféré Jenny dans le service de chirurgie orthopédique, et, la veille, il avait débarrassé Cassie de sa tumeur.

Il avait évoqué l'idée de démissionner de son poste si c'était ce qu'elle souhaitait. Mais elle voulait qu'il puisse poursuivre son rêve, continuer ses recherches. Cet hôpital lui en donnait la possibilité. C'était un homme bien, un bon médecin. Tout ce qu'ils auraient à faire, c'était éviter au maximum de se croiser. L'un et l'autre avaient manqué de maturité et fait des erreurs, naguère et aujourd'hui encore.

— Les constantes vitales de votre fille sont très satisfaisantes, dit-elle à Mme Bellows, qui attendait anxieusement ses commentaires.

Elle examina ensuite les réflexes de Cassie qui s'était rendormie et constata que tout était normal.

— Le Dr Cain a dit qu'il supprimerait le ventilateur aujourd'hui si Cassie continuait à bien aller, déclara Mme Bellows.

— Je parie qu'il va passer ce matin et ordonner qu'on débranche la machine. A mon avis, s'il l'a laissée fonctionner cette nuit, c'était par simple précaution.

— Oui, sans doute. Pour répondre à mes questions, Cassie me serre la main. Je lui ai demandé que, si elle me reconnaissait, elle me serre la main deux fois. Et elle l'a fait !

— Elle vous a reconnue, c'est sûr !

— Hier, elle ne s'est pas beaucoup réveillée, mais cette nuit et ce matin, elle a ouvert les yeux à plusieurs reprises. Maintenant, il faut attendre pour savoir si l'opération a pleinement réussi.

Emily n'ignorait pas que Cassie pouvait avoir régressé, retrouvant le niveau d'aptitude d'un enfant beaucoup plus jeune qu'elle. Ou peut-être subirait-elle des dégâts irréversibles affectant l'équilibre, la mobilité ou le langage. Mais jusqu'à présent, tout indiquait que l'opération était un succès.

— Je reviendrai la voir, mais si vous avez besoin de quoi que ce soit, n'hésitez pas à m'appeler.

Comme elle s'apprêtait à quitter la chambre, elle vit que Lucas se tenait dans l'embrasure de la porte.

— Docteur Cain, dit Mme Bellows, le visage rayonnant. Si vous étiez arrivé il y a quelques minutes, vous auriez vu que Cassie était réveillée.

— Je suis désolé d'avoir manqué cela.

Emily le regarda, le cœur serré.

Cet homme merveilleux avait été son mari, son amant, son meilleur ami, et maintenant il n'était plus que son collègue.

La tristesse l'envahit.

Après s'être excusée, elle sortit de la chambre, laissant Lucas bavarder avec Mme Bellows et examiner Cassie.

Lucas se tenait devant la porte d'Emily, se demandant si elle le laisserait entrer. Il était venu sans savoir exactement ce qu'il ferait ni ce qu'il dirait. Il avait juste ressenti le besoin d'être auprès d'elle.

Lorsqu'elle lui ouvrit, elle le regarda fixement.

— Que veux-tu ?

— Toi.

Elle fit la grimace.

— Ne fais pas cela. Je ne le supporterai pas.

— Tu veux que je m'en aille ? demanda-t-il, le cœur battant.

— Si tu entres, nous savons tous les deux ce qui va arriver.

Il se passa la main dans les cheveux.

— Je ne suis pas venu pour coucher avec toi.

— Mais tu viens de dire…

— Tu m'as demandé ce que je voulais, et j'ai répondu : toi. Laisse-moi entrer, Emily.

Elle soupira et s'effaça pour le laisser pénétrer dans l'appartement. Comme elle prenait place sur le canapé, il s'assit à côté d'elle, mais en respectant une certaine distance. Il voulait garder la tête froide pour lui raconter tout ce qu'il avait fait durant les deux derniers jours.

— Avant de venir ici, dit-il, je suis allé voir Cassie. Elle se passe très bien du ventilateur.

— Tu aurais pu m'en informer en m'envoyant un texto.

— Oui, mais j'ai bien d'autres choses à te dire. Des choses qui n'ont rien à voir avec Cassie ni avec l'hôpital. L'autre soir, après t'avoir quittée, je suis allé chez mes parents. J'ai pris le petit déjeuner avec eux et je leur ai beaucoup parlé.

— Tu leur as dit pour le bébé ? Ont-ils pensé que j'avais fait exprès de tomber enceinte dans le but de te prendre ton argent ?

— Non. Ma mère a été bouleversée en apprenant que tu avais attendu un bébé et que tu l'avais perdu. Elle pense qu'elle aurait pu t'aider. Elle m'a chargé de te dire combien elle regrettait que vous n'ayez pas été plus proches l'une de l'autre. Elle aurait voulu être près de toi quand tu as perdu l'enfant.

Emily laissa échapper un sanglot.

— Je suis désolée.

— Tu n'as rien à te reprocher, Emily. Ce matin-là, comme je n'avais pas de rendez-vous avec mes patients, après avoir quitté mes parents, je suis allé voir les tiens.

— Quoi ? Mais pourquoi ?

— J'avais besoin de leur parler.

— De quoi ?

— De toi. De moi. De notre bébé. De notre mariage. De ta dépression. De tout.

— Et ?

— Je regrette de n'avoir pas pris le temps de les connaître lorsque nous étions mariés. Ce sont des gens bien.

— Je n'arrive pas à croire que tu sois allé chez eux ! Pourquoi as-tu fait cela, Lucas ?

— Parce qu'il m'a paru impossible d'éclaircir les choses avec toi sans le faire aussi avec eux.

Elle fronça les sourcils.

— Quelle importance cela peut-il avoir aujourd'hui ?

— Une très grande importance.

— Je ne comprends pas, murmura-t-elle, le regard perdu.

Les parents d'Emily n'avaient pas compris non plus, jusqu'au moment où il leur avait expliqué qu'il n'avait jamais cessé d'aimer Emily, qu'il avait mal interprété son état dépressif, qu'il voulait reconquérir son cœur et avoir leur bénédiction, qu'il espérait cette fois ne pas retomber dans les mêmes erreurs. Il leur avait dit qu'il était conscient de ne pas mériter d'avoir leur pardon ni une seconde chance. Il espérait seulement qu'Emily verrait qu'il avait changé, que la vie avait fait de lui un autre homme.

Il avait dit tout cela, et bien plus encore, aux parents d'Emily et à ses propres parents. A présent, il devait le dire à la seule femme qui lui ait jamais volé son cœur.

— Je t'aime, Emily.

Emily sentait ses oreilles bourdonner. Elle avait du mal à respirer.

— Qu'est-ce que tu as dit ?

— Je t'aime. Je t'ai toujours aimée. Et je t'aimerai toujours.

Les larmes lui picotaient les yeux. Pourquoi Lucas lui disait-il cela maintenant ?

— Moi aussi, je t'aime, Lucas.

Il vint s'asseoir tout près d'elle et lui prit la main.

— Je veux faire partie de ta vie, Emily. Je veux avoir une seconde chance avec toi. J'ai tout raté, lorsque nous nous sommes mariés. J'étais immature, égoïste, stressé par mes études. Je n'ai pas su garder ce que j'avais de plus précieux au monde. Toi.

Elle se mordit la lèvre.

Lucas n'avait pas été le seul à commettre des erreurs. Elle aussi avait des reproches à se faire. Intimidée par sa belle-famille, paniquée à l'idée de passer pour une femme intéressée, elle avait choisi de refuser toute aide financière de la part de Lucas ou de ses parents. Elle avait fui aussi les amis de son mari, s'était isolée et, lorsqu'elle était tombée enceinte, elle s'était retrouvée seule et démunie, incapable de raisonner sainement.

— Je t'ai toujours aimée, Emily. Malgré les larmes, les disputes, le divorce, et ces cinq années perdues.

— Pourquoi me dis-tu cela aujourd'hui ?

— Afin d'oublier le passé et d'aller de l'avant.

— Il s'est passé trop de choses pour que, toi et moi, nous puissions aller de l'avant.

— J'espère que ce n'est pas ce que tu crois, car, moi, je ne le crois pas. Je ne le crois plus.

— J'étais enceinte, Lucas. Enceinte et seule. Tu n'étais pas là, Lucas.

— J'aurais aimé être auprès de toi. Si tu m'avais mis au courant, j'aurais été à ton côté.

Il lui pressa la main.

— Lorsque je suis rentré chez nous et que j'ai vu que tes affaires avaient disparu, je n'arrivais pas à croire que tu aies pu me quitter. Ma fierté en a pris un coup. J'ai appelé un avocat et demandé le divorce, mais sans imaginer un instant que tu l'accepterais.

— J'ai reçu les papiers le jour où je suis revenue de l'hôpital, après avoir perdu le bébé. J'ai signé aussitôt, malgré les conseils de ma mère qui voulait que je prenne le temps de réfléchir. Je n'avais pas assez d'énergie pour attendre ni pour me battre.

— Je suis désolé, Emily. J'ai commis tellement d'erreurs ! Je ne peux pas réparer le passé, mais j'en ai tiré la leçon, et je ne veux plus retomber dans les mêmes travers.

— Et moi, je regrette de ne pas t'avoir fait davantage confiance. Je n'étais qu'une gamine qui croyait vivre un conte de fées. J'ai rapidement compris que j'étais trop idéaliste et que nous nous étions mariés trop vite.

— Je ne regrette pas de t'avoir épousée, mais d'avoir divorcé.

— Moi aussi.

— Voilà pourquoi je suis ici. Je veux passer le reste de ma vie à t'aimer, te chérir et tenter de réparer le mal que j'ai pu te faire.

— Non, Lucas, je ne veux pas que tu essayes de réparer le passé. Ce qui est fait est fait. Je ne veux pas que ce soit la culpabilité qui te pousse à être avec moi.

Il l'attira contre lui.

— Combien de fois devrai-je te dire que je t'aime avant que tu comprennes ?

— Que je comprenne quoi ?

— Ce n'est pas la culpabilité qui me pousse vers toi, mais l'amour. Je veux passer ma vie avec la femme que j'aime. Je suis ici pour te supplier de passer ta vie avec moi, Emily.

Elle retint son souffle.

Cela ressemblait presque à une demande en mariage, mais elle savait que ce n'était pas le cas. Pouvait-elle se lancer dans cette nouvelle aventure ? Et si Lucas allait se lasser d'elle et finir par la quitter ?

Elle ne voulait pas d'une simple aventure avec lui. Elle voulait tout. Elle voulait croire aux contes de fées, réaliser ses rêves. Elle voulait lui faire confiance.

Lucas attendait, le cœur battant.

Emily allait-elle le rejeter ?

— Que dis-tu, Lucas ? Tu veux que nous ayons une aventure, toi et moi ?

Une aventure ? Il venait de lui ouvrir son cœur, et elle pensait qu'il voulait juste coucher avec elle ?

— Si c'est ce que tu me proposes, Emily, alors oui, je suis d'accord. Ayons une aventure, mais qui dure toute la vie.

Elle le regarda fixement, une lueur d'espoir dans les prunelles.

— Que veux-tu que je te donne ?

— Toi, répondit-il fiévreusement. Pour toujours.

— Je l'ai déjà fait. J'ai toujours été à toi, Lucas. Mon cœur, mon corps, tout t'appartient déjà.

— Emily…

— Je t'aime, Lucas. Je n'ai jamais cessé de t'aimer.

Il l'embrassa avec passion, dévorant sa bouche.

— Je ne te mérite pas.

— Tu es un homme merveilleux. Un merveilleux médecin, un merveilleux amant, un merveilleux ami.

— J'aimerais être aussi un merveilleux mari et un merveilleux père, Emily.

Emily n'en croyait pas ses oreilles.

— Tu veux de nouveau te marier ?

Lucas partit d'un rire nerveux.

— Je n'avais pas prévu que ça se passe de cette façon. Je suis venu pour te convaincre de mon amour pour toi et de mon désir de vivre avec toi. Je voulais parler de ce qui avait mal tourné entre nous et j'espérais que tu réapprendrais avec le temps à me faire confiance. Alors, à ce moment-là, je t'aurais demandé de m'épouser.

Elle le regarda, les yeux écarquillés.

— Vraiment ?

— Mais oui. Je t'aurais emmenée voir la statue de la Liberté, je me serais agenouillé et t'aurais demandé ta main.

— Je me demande ce que je dois en penser…

— J'avais aussi un plan B, si celui-là n'avait pas marché.

— A quoi as-tu pensé ?

— Je t'aurais emmenée à Paris, et je t'aurais fait ma demande au pied de la tour Eiffel.

— Tu veux *vraiment* m'épouser ?

— Oui. Et cette fois, je veux faire les choses en règle. Nous nous marierons à l'église, entourés de nos parents et de nos amis, et je t'emmènerai en voyage de noces là où tu voudras.

— Même si je choisis Atlantic City ?

Les yeux brillants, il hocha la tête.

— Même si tu choisis Atlantic City.

— Je n'ai pas besoin d'un grand mariage ni d'un voyage fantastique, Lucas.

— Tu veux juste des orgasmes fantastiques ?

— Oui, et aussi un mari fantastique qui est par ailleurs un fantastique neurochirurgien pédiatrique. Toutes mes collègues vont être jalouses. Elles te trouvent magnifique, et je suis d'accord avec elles.

— Tu vas m'épouser ?

— Nous avons été séparés durant cinq ans. Nous devons rattraper tout ce temps perdu.

— Je n'arrive pas à croire que nous ayons pu nous quitter.

— Cela ne se reproduira plus jamais.

— Plus jamais, répéta Lucas en lui baisant le bout des doigts. Je me battrai pour toi, pour nous, jusqu'à mon dernier souffle, Emily.

Comme elle plongeait son regard dans le sien, elle sentit sa souffrance passée disparaître, remplacée par un sentiment de plénitude qui, elle le savait, ne la quitterait plus.

LEAH MARTYN

La valse du destin

Traduction française de
MICHELLE LECOEUR

BLANCHE

HARLEQUIN

Titre original :
WEEKEND WITH THE BEST MAN

Ce roman a déjà été publié en 2017.

1.

Le dernier endroit où Dan Rossi aurait souhaité se trouver ce vendredi matin, c'était dans le service des urgences.

Et surtout pas avec ce patient : un junkie de dix-sept ans qui venait de faire un arrêt cardiaque. Maintenant, lui, le chef du service, devait lutter pour lui sauver la vie — une vie à laquelle ce gamin maigrichon avait attaché si peu d'importance. Comment avait-il osé ?

Son humeur était de plus en plus sombre.

— Commencez les compressions ! ordonna-t-il.

L'équipe se mit aussitôt en place, travaillant de concert autour de lui et exécutant ses ordres à la lettre.

En quelques instants, l'espoir monta puis retomba plusieurs fois. Il jeta un coup d'œil à sa montre. Ils avaient fait tout leur possible, mais Dan ne voulait pas abandonner. Pas encore. Surtout un jour comme aujourd'hui. Et pas avec ce patient. Une si jeune vie, quel gâchis !

— On continue !

Il sentait la sueur couler le long de son dos, son cœur battre à tout rompre entre ses côtes. Il n'aurait pas dû être là. Il avait perdu son filtre mental. Perdu… Perdu…

— Ça y est, il revient.

Dieu merci… Immédiatement, il se sentit soulagé d'un énorme poids et eut l'impression d'émerger d'un cauchemar.

— Le pouls est à soixante, annonça l'infirmière en chef, Lindsey Stewart, d'une voix calme. Il est en train de se réveiller.

D'un geste vif, Dan retira ses gants et les jeta dans la poubelle.

— Faites ce que vous avez à faire, dit-il.

Il eut à peine le temps de voir les yeux de Lindsey s'arrondir de surprise avant de se précipiter dehors.

— Quelle mouche l'a piqué ? demanda Vanessa Cole, la collègue de Lindsey, tandis que leur patient était transporté en soins intensifs.

— Quelque chose a dû le perturber, dit Lindsey. Habituellement, Dan reste très cool sous la pression.

— Après tout, il n'est pas là depuis longtemps et on ne sait pas grand-chose de lui. Il a peut-être un problème personnel… d'ordre sentimental ?

— Est-ce qu'il a seulement une petite amie ?

— Tu veux rire ! s'exclama Vanessa qui semblait toujours très au courant des commérages au sein de l'hôpital. Avec ce regard de braise ?

Lindsey secoua la tête.

— Dan Rossi est un médecin senior. Il ne se laisserait pas distraire par ce genre de sujet à l'hôpital. Je ferais mieux de lui parler. S'il y a un problème lié au travail, il faut qu'on le règle.

— Voyons, Lindsey…

Elle décela un brin d'exaspération dans la voix de Vanessa.

— Ne commence pas à te mettre martel en tête. Tu gères un service des urgences extrêmement efficace. Je parie qu'après un bon déjeuner il aura évacué ce qui le tracassait.

Instinctivement, Lindsey ne partageait pas l'avis de son amie. Elle savait reconnaître le stress mental quand elle le voyait et, dès le début de la journée, Dan Rossi n'avait pas été lui-même.

Elle fronça les sourcils, se demandant où il avait bien pu aller.

— D'ordinaire, c'est quelqu'un avec qui il est agréable de travailler…

Dan savait qu'il s'était mal conduit avec son équipe. Mais aujourd'hui, pour des raisons très personnelles, il lui avait été impossible de rester : il n'avait pas pu faire autrement que de sortir.

Il se réfugia dans une partie retirée du parc entourant l'hôpital, et poussa un profond soupir en se laissant tomber sur un banc. En fait, il n'aurait pas dû venir travailler du tout puisqu'il avait apporté ses problèmes avec lui, et toute l'équipe aurait bénéficié d'une journée de repos mental. En fait, se présenter à reculons dans un lieu où les émotions étaient souvent exacerbées n'avait pas été une riche idée.

Il étouffa un grognement. Le dernier patient avait été le facteur déclenchant qui avait réduit à néant sa capacité d'être objectif.

La dépendance et ses ravages... Et un garçon stupide qui avait abusé de son corps sans avoir conscience de ce don merveilleux qu'était la vie. Les bébés de Dan n'avaient pas eu la chance de bénéficier de ce don et de pouvoir respirer. Deux toutes petites filles, absolument parfaites.

Cela faisait deux ans, jour pour jour, qu'il les avait perdues. Il sentit quelque chose gonfler en lui. Le chagrin, qui n'avait nulle part où aller, était toujours là.

Un frisson le parcourut et il se rendit compte qu'il était sorti sans sa veste. Il fallait qu'il se secoue. Une fois cette journée passée, il se ressaisirait.

Il sortit son téléphone portable de sa poche et vérifia les messages. L'un d'eux émanait de son collègue et ami proche, Nathan Lyons.

Un resto ?

Dan lui répondit aussitôt.

Chez Leo, dans dix minutes.

Tout étant plus ou moins sous contrôle aux urgences, Lindsey décida de prendre sa pause déjeuner plus tôt que d'habitude. Elle avait besoin de rassembler ses idées. Dans la salle du personnel, elle fit réchauffer au micro-ondes le minestrone qu'elle avait apporté et, ignorant les bavardages autour d'elle, emporta sa soupe à une table près de la fenêtre pour la déguster tout en feuilletant un magazine.

Au bout de quelques minutes, elle releva la tête. Il fallait qu'elle parle à Dan : elle ne pouvait pas faire comme si rien ne s'était passé. Mais comment s'y prendre ?

En dehors de l'hôpital, ils n'avaient aucun contact. Que connaissait-elle réellement de lui ? Elle savait qu'il avait travaillé à New York et que, plus récemment, il avait quitté un des plus grands hôpitaux de Sydney pour exercer ici, dans la ville rurale de Hopeton. Mais à part ça ? Excepté le fait que Dan Rossi était très secret — ce qui en soi était une performance dans un environnement où l'on était constamment en contact avec les autres —, elle ignorait quasiment tout de sa vie privée.

Mais elle gardait un souvenir vivace du jour de son arrivée.

Lorsque l'équipe s'était rassemblée avant de commencer à travailler, elle avait noté ses cheveux noirs coupés court, ses yeux d'un bleu sombre soulignés de cernes profonds, et les épaules larges sous la chemise. Sans doute était-il sorti depuis peu de la douche car elle pouvait respirer son odeur très agréable. Dans un environnement où l'on se côtoyait souvent de très près pour le travail, c'était un détail qui avait son importance.

Il avait alors surpris son regard et, le temps d'un battement de cœur, ils avaient partagé un moment de sincérité, presque d'intimité. Sa bouche s'était détendue et il avait esquissé un vague sourire. Juste esquissé.

Depuis lors, il existait toujours comme une vibration entre eux. Mais au moindre progrès qu'elle croyait faire avec lui au plan personnel, il s'empressait de repartir dans la direction opposée.

Elle poussa un long soupir de frustration et abandonna son magazine. A quoi bon chercher à savoir ce qui motivait Dan Rossi ? Après la tromperie spectaculaire de son dernier petit ami, elle avait remis en question son jugement sur les hommes. Comment distinguer ceux qui étaient dignes de confiance de ceux qui ne cherchaient qu'à s'amuser ?

Après la matinée qui venait de s'écouler, Lindsey n'était pas d'humeur à s'attarder sur le sujet.

Chez Leo ne se trouvait qu'à cinq minutes de l'hôpital. C'était un petit café sans prétention, qui voyait défiler pratiquement tout le personnel médical. Le chef, Leo Carroll, élaborait des menus simples et bons. Il ouvrait dès 6 heures pour servir la première équipe de jour qui se contentait généralement d'un café et d'un petit pain au bacon. Le déjeuner commençait à midi et était servi jusqu'à 15 heures. Puis Leo fermait, nettoyait la salle et allait jouer de la guitare dans un bar de la ville spécialisé dans le blues.

Dan s'installa dans un box et étendit les jambes. Déjà, il sentait la tension l'abandonner peu à peu. Le soutien sans faille de Nathan l'avait aidé à se stabiliser d'une manière inestimable.

Il se rappela le jour où il avait atterri à Sydney après avoir quitté les Etats-Unis. Il était en train de récupérer ses esprits dans le salon des passagers, se sentant un peu perdu, quand il avait entendu quelqu'un l'appeler. Il avait fait volte-face et s'était retrouvé devant le visage en lame de couteau de son ami.

— Nate !

Avant d'avoir pu réagir, il avait été pris dans une étreinte à lui broyer les os.

— Content que tu sois de retour, avait dit Nathan d'un ton bourru.

— Comment savais-tu que je serais sur ce vol ?

— J'ai mes sources. Dépêchons-nous d'y aller, le parking me coûte une fortune.

Dan avait réservé dans un petit hôtel près du port en attendant de trouver un appartement.

— Tu as un travail de prévu ? lui avait demandé Nathan pendant le trajet.

— A Sydney. Je commence à St Vincent dans une semaine.

— Toujours aux urgences ?

— C'est ce que je sais faire le mieux. Et toi, toujours en médecine ?

— C'est ce que *je* sais faire le mieux.

Nathan lui avait jeté un coup d'œil de côté.

— Tu ne vas pas voir tes parents ?

— Pas pour l'instant.

Sa famille vivait à Melbourne. Il avait toujours eu pour eux beaucoup d'amour et de respect, mais il ne se sentait pas encore en état d'affronter leur compassion.

Il y avait eu un silence un peu lourd.

— J'ai rencontré une fille, avait dit Nathan avec un petit rire embarrassé qui avait détendu l'atmosphère.

Dan l'avait regardé d'un air amusé.

— C'est sérieux ?

— Je crois. Elle est hôtesse de l'air et s'appelle Samantha Kelly — Sami pour les intimes.

— Raconte ! Comment est-elle ?

— Blonde, drôle, douce, intelligente…

— Et elle te mène par le bout du nez. C'est super. J'espère que ça va marcher pour vous deux.

— Mmm… A propos… Si tu ne te plais pas à Sydney, tu peux toujours traverser la montagne et venir à Hopeton. Cela ne te ferait pas de mal de pratiquer un peu la médecine rurale. On cherche toujours des médecins qualifiés.

Dan s'était contenté d'esquisser un sourire. L'hôpital en question se trouvait à deux heures de Sydney en traversant les Blue Mountains.

— Figure-toi qu'on trouve toujours de l'or autour de Hopeton, avait conclu Nathan comme si ce dernier argument avait pu faire pencher la balance.

Six mois plus tard, Dan avait rassemblé ses affaires et avait franchi la montagne.

Dans une semaine avait lieu le mariage de Nathan et de Sami, et il était le garçon d'honneur du marié.

Au moment où il regardait sa montre, Nathan arriva en trombe.

— Désolé, je suis un peu en retard, dit-il en glissant sa large silhouette sur le banc en face de lui. Figure-toi qu'il a fallu que je mette sous perfusion trois mamies à la suite. Elles n'avaient pas de veines tellement elles étaient déshydratées. Bon sang, pourquoi les personnes âgées ne peuvent-elles pas boire de l'eau ?

— C'est une question de génération, répondit-il. Elles boivent du thé depuis toujours.

Il parcourut le menu.

— On a besoin de se requinquer. Qu'est-ce que tu prends ?

— Des pâtes.

— Pour moi, ce sera une tourte à la viande.

Leo arriva aussitôt pour prendre leur commande.

— Ce ne sera pas long, leur promit-il avant de repartir en cuisine.

Dan sentit peser sur lui le regard de son ami qui savait très bien ce que cette journée signifiait pour lui.

— Comment ça va ?

Il pinça les lèvres.

— On fait aller, comme on dit.

Nathan hocha lentement la tête.

— Ce doit être dur aussi pour Caroline. As-tu essayé de la recontacter ?

— Pour quoi faire ? Elle n'avait qu'une hâte : mettre fin à notre mariage.

— Mmm... Pardonne-moi d'être brutal, dit Nathan. Mais de toute façon, cela n'aurait jamais pu marcher après la mort des bébés.

— Probablement pas. Mais elle n'a même pas voulu essayer !

Ils avaient déjà eu ce genre de conversation auparavant.

— Ecoute, Dan. Je te connais depuis une éternité. C'est dans ton ADN de faire ton devoir et d'agir selon les règles. Mais Caroline et toi, vous n'étiez pas amoureux. A présent, pour ton propre bien, tu devrais te remarier.

Dan savait que les paroles de son ami étaient pleines de bon sens, mais il ne parvenait pas à franchir le pas.

— La dernière fois que j'ai parlé à Caroline, elle m'a dit qu'elle était passée à autre chose.

— Et tu ferais bien de l'imiter. Hé ! On est vendredi et Sami a décidé que cela nous ferait du bien de sortir dans un nouveau club. Pourquoi ne pas te joindre à nous ? ajouta Nathan en tambourinant sur la table.

Dan sentit ses orteils se recroqueviller dans ses chaussures. Rien ne pouvait être pire que de se retrouver seul avec un couple d'amoureux.

— Merci, mais ça ira. Toi et ta dulcinée avez sûrement mieux à faire.

Il était content de voir Nathan si heureux, si… amoureux. Il le méritait. Combien de temps lui faudrait-il, à lui, pour trouver quelqu'un qui lui corresponde ? Quelqu'un qu'il aimerait et qui lui rendrait son amour de façon inconditionnelle ? Car c'était ce qui lui avait manqué avec Caroline.

— Quand prévois-tu d'arriver ? lui demanda Nathan.

— La veille, le vendredi. Si cela vous convient.

Le couple se mariait à Milldale, le village de Sami — à environ cinquante kilomètres au nord de Hopeton. Puis la réception se tiendrait à Rosemount dans l'une des maisons historiques de la région rénovée pour cet usage.

— C'est parfait pour vendredi, répondit Nathan. Sami nous a réservé une chambre au pub local où iront également mes parents.

Leo arriva avec les plats qu'il posa devant eux.

— Bon appétit…

— Cela a l'air appétissant, dit Nathan en se frottant les mains avant d'attaquer son assiette.

Vers le milieu du repas, Dan lui demanda quand Sami envisageait de quitter son travail.

— C'est déjà fait. Elle va monter sa propre agence de voyages ici et a déjà lancé des pubs sur son site web.

— Super… Vous comptez donc vous installer à Hopeton ?

— Exactement.

Nathan enroulait des spaghettis autour de sa fourchette.

— Cela nous convient très bien. Et j'y ai un emploi sûr — pour autant qu'un emploi puisse l'être de nos jours.

La gorge de Dan se serra. L'avenir de Nathan semblait tout tracé… et prometteur. Si seulement le sien pouvait lui ressembler ne serait-ce qu'un peu… Bon sang, s'il ne se ressaisissait pas, il allait arriver complètement déprimé au mariage de son ami !

— As-tu préparé ton discours pour le mariage ? demanda Nathan comme s'il avait deviné ses pensées.

— Pas encore.

— Si tu es un véritable ami, évite de dire quoi que ce soit qui risquerait de me mettre dans une situation embarrassante.

Dan sourit d'un air taquin.

— Comme la troisième mi-temps après les parties de rugby à l'université ?

— N'oublie pas que tu étais là aussi !

Oui, c'était une époque heureuse et insouciante, se dit-il avec émotion. Jusqu'à ce qu'il découvre un autre aspect de la vie…

Il étouffa un juron. Il fallait qu'il arrête de ressasser le passé. Mais aujourd'hui était un jour spécial. C'était *le* jour. Celui du souvenir.

— Pour le discours, je pourrais parler de tes comportements alimentaires si particuliers…

— C'est-à-dire ? demanda Nathan d'un air faussement soupçonneux.

— De toute ma vie, je n'ai jamais vu quelqu'un manger aussi vite que toi.

— C'est un don. Qu'est-ce que je peux y faire ? A propos, comment s'est passée ta matinée aux urgences ? demanda Nathan, redevenant sérieux.

— J'aurais préféré que tu ne me poses pas la question.

— Tu n'as tué personne, au moins ?

Dan secoua la tête.

— C'est peut-être pire. Je me suis déchargé du boulot sur l'équipe de réanimation et je suis parti.

— Hum… Cela a dû faire une grande impression sur Lindsey Stewart. Est-ce que tu t'es excusé, au moins ?

Il fit la grimace.

— Pas encore.

— Lindsey est respectée de tous à l'hôpital. Tu devrais vraiment faire amende honorable. Invite-la à prendre un verre après le travail et profite de l'occasion.

Cette fois, Dan se sentait très mal. Il irait s'excuser, bien sûr. Mais de là à l'inviter ? Elle refuserait probablement, et il ne pourrait pas lui en vouloir. Depuis qu'il était à Hopeton, il n'avait fait aucun effort pour tenter de mieux la connaître — elle ou qui que ce soit d'autre.

Tout à coup, il revit les yeux verts de Lindsey Stewart. Il lui sembla qu'ils lui lançaient un défi, et il se rendit compte qu'il avait envie de la connaître — de rompre enfin avec le passé. Il était temps de tourner la page.

Il soupira.

— J'aurais mieux fait de ne pas venir travailler aujourd'hui…

Nathan approuva d'un signe de tête.

— En tout cas, ne tarde pas à régler le problème. Hopeton n'est pas une très grande ville, et les écarts de conduite n'y passent pas inaperçus.

2.

De retour au poste des infirmières, Lindsey jeta un coup d'œil à la pendule et poussa un soupir. Cette journée de travail lui paraissait interminable. Et où était passé Dan ? Elle ne le voyait nulle part. Sans doute en train de prolonger son déjeuner, comme l'avait supposé Vanessa. Mais, en fait, il n'était pas en retard, c'était elle qui avait écourté sa pause. Elle s'était rapidement lassée de sa propre compagnie et des pensées confuses qui tournaient dans sa tête. Elle avait besoin d'être occupée à quelque chose.

En regagnant lentement le poste des soins infirmiers, Dan la vit tout de suite. Elle était assise, lui tournant le dos, sa tête brune parsemée de mèches auburn penchée sur un dossier. Par chance, elle était seule. Il sentit son estomac se nouer en s'approchant d'elle.

— Lindsey…

Elle fit volte-face.

— Dan ?

Pendant quelques secondes, ils demeurèrent immobiles, se fixant mutuellement dans un silence embarrassé.

— Je tiens à m'excuser, dit-il enfin.

Lindsey se leva aussitôt et ils se retrouvèrent face à face, elle le regardant droit dans les yeux.

— Avez-vous un problème avec les infirmières du département ? Ou avec moi ?

— Non, pas du tout.

Où avait-elle été chercher ça ?

— Je n'étais pas moi-même tout à l'heure, je suis désolé. Cela n'arrivera plus.

Lindsey sentit tout son corps se détendre d'un coup. Elle ne s'était pas attendue à ce qu'il s'excuse ainsi. Son regard s'accrocha au sien et, soudain, elle se rendit compte qu'ils étaient très près l'un de l'autre — un peu trop, en fait. Que pensait-il ? Elle n'aurait su le dire. Il avait l'air plein de doute. Plein d'incertitude.

Elle-même ne se sentait pas très sûre d'elle. S'il y avait quelque chose qu'elle n'aimait pas, c'était de ne pas être synchro avec un de ses collègues.

— Ce sont des choses qui arrivent aux urgences, répondit-elle avec un léger haussement d'épaules. Ne vous en faites pas pour ça.

— Merci.

Dan eut l'air soulagé.

— Disons qu'aujourd'hui était un jour « sans ». Nous en avons tous, n'est-ce pas ?

— Je suppose, répondit-elle prudemment.

Il lui semblait encore un peu nerveux, et il avait de nouveau des cernes sous les yeux. Si quelqu'un avait besoin de réconfort, c'était bien Dan Rossi. Mais ce serait tout à fait déplacé, voire embarrassant, de s'en charger.

Elle détourna le regard. En quelques secondes, l'atmosphère de sa journée avait complètement changé et elle avait l'impression d'être un géant capable de franchir des montagnes. C'était une sensation extraordinaire.

Dan toussota, un peu gêné. Linsey avait noué ses cheveux en un petit chignon au sommet du crâne et quelques mèches s'en échappaient. Il se demanda à quoi elle ressemblerait si elle les laissait retomber sur ses épaules, libérant ainsi le parfum floral du shampooing qu'elle utilisait. Mais cela n'arriverait pas.

Il serra les poings, résistant à l'envie de replacer les mèches rebelles derrière son oreille.

— Alors, qu'avons-nous aujourd'hui ? demanda-t-il.

— Un petit garçon qui attend des points de suture. Michelle et Andrew, nos deux médecins juniors, s'occupent d'un jeune qui s'est brûlé la plante des pieds en marchant sur des braises lors d'un barbecue. Vous pourriez peut-être vous en charger à leur place et leur laisser l'enfant ?

— Non, non. Nos médecins débutants ont besoin d'acquérir de l'expérience. Je verrai l'enfant. Où se trouve-t-il ?

— Je viens avec vous, Vanessa prendra le relais au poste infirmier. C'est un garçon d'âge préscolaire, précisa-t-elle tandis qu'ils se dirigeaient vers les box. Il jouait avec un ballon en dehors du terrain quand il a trébuché. Son menton a heurté la bordure de brique d'un massif et il a beaucoup saigné. Sa mère l'accompagne.

— Super…, marmonna-t-il. Ce sera probablement un facteur apaisant.

Lindsey laissa échapper un petit rire.

— On peut toujours l'espérer.

— Voulez-vous dire par là que nous devrions surtout craindre les mères, Lindsey ?

Elle se tourna vers lui, cherchant son regard. Il y avait une lueur espiègle dans ses yeux et il ne put s'empêcher d'esquisser un sourire. Il eut droit à un sourire éblouissant en guise de réponse. L'espace de quelques secondes, il sentit une véritable complicité entre eux.

Michael, âgé de cinq ans, était assis au bord du lit, balançant ses petites jambes. Il n'avait pas l'air particulièrement stressé, nota Lindsey, soulagée. Pourtant son T-shirt taché de sang indiquait que le choc avait dû être violent.

Dan se présenta à la mère qui entourait les épaules de son petit garçon d'un bras protecteur.

— C'est une véritable tornade dès qu'il a un ballon entre les jambes…, soupira-t-elle.

— Alors comme ça, tu aimes jouer au foot, Michael ? demanda Dan.

— Je peux envoyer le ballon aussi haut que le bâtiment, répliqua l'enfant en levant les bras au-dessus de sa tête.

Dan eut l'air impressionné.

— C'est fantastique…

D'un hochement de tête, Lindsey approuva sa façon de maintenir une atmosphère détendue, ce qui lui permettait de gagner la confiance de son petit patient.

— Et si je décollais ce pansement du menton de Michael, docteur Dan ? dit-elle en enfilant discrètement ses gants.

— C'est une bonne idée, répondit-il en faisant de même.

Il enfourcha un tabouret à roulettes et s'assit face à l'enfant. Lindsey vit ses yeux se plisser légèrement car, sous le pansement, une belle plaie était apparue.

La mère étouffa une exclamation inquiète.

— Ce ne sera rien, dit Dan d'un ton rassurant tout en examinant son patient. Les bords de l'entaille sont nets et les dents de lait sont toutes bien en place. Un ou deux points de suture et il n'y paraîtra plus.

Avec douceur, Lindsey aida le petit garçon à s'allonger sur le dos avec la tête au pied du lit, et elle approcha le chariot contenant les instruments.

Dan alluma sa lampe frontale.

— Maintenant, Michael, c'est le moment d'être aussi courageux que le meilleur joueur de foot du monde, déclara-t-il en donnant une chiquenaude à la seringue contenant l'anesthésique local.

Les yeux bleus de l'enfant brillèrent.

— David Beckham !

Dan eut un petit rire.

— Exactement. Si tu restes très tranquille pendant que je répare ton menton, je suis sûr qu'on va te trouver un bel autocollant à mettre sur ton T-shirt que tu pourras montrer demain à tes copains de la maternelle.

— Mon T-shirt est tout sale, objecta Michel avec sa logique d'enfant.

— On t'en trouvera un propre pour demain, trésor, dit sa mère en s'efforçant de sourire, la main de son fils serrée dans la sienne.

Dan leva les yeux.

— Lindsey ?

Elle hocha la tête. L'injection de lignocaïne risquait d'être un choc pour l'enfant.

— Serre bien la main de ta maman, Michael, dit-elle d'un ton calme tout en restant à côté de lui au cas où il se mettrait à gesticuler.

En quelques secondes, le produit anesthésiant fut injecté et ils attendirent quelques minutes qu'il fasse effet.

Puis Dan appuya doucement sur les contours de la blessure.

— Est-ce que ça te fait mal quelque part, Michael ?

— Non, répondit l'enfant, les yeux fermés.

— Parfait. Tiens bien la main de ta maman et ce sera bientôt fini.

Lindsey attendit que Dan ait achevé la dernière suture.

— Et voilà, mon cœur, dit-elle. C'est terminé.

— Je peux avoir mon autocollant ?

Dan lui jeta un coup d'œil interrogateur. Il avait fait une promesse à son petit patient.

— Il y en a dans une boîte au poste des infirmières, répondit-elle. J'y vais tout de suite.

— Charmant petit garçon, n'est-ce pas ? dit-elle un peu plus tard en rangeant la salle de soins.

Dan était appuyé sur le chariot, en train de prendre des notes. Il leva la tête d'un air distrait.

— Pardon ?

— Michael. Il va sûrement devenir un vrai bourreau des cœurs.

— Oui, probablement…

Il était déjà retourné à ses notes qu'il acheva rapidement.

— Merci.

Il esquissa un vague sourire et partit.

Elle jeta le pansement sale dans la poubelle d'un geste rageur. Pour qui se prenait-il, à la fin ? Cela n'allait tout de même pas le tuer de prendre part à une conversation ordinaire ?

Dan fut étonné de constater avec quelle rapidité le reste du temps passa. La douleur entre ses épaules avait disparu. Peu à peu, il commençait à penser — après la soudaine amélioration de ses rapports avec Lindsey — qu'il avait peut-être une chance de mener une vie normale à Hopeton. Une chance qu'il ne devait pas négliger.

Au poste des infirmières, il s'absorba dans les papiers.

— Encore là ?

Lindsey se tenait devant la porte et le regardait d'un air interrogateur.

— Il y a toujours du courrier en retard, répondit-il avec une moue désabusée. Et vous, vous partez ?

Evidemment qu'elle partait, se dit-il aussitôt. C'était la fin de son travail. Plus de tenue d'hôpital : elle portait un jean moulant, une chemise gris clair à manches longues et un foulard de soie multicolore autour du cou.

Et des bottes hautes qui lui montaient jusqu'aux genoux…

Elle était belle et il sentit son cœur palpiter. Pour le coup, il ne trouva plus rien à dire. Il était vraiment pathétique…

— On est vendredi, vous devriez vous accorder une pause, dit-elle en le scrutant du regard.

Il devait encore avoir l'air fatigué.

— Vous avez besoin de vous détendre. Presque tous les membres de l'équipe vont se retrouver au pub autour d'un verre et d'une pizza, et pour faire quelques parties de *snooker*. Si vous voulez vous joindre à nous, vous êtes le bienvenu.

Merci, mon Dieu.

— C'est une bonne idée… Euh… Quel pub ?

— The Peach Tree. La maison en brique rouge qui se trouve en haut de la rue principale. Alors, à tout à l'heure ?

Il hocha la tête avec enthousiasme.

— Merci pour l'invitation.

Pendant quelques secondes, il la regarda s'éloigner et la vit rattraper Vanessa. Grâce à Lindsey, il venait de faire ses premiers pas vers sa nouvelle vie.

Après avoir écrit ses lettres, il s'apprêtait à partir quand il vit Martin Lorimer, le médecin senior d'astreinte, passer la tête par la porte entrebâillée.

— Ah, Dan… Heureusement, vous êtes encore là. On a un accident de la circulation qui est annoncé. Deux véhicules se sont télescopés, que des ados. Vous pouvez venir ?

Il se crispa intérieurement. Avait-il le choix ? Lindsey allait penser qu'il s'était dégonflé, ou qu'il était décidément quelqu'un de grossier. Après la débâcle de la journée, il n'avait vraiment pas besoin de ce malentendu supplémentaire. Si seulement il avait eu son numéro de portable, il aurait pu lui envoyer un texto.

Avec un soupir, il se dirigea vers la zone des ambulances. Si les blessures des gamins n'étaient pas trop graves, il pourrait peut-être les rejoindre au pub.

— Je t'ai pris un jus d'orange, dit Vanessa en posant le verre devant Lindsey. Qu'est-ce que tu as ce soir, Lins ? On aurait pu gagner au *snooker* si tu avais eu la tête au jeu. Maintenant je dois dix dollars à Andrew. Hum… A propos, est-ce que tu crois qu'il s'intéresse à moi ?

Lindsey commença à siroter sa boisson.

— Andrew ? Peut-être bien. Chaque fois qu'il a besoin d'un coup de main pour un patient, il se précipite vers toi.

— Tu penses qu'il va se décider un jour ?

— Pourquoi attendre ? Vous habitez dans le même immeuble. Tu n'as qu'à lui proposer de prendre un café.

— Mais s'il refuse ? J'aurai l'air stupide.

— Le voilà qui arrive. Si tu veux, tu ne tarderas pas à avoir des réponses à tes questions.

— Tu as raison.

D'un air résolu, Vanessa saisit son sac et décocha à Andrew son plus beau sourire.

— Si on partageait un taxi pour rentrer ? dit-elle. Je le paierai avec les dix dollars que je te dois. D'accord ?

Andrew lui rendit son sourire.

— D'accord.

Ils s'éloignèrent d'un même pas après lui avoir souhaité bonne nuit, et Lindsey se retrouva seule. Au bout de dix minutes, elle jeta un dernier coup d'œil circulaire dans la salle. Toujours pas de Dan, songea-t-elle, haussant les épaules avec philosophie. Elle l'avait invité et il ne s'était pas montré. Pourtant, il avait eu l'air intéressé. Peut-être l'avait-il trouvée trop entreprenante. En tout cas, elle n'avait plus rien à faire ici.

Dehors, la nuit était claire et fraîche. La lune était si belle…

— Lindsey !

Son cœur fit un bond et elle pivota sur les talons. Elle aurait reconnu cette voix entre mille.

— Dan ?

— Désolé, dit-il en sortant de l'ombre. J'ai été retenu à l'hôpital.

Il lui raconta brièvement ce qui s'était passé.

— Quand donc les jeunes comprendront-ils que la vitesse peut tuer ? dit-elle en secouant la tête. Est-ce qu'ils vont s'en sortir ?

— Avec du temps, je pense. Je suis vanné, ajouta-t-il. Est-ce qu'ils servent des plats, ici ?

— C'est fini depuis longtemps.

— Oh, zut ! Merci d'être restée, en tout cas. Je n'aurais pas voulu que vous pensiez que je vous avais posé un lapin.

— Je me suis doutée que vous aviez eu une urgence, dit-elle, se pardonnant mentalement ce petit mensonge. C'est la poisse quand ça arrive au dernier moment.

Dan la fixa de son regard bleu.

— Et je n'avais aucun moyen de vous prévenir.

Elle retint une exclamation et sortit son portable de son sac.

— On peut réparer ça tout de suite.

En quelques secondes, ils avaient échangé leurs numéros. Tout cela paraissait un peu irréel à Lindsey. Dan avait surgi au moment où elle avait perdu tout espoir de le voir. Et pourquoi diable restaient-ils debout dehors ? On gelait littéralement.

— Qu'est-ce que vous allez manger ? s'inquiéta-t-elle.

— En cherchant un peu, je trouverai bien un restaurant proposant quelque chose à emporter.

Elle se mordit la lèvre inférieure et l'imagina rentrant chez lui pour s'asseoir et manger seul. C'était une triste conclusion pour une terrible journée. Mais pourquoi cela la contrariait-il autant ?

Après tout, elle n'habitait qu'à quelques minutes de là. Elle était sur le point de l'inviter, quand il reprit la parole.

— Etes-vous en congé ce week-end ?

— Oui. Et vous ?

— Je reprends tôt demain matin.

Elle fit la grimace.

— Alors, faites vraiment en sorte de manger quelque chose.

On aurait dit sa grand-mère…

— Merci de vous en soucier, répondit Dan en lui jetant un coup d'œil pénétrant. Cela n'a pas été très drôle de travailler avec moi, aujourd'hui.

Il passa une main dans ses cheveux et quelques mèches sombres retombèrent sur son front, ce qui lui donna un peu un air de mauvais garçon.

Soudain, du simple fait de se trouver tout près de lui, elle sentit tout son corps s'embraser.

— Peut-être que l'on devrait embaucher quelqu'un pour enseigner la thérapie par le rire aux urgences, dit-elle.

Dan parut d'abord décontenancé. Elle fit une ébauche de sourire, et il lui répondit. De nouveau, pendant quelques secondes, il y eut cette connivence entre eux. Intense et pénétrante. Puis elle disparut, comme le soleil derrière un nuage.

— Il faudrait soumettre cette idée au conseil, dit-il d'un ton léger.

— Pourrais-je compter sur votre soutien ?

Il la regarda comme s'il se demandait si elle était vraiment sérieuse. L'atmosphère redevenait tendue.

— Si vous cherchez un plat à emporter, le chinois doit encore être ouvert, reprit-elle, changeant de sujet.

— Peu importe, après tout. J'ai de quoi manger chez moi, je n'aurai qu'à me préparer quelque chose en vitesse.

Il était encore temps de lui proposer de venir manger chez elle. Ils avaient l'air de deux pantins attendant que quelqu'un tire leurs ficelles.

Sans rien dire, elle baissa la tête et entreprit de chercher ses clés de voiture dans son sac.

Dan serra les mâchoires lorsque les cheveux de Lindsey lui cachèrent son visage et il dut se retenir pour ne pas les rejeter en arrière et déposer un long baiser sur sa bouche…

— Les voilà, dit-elle, montrant ses clés d'un geste triomphant.

Elle soutint un instant son regard, semblant attendre… quelque chose.

— Alors… A demain, au travail, ajouta-t-elle avant de s'éloigner.

Il hocha la tête. L'occasion qu'il avait eue de poursuivre leur… amitié en dehors de l'hôpital venait de passer. Il l'avait manquée.

— A demain. Hé, Lindsey !

Elle se retourna.

— Au cas où vous vous inquiéteriez encore, je sais cuisiner.

— Je n'en ai jamais douté.

Il la vit s'éloigner, le sourire aux lèvres.

Mercredi, la semaine suivante…

— Je t'avais dit qu'il se secouerait, dit Vanessa alors qu'elles préparaient le changement d'équipe pour la nuit.

— Qui ça, Andrew ? demanda Lindsey, faisant un effort pour paraître intéressée.

Vanessa leva les yeux au ciel.

— Notre Dr Rossi… Il s'est montré extrêmement coopératif et j'ai détecté chez lui un certain sens de l'humour.

— A vrai dire, je l'ai à peine vu cette semaine. Nous n'avons pas été dans les mêmes équipes.

D'un air très absorbé, elle vérifia la liste des patients attendant dans les box. Pour la remarquer, oui, elle avait remarqué son absence.

— Bon, si c'est tout ce que ça te fait…, commenta Vanessa. Je m'en vais. Andrew et moi allons au cinéma.

— Amusez-vous bien. Alors, il a fini par t'inviter ?

— A vrai dire, c'est moi qui le lui ai proposé. Mais il a tout de suite été d'accord, ajouta-t-elle en hâte.

— Contente pour toi, Van.

— En fait, l'occasion s'est présentée et je l'ai saisie, répondit-elle, modeste. Parfois, certains hommes ont besoin qu'on leur montre la bonne direction.

Y avait-il là un message pour elle ?

3.

Lindsey monta le son et balança légèrement les épaules au rythme de la musique tout en conduisant. On était vendredi et elle s'en allait. *Rentrer chez soi.* Quelle agréable sensation ! Peut-être qu'en revoyant les vignes et les majestueuses collines bleutées, elle parviendrait à y voir plus clair dans ses sentiments pour un certain médecin. Perdait-elle son temps ? Peut-être. Mais peut-être pas.

Elle éteignit la musique. Mieux valait se concentrer sur la conduite car cette route de campagne, bien que goudronnée et habituellement bien entretenue, était aussi particulièrement étroite. Le soleil était en train de se coucher, mais elle n'avait pas voulu passer la nuit à Hopeton, trop pressée de rentrer.

Les phares d'une voiture approchaient et, machinalement, elle plissa les yeux pour mieux voir. Elle avait également remarqué qu'un autre véhicule la suivait, mais il restait à distance raisonnable.

Pendant qu'il conduisait, les pensées de Dan étaient plutôt confuses. Il avait à peine vu Lindsey de la semaine et en éprouvait de la frustration. Il aurait voulu tirer parti du léger progrès qu'ils avaient fait et la connaître mieux. Mais il avait eu des horaires de travail complètement dingues pour compenser les quelques jours de congé qu'il avait pris après le mariage.

Un mariage qui aurait lieu demain. Il n'avait pas eu le temps de préparer un discours et improviserait selon l'inspiration du moment. Nathan et lui avaient tant de souvenirs en commun que cela ne devrait pas être difficile.

Soudain, il fut ramené à la réalité par la conduite étrange d'une voiture arrivant en face qui déviait nettement de sa trajectoire.

Bon sang… Tous ses réflexes entrèrent aussitôt en action et il ralentit instantanément. Retenant son souffle, il vit la voiture folle traverser la ligne centrale et se diriger vers le véhicule qui se trouvait devant lui. Tout son corps se tendit.

La collision était inévitable.

Lindsey laissa échapper un juron. Que fabriquait ce conducteur ? *Non, non !* Elle s'arc-bouta sur son volant et, comme dans un rêve, vit le bolide de sport passer à côté d'elle. Alors qu'elle se félicitait déjà d'être saine et sauve, il heurta l'arrière de sa voiture, lui faisant quitter la route. Sa tête fut violemment ballottée d'avant en arrière avant de heurter le repose-tête, tandis que son véhicule, après avoir fait un tête-à-queue, tournoyait sur lui-même.

C'était un vrai cauchemar, se dit Dan. Avec horreur, il vit la voiture de sport faire plusieurs tonneaux avant de s'immobiliser dans un amas de tôle froissée et de verre brisé. Un feu continuait à clignoter, éclairant par intermittence la silhouette prostrée qui gisait au milieu de la route.

Il fallut quelques secondes à Lindsey pour que l'infirmière se réveille en elle. Oubliant complètement son propre sort, elle se précipita hors de sa voiture : elle devait s'occuper du blessé. Malgré la sensation d'étourdissement qui la saisit et un début de nausée, elle se mit à courir.

En voyant la silhouette féminine courir vers le lieu de l'accident, Dan réagit à son tour. Il approcha son Land Rover le plus près possible, se mettant en pleins phares pour mieux éclairer la scène. Puis il appela une ambulance avant de sortir avec sa trousse médicale et un appareil à oxygène et succion.

La femme était déjà arrivée sur place, accroupie près de l'homme blessé. Il fronça les sourcils. Devait-elle vraiment être là ? Il avait vu comment son véhicule avait réagi à l'impact de la voiture de sport.

— Est-ce que vous êtes blessée ?

La femme leva la tête.

— Mon Dieu… Lindsey !

Pendant une seconde, leurs regards s'accrochèrent l'un à l'autre, mais les questions attendraient. Ils avaient une vie à sauver.

— Est-ce que ça va ? s'inquiéta-t-il.

Lindsey fronça les sourcils.

— Je crois…

— Alors allons-y.

Le blessé semblait âgé d'une soixantaine d'années. Quelle avait pu être la cause de l'accident ? s'interrogea Dan. S'était-il endormi ? Avait-il subi une attaque ? Il portait un short de cycliste, un T-shirt et des chaussures de marche.

Il ouvrit sa trousse et en retira une paire de gants. Puis il posa le masque à oxygène sur le visage de l'homme.

— Espérons que l'ambulance arrivera à temps, dit-il. Lindsey, j'ai besoin de vous.

Il la vit tituber légèrement puis elle prit une profonde inspiration et enfila ses gants sur des mains tremblantes.

— Est-ce qu'il respire encore ? demanda-t-elle.

— A peine. A l'évidence, il ne portait pas sa ceinture pour avoir été éjecté de cette façon.

Il procéda à un rapide examen de la tête aux pieds.

— Contusions multiples, tibias fracturés…

Puis il étouffa un juron.

— Hémorragie de l'artère fémorale.

Lindsey sentit son estomac se nouer. La vue de tout ce sang pulsant hors de l'aine lui donnait des haut-le-cœur. Elle se mit à respirer brièvement, par à-coups, pour tenter de faire passer le malaise.

Comme un automate, elle chercha des compresses dans la trousse de Dan pour endiguer l'afflux de sang. Il fallait une pression. Un tourniquet. Et aussi une ambulance pour un transfert rapide aux urgences. Cette scène d'accident était en train de virer au pire des cauchemars. Pourtant, ce n'était pas la première à laquelle elle assistait.

Que lui arrivait-il ?

— Vous êtes sûre que ça va ?

D'un seul coup, Dan se trouva tout près d'elle. Elle sentit la chaleur de sa main sur la sienne et se retint de claquer des dents.

— J'ai envie de vomir…

— Bon sang ! Vous êtes en état de choc. Pourquoi ne l'ai-je pas remarqué plus tôt ?

— Tout… tout va bien, dit-elle en s'efforçant de respirer lentement et profondément.

En quelques secondes, il eut mis en place un tourniquet. Soulagée de ne plus avoir à appuyer, elle se recula.

— Avez-vous une minerve ? demanda-t-elle.

— Non, quelle barbe ! Il faut que je pense à l'inclure dans mon kit.

Il fallait agir rapidement. Tous deux savaient que les voies respiratoires de leur patient étaient sérieusement touchées. Il respirait bruyamment et avec difficulté. Dan devait improviser. Sans perdre de temps, il s'agenouilla de façon que la tête du blessé repose entre ses cuisses. Dans l'immédiat, c'était la seule façon qu'il avait de lui stabiliser la tête et le cou. Puis, par petites pressions, il lui étira le menton. La respiration de l'homme s'améliora légèrement. Il faudrait s'en contenter en attendant l'arrivée des auxiliaires médicaux.

Lindsey le secondait de son mieux. Elle lui apporta l'appareil d'aspiration et retira le masque pour qu'il puisse insérer l'embout dans la bouche du patient. Mais elle eut un nouveau haut-le-cœur lorsque le sang remonta dans le tuyau. Elle se détourna juste à temps pour vomir sur la route.

— Arrêtez-vous, Lindsey, ordonna-t-il. Je peux me débrouiller à partir de maintenant. Allez vous asseoir dans ma voiture et attendez-moi. Il y a une bouteille d'eau.

Les bras serrés sur son estomac, Lindsey marcha d'un pas hésitant jusqu'au Land Rover et se laissa tomber sur le siège. Mettant la tête en arrière, elle ferma les yeux et s'efforça de respirer régulièrement.

Au bout de quelques minutes, les nausées se calmèrent et elle put boire un peu d'eau, se sentant mieux à chaque gorgée. Mais à présent, elle commençait à avoir froid.

Voyant la veste de Dan suspendue au dossier du siège conducteur, elle leva les bras avec précaution pour ne pas endommager davantage les muscles douloureux de son cou et recouvrit son corps avec le vêtement chaud. Alors, seulement, elle commença à se détendre, le nez dans l'étoffe confortable qui dégageait un léger parfum de santal et de cuir vieilli. Ainsi que l'odeur de Dan.

Une vague de sensualité la balaya et elle enfouit son visage dans la veste, se sentant reliée à Dan d'une manière qu'elle n'aurait jamais pu imaginer.

Dans une sorte de brouillard, elle entendit une sirène et vit arriver, l'un après l'autre, l'ambulance, la voiture de police et un camion-remorque, dans une débauche de lumières multicolores. Elle les observa à distance, contente d'être un peu à l'écart. Son estomac s'était calmé, mais elle avait une curieuse impression — comme si tout cela arrivait à quelqu'un d'autre. Malheureusement, sa nuque douloureuse la rappelait à la réalité.

Pourvu que l'homme blessé s'en sorte, songea-t-elle. Si c'était le cas, ce serait grâce aux compétences médicales de Dan. Il avait été impressionnant.

Vingt minutes plus tard, l'ambulance était repartie et la police avait détourné la circulation. Le vendredi, beaucoup de gens aimaient faire le tour des vignobles de la région de Milldale où ils étaient accueillis dans des chambres d'hôtes.

Elle sursauta. La portière côté conducteur venait de s'ouvrir d'un coup et Dan s'était assis près d'elle.

— Ça va ?

— Beaucoup mieux, répondit-elle en s'efforçant de sourire. Je vous ai emprunté votre veste.

— Vous avez bien fait. C'est important de rester au chaud.

Il lui jeta un coup d'œil scrutateur.

— Comme je suppose qu'il n'y a pas d'hôpital à Milldale, je vais vous ramener à Hopeton pour que vous passiez une radio du cou.

— Oh non, Dan... S'il vous plaît. Je vais bien, sincèrement.

— On ne peut pas en être sûr, Lindsey. Mais comme je me doutais que vous seriez entêtée, j'ai volé une minerve aux paramédicaux.

Elle ne voulut rien entendre.

— Pas question. J'ai simplement eu le coup du lapin, ce qui a entraîné une tension musculaire. J'ai une huile de massage qui fait des miracles et je vais l'utiliser dès que je serai arrivée.

Dan haussa un sourcil interrogateur.

— Où ça ?

— Chez moi. A Milldale.

— Chez vous ? Je croyais que vous viviez à Hopeton.

— Pour travailler, oui. Mais mon vrai chez moi, c'est Lark Hill, le vignoble où habitent mes parents. Là où j'ai grandi...

Dan réfléchit quelques secondes. Il faudrait que Lindsey fasse encore un peu de route avant d'arriver à destination. Etait-elle en état de conduire ? Et sa voiture pouvait-elle seulement rouler ?

Son hésitation fut de courte durée. Il était médecin, tout de même. Et il pouvait la soigner. Maintenant.

— Est-ce que vous avez votre huile miracle avec vous ?

Lindsey fronça les sourcils.

— Naturellement.

— Dites-moi où la chercher et je vais vous masser. Plus vite ce sera fait, plus tôt vous vous sentirez soulagée.

Il crut voir une lueur de panique dans ses yeux.

— Si vous m'apportez l'huile, je le ferai moi-même.

— Mais bien sûr... Vous pouvez lever les bras jusqu'où sans crier ? Je parie que vous avez mal partout et que vous commencez seulement à subir le contrecoup du choc.

Elle ouvrit la bouche pour protester, mais il était déjà dehors.

Lindsey ferma les yeux, s'efforçant de se détendre comme Dan le lui avait recommandé. De toute façon, il avait pris la situation en main, et, tout compte fait, c'était un véritable soulagement.

Au bout de quelques minutes, il fut de retour, non seulement avec son *vanity-case*, mais aussi son sac à main et son long cardigan en laine.

Elle ne put s'empêcher de sourire.

— Vous avez pensé à tout...

— J'ai même quelque chose pour calmer la douleur.

— Qu'est-ce que c'est ? demanda-t-elle, consciente qu'elle regardait les cachets qu'il avait dans la main d'un air méfiant.

— Ce sont des analgésiques classiques — pas de quoi vous propulser au septième ciel.

Il lui tendit une bouteille d'eau et elle les avala. Puis elle ouvrit le *vanity* d'où elle sortit le flacon d'huile.

— La meilleure façon de procéder, ce serait peut-être que je tourne le dos vers vous, dit-elle d'une voix éraillée.

— Ou bien je rabats le siège arrière pour que vous puissiez vous allonger...

— Ce ne sera pas nécessaire. Reprenez votre veste, Daniel. Je vais retirer ma chemise.

Etait-ce un effet de son imagination ? Il lui sembla voir ses yeux briller.

— Passez-moi l'huile, que l'on puisse commencer.

Dès que les doigts de Dan commencèrent à lui pétrir doucement les muscles du cou, Lindsey sentit tout son corps se libérer de sa tension. C'était si bon qu'elle aurait voulu que Dan ne s'arrête jamais…

Quand Dan promena ses mains sur la colonne délicate de la nuque, il fut presque fasciné par la douceur satinée de la peau de Lindsey.

— A propos, ce n'est pas Daniel, mais Dante, rectifia-t-il.

— Vraiment ? dit Lindsey d'une voix incrédule. Comme le poète italien du Moyen Age ? Cela n'a pas dû être toujours facile à porter.

— Parfois, j'ai eu envie de changer d'école…

— Je trouve que Dante vous va bien. Cela vous rend… spécial.

— Mmm… C'est une tradition familiale de perpétuer ce nom. Apparemment, c'était mon tour d'en être affublé. Comment vous sentez-vous, à présent ? ajouta-t-il, changeant de sujet.

— Beaucoup mieux, merci, répondit-elle en se retournant sur le dos.

— Tant mieux.

Il referma le flacon avant de le lui tendre. Le moment de détente complice était terminé, et par sa faute. Quand donc arriverait-il à se comporter comme quelqu'un de sociable ? Il se sentait comme un petit enfant qui essaie d'apprendre à marcher.

Lindsey sentit un changement de ton dans sa voix. Avait-il été embarrassé par sa remarque ?

— Je ne voulais pas me moquer de vous…

— Je le sais bien.

Elle le vit baisser la tête, les mâchoires serrées.

— J'ai… disparu de la circulation pendant un certain temps.

Manifestement, il avait vécu un drame qui l'avait anéanti. Elle en était certaine, à présent. Quelque chose dont il avait encore du mal à se remettre. Elle se sentit pleine d'empathie pour lui.

— Avez-vous envie d'en parler ?

Immédiatement, elle regretta ses paroles. Pourquoi irait-il se confier à quelqu'un qu'il connaissait à peine ?

Il laissa échapper un long soupir.

— C'est juste que… c'est un peu dur à raconter.

— Je comprends, Dan, dit-elle avec douceur.

Il pencha la tête vers elle et ils restèrent silencieux, le temps de quelques respirations. Mais en elle, c'était un véritable chamboulement.

Puis il se pencha encore et effleura ses lèvres des siennes. Ce fut le plus léger des baisers, mais elle se sentit comme enivrée. Pendant un long moment, ils restèrent muets, à se regarder.

— C'était un peu…, commença-t-elle d'une voix faible.

— Inattendu ?

Dan se rapprocha encore. Il était si près qu'elle pouvait sentir la chaleur irradier de son corps.

— Mais agréable ? ajouta-t-il d'un ton grave.

Alors qu'une vague de chaleur se répandait à travers tout son corps, elle se contenta de hocher la tête, à court de mots. Elle se sentait si proche de lui qu'on aurait dit qu'un fil invisible les reliait l'un à l'autre.

Dan lui caressa la joue d'un revers de main, le corps traversé par toutes sortes d'émotions qu'il avait presque oubliées.

Puis, lentement, ils s'écartèrent l'un de l'autre et le charme fut rompu.

Lindsey resserra davantage son cardigan autour de ses épaules.

— Et si on allait boire quelque chose de chaud quelque part ?

Il se frappa le front du plat de la main. Quel idiot !

— Désolé, vous devez être encore choquée.

— Ce n'est pas grave, répondit-elle en riant. Je ne m'attendais pas à ce que vous ayez un thermos de thé avec vous. Il y a une station-service non loin d'ici. On pourrait s'y arrêter.

— Bien sûr. Il faut aussi faire quelque chose pour votre voiture car je pense qu'elle est inutilisable pour le moment. La roue arrière a un problème de parallélisme et j'ai eu du mal à ouvrir le coffre.

— D'accord. Je vais appeler mon assurance.

Elle sortit son téléphone portable et discuta plusieurs minutes.

— C'est arrangé, annonça-t-elle en raccrochant. Ils vont rapatrier ma voiture pour qu'elle soit réparée et pourront me prêter un véhicule de remplacement au garage de Milldale.

— Je vais vous ramener chez vous, dit-il.

— Mais je ne voudrais pas vous détourner de votre route…

— Ce n'est pas le cas. Je me rends moi-même à Milldale.

— Je vais mettre mes affaires dans votre voiture, dit Lindsey, faisant un geste pour ouvrir la portière.

Il la retint en posant une main sur son poignet.

— Une minute. Je ne voudrais pas que vous fassiez un malaise.

— Je vais bien, je vous assure.

— Faites-moi plaisir…

Lindsey poussa un soupir, mais elle attendit que Dan vienne lui ouvrir la porte côté passager. Il lui offrit sa main qu'elle saisit avec reconnaissance.

Il avait raison : sa tête se mit à tourner.

— Quand avez-vous mangé pour la dernière fois ? lui demanda-t-il, maintenant fermement sa main sur la sienne.

— J'ai pris un sandwich à midi.

— Dans ce cas, il faut trouver rapidement quelque chose à avaler.

Il alla prendre sa valise dans son coffre, ainsi qu'un sac à dos en toile.

— Pouvez-vous aussi sortir le grand seau en plastique avec un couvercle ? lui demanda-t-elle.

Dan s'exécuta, titubant presque sous le poids.

— Qu'est-ce que vous avez mis là-dedans ? Un mort ?

Elle sourit.

— De l'argile.

Il la regarda, visiblement intrigué.

— C'est pour faire de la poterie, expliqua-t-elle tout en le suivant jusqu'au Land Rover. J'ai un tour de potier chez moi ainsi qu'un four à céramique. J'ai l'intention de fabriquer quelques pièces pendant mes vacances.

A cet instant, Dan eut une vision : celle de Lindsey la potière, pieds nus, ses cheveux noirs de gitane flottant sur ses épaules, son corps souple se balançant au rythme du tour... Cette évocation éveilla en lui des sensations qui n'avaient pas été sollicitées depuis bien longtemps, et qu'il avait pourtant éprouvées dès le premier jour où Lindsey Stewart lui avait souri.

— Il faudrait peut-être aussi prévenir votre famille afin qu'elle ne s'inquiète pas ? suggéra-t-il en mettant le moteur en marche.

Voilà qui était très attentionné de sa part, se dit Lindsey. Elle étudia son profil à la dérobée : il aurait fait un parfait modèle. Sentant des démangeaisons au bout des doigts, elle s'imagina en train de sculpter ses traits dans un bloc d'argile, pétrissant, lissant, travaillant les pommettes de ses pouces... Elle pouvait presque sentir l'argile humide sous ses paumes tandis qu'elle rectifiait la courbe de la bouche...

— Lindsey ?

Elle eut un sursaut.

— Mmm ?

— Allez-vous appeler chez vous ?

— En fait, mes parents sont en Ecosse pour rendre visite à mon frère et ma belle-sœur qui viennent d'avoir leur premier bébé. Ils sont absents pour quelques semaines encore.

— Vous voulez dire qu'il n'y aura personne pour veiller sur vous ? Vous venez de subir un traumatisme, Lindsey. Et si vous aviez besoin de quelque chose... ou de quelqu'un ?

Etait-il en train de se proposer ? se demanda-t-elle, intéressée.

— En fait, il y a Jeff et Fiona Collins qui cultivent les vignes et dont le cottage se trouve juste à côté de la maison. Comme elle savait que je venais, Fiona a dû remplir le réfrigérateur et laisser les lumières allumées. Je l'appellerai en arrivant, ainsi elle pourra m'aider si j'ai besoin de quelque chose.

— Dans ce cas, je n'ai plus rien à dire…

— C'était très bon, merci.

Lindsey termina son omelette avant de s'appuyer au dossier de sa chaise, repue.

— Vous ne m'avez pas dit pourquoi vous veniez à Milldale.

— Pour le mariage de Nathan Lyon, répondit Dan qui venait de finir son sandwich à la viande.

— J'avais appris par l'hôpital que vous étiez amis. Ce sera une belle fête. Sami a fait les choses en grand.

Il lui jeta un coup d'œil surpris.

— Vous connaissez Sami ?

— Depuis toujours. Nos parents ont des propriétés voisines. Nous nous sommes un peu perdues de vue quand elle est partie à Sydney, mais nous avons renoué contact depuis qu'elle est de retour.

— Je suis le garçon d'honneur de Nathan.

Elle appuya le menton au creux de sa main et le regarda.

— Etes-vous content de ce mariage ?

— Oui, répondit-il, l'air sincère. Ils forment un beau couple.

— Ils s'aiment, cela se voit, dit-elle en souriant.

— Avez-vous déjà été amoureuse, Lindsey ? questionna Dan à brûle-pourpoint.

Eh bien ! Il ne prenait pas de gants…

— J'ai été amoureuse, et puis je n'ai plus aimé, répondit-elle d'un ton léger. Et vous ?

Il haussa les épaules.

— Idem…

Pendant quelques instants, chacun sirota son mug de thé en silence, perdu dans ses pensées.

— Vous ne seriez pas la demoiselle d'honneur de Sami, par hasard ? demanda-t-il enfin.

— Non. Sa sœur Caitlin tiendra ce rôle. C'est un mannequin célèbre — le visage de la marque Avivia.

— C'est-à-dire ?

— Une compagnie de cosmétiques internationale, répondit-elle en riant.

— Oh… Mais vous serez tout de même au mariage ?

— Bien sûr. Je vous réserverai une danse.

De nouveau, elle vit son regard briller, comme si la perspective de danser avec elle et de la tenir contre lui lui plaisait particulièrement.

— Vous savez donc danser ? demanda-t-elle, l'air espiègle.

— Absolument, répondit-il, d'un air faussement offensé. En fait, j'adorais danser.

— Quand ça ?

— Il y a quelque temps déjà.

— Je me charge de vous remettre le pied à l'étrier.

Qu'y avait-il donc chez Dan qui lui donnait la sensation de voler à travers l'espace sans parachute ?

Et d'adorer cela ?

4.

Le lendemain matin, Dan se réveilla tôt. En se levant, il éprouva une sensation oubliée depuis longtemps : celle d'avoir un but, d'être porté par une énergie positive qui le jeta sous la douche à peine eut-il posé le pied par terre. Il revêtit un jean délavé et un T-shirt bleu marine et se hâta d'aller retrouver Nathan pour le petit déjeuner.

Une fois hors du pub où il avait passé la nuit, il regarda autour de lui. Voilà donc Milldale, se dit-il. Le berceau familial de Lindsey. Il l'imaginait aisément grandissant ici — une gamine de la campagne aux longues jambes, telle une pépite à l'état brut — un peu frondeuse et sûre d'elle…

Il marcha dans la rue étroite et pittoresque du village et consulta sa montre : il avait encore un peu de temps pour flâner et se repérer. La rue principale était bordée par quelques maisons et ouvrait sur un parc et une colline un peu abrupte. D'un pas leste, il grimpa jusqu'au sommet et découvrit la campagne environnante qui s'étendait à perte de vue.

Appuyé à la rambarde de sécurité, il laissa son regard se perdre au loin, depuis les vignes qui verdissaient autour de lui jusqu'aux lointaines collines vallonnées. Quelques maisons étaient éparpillées au milieu des vignobles, un filet de fumée s'échappant, çà et là, d'une cheminée. Il lui semblait être hors du temps.

Il respira à pleins poumons, avec l'impression que l'air frais purifiait tout son corps. Aujourd'hui était le premier jour du reste de sa vie. Il était impatient de découvrir ce qu'il lui réservait.

— Tu es presque marié, maintenant, dit-il à Nathan quand ils se retrouvèrent autour de leur traditionnel petit déjeuner anglais.

— J'ai hâte…, répondit Nathan en attaquant ses œufs au bacon. Désolé que ça n'ait pas marché pour toi, mon vieux.

Il laissa échapper un rire désabusé.

— Les conditions n'étaient pas vraiment idéales au départ. Ce n'est pas comme toi et Sami. Même Lindsey a remarqué à quel point vous étiez amoureux.

Le visage de Nathan s'éclaira.

— Tu veux dire que ça se voit ?

— A peine ! Fais ce qu'il faut pour que ça reste ainsi.

— Pitié…, dit Nathan, levant les yeux au ciel. Tu ne vas pas me faire un sermon, j'espère.

— Non. Mais je voudrais te dire quelque chose avant que l'on se retrouve pris dans le tourbillon. Tu as toujours été là pour moi, Nathan. Et tu as été le meilleur des amis. Le meilleur… J'espère que toi et Sami aurez une vie merveilleuse ensemble.

— Merci, répondit Nathan d'un ton un peu bourru. Cela signifie beaucoup pour moi, Dan. Mais l'amitié, ça marche dans les deux sens, et tu as aussi été là pour moi pendant toutes ces années. Bon. Et si on reprenait des toasts ? ajouta-t-il.

Dan lui fut reconnaissant de changer de sujet avant qu'une vague d'attendrissement ne les saisisse et les plonge dans l'embarras.

— A propos de Lindsey…

Nathan lui jeta un coup d'œil interrogateur.

— Comment va-t-elle depuis l'accident d'hier ? Tu as pu l'appeler ce matin ?

— C'est encore un peu tôt.

— Et le blessé ?

— Coma artificiel. Je n'en sais pas plus pour l'instant.

Dan reposa son couteau et sa fourchette dans son assiette.

— Savais-tu que Lindsey faisait de la poterie ?

— C'est même une véritable artiste. Lorsque la nouvelle aile de la maternité a ouvert l'année dernière, elle a fait don au foyer d'une sculpture représentant la mère et l'enfant. Tu devrais monter au quatrième et jeter un œil, un jour.

— Peut-être, répondit-il, tout en sachant qu'il ne le ferait pas.

Il se versa une seconde tasse de thé et s'autorisa à se détendre un peu pour éliminer les pensées négatives que la suggestion de Nathan avait réveillées en lui.

Aujourd'hui, il prenait un nouveau départ.

La cérémonie du mariage fut magnifique et le discours du garçon d'honneur fit un triomphe. Les commentaires de Dan furent chaleureux et sincères avec juste ce qu'il fallait d'humour, sans perdre pour autant la solennité de l'occasion.

Quand il regagna son siège, Lindsey se joignit aux applaudissements. Curieusement, elle se sentait fière de lui.

Les autres discours furent brefs mais tout aussi réussis, puis les jeunes mariés gagnèrent la piste pour la première danse. Elle vit Dan s'incliner devant Caitlin. C'était la tradition : le garçon d'honneur invitait d'abord la demoiselle d'honneur.

Sa gorge se serra quand elle vit Dan, très à l'aise, entraîner Caitlin dans une valse romantique. Ils étaient superbes ensemble, et Lindsey ressentit un pincement de jalousie. Elle avala une gorgée de champagne, essayant de se convaincre que cela lui était égal.

— Tu danses, Lindsey ?

Eliot Swift. C'était l'un des cousins de Sami qui venait toujours à Milldale pour les vacances quand ils étaient ados. A l'époque, il avait un petit faible pour elle.

— Eliot ! s'exclama-t-elle.

— Tu es toute seule ?

Elle hocha la tête. C'était le cas, non ? Eliot lui tendit la main pour la conduire sur la piste, où ils se mirent à danser tout en bavardant. Ou du moins, à essayer.

— Désolé, c'était ton pied ?

— Un des deux, oui, répondit-elle en riant.

C'était comme s'ils avaient de nouveau dix-sept ans et se retrouvaient sur la terrasse des Kelly où elle lui enseignait ses premiers pas de danse.

— Comme tu peux le constater, je ne sais toujours pas valser, dit Eliot sur un ton d'excuse. Je me rattraperai sur quelque chose de plus moderne.

A cet instant, la musique changea pour un slow, et, sans hésiter, il l'enlaça.

Dan fronça les sourcils en voyant Lindsey et son cavalier passer devant lui. Elle portait une robe rouge qui lui laissait une épaule dénudée et ses cheveux lâchés lui encadraient le visage. Elle était… renversante.

Quant à son partenaire… Il la serrait de beaucoup trop près. Ils avaient l'air très bien ensemble. Il sentit un nœud se former dans sa gorge. C'était *lui* qui aurait dû la tenir dans ses bras.

Après Eliot, Lindsey ne cessa pas de danser et de rencontrer des gens. Elle s'arrêta pour bavarder avec Marcia, la mère de Sami, et la complimenta sur l'organisation de la fête. Oui, elle s'amusait beaucoup.

Quelqu'un appela Marcia qui s'éloigna.

— Excuse-moi, ma chérie, mais le devoir m'appelle.

C'était l'occasion rêvée pour aller prendre un peu l'air.

Dehors, la terrasse de la vieille demeure était somptueusement éclairée. Même les plantes en pots étaient illuminées. Lindsey laissa échapper un soupir. Le mariage de Sami était une vraie réussite.

Elle descendit l'escalier du perron menant à la pelouse et s'assit sur un des bancs du jardin. La tête en arrière, appuyée sur le dossier en bois, elle contempla le ciel clair parsemé d'étoiles.

Quelques accords de musique lui parvenaient au loin. Est-ce que Dan dansait encore avec Caitlin ? Elle avait entendu dire que les fiançailles de cette dernière avaient été rompues récemment.

D'après ce qu'elle avait vu, cela n'avait pas vraiment été une corvée pour Dan d'accomplir son devoir de garçon d'honneur.

Elle ferma les yeux. Apparemment, il avait oublié *leur* danse.

— Hé…

Elle se redressa brusquement.

— Dan !

Il s'assit à côté d'elle.

— Je vous ai cherchée partout. J'étais prêt à vous téléphoner, mais j'ai été tellement pris…

— Eh oui, vous êtes le garçon d'honneur.

Il la regarda attentivement.

— Avez-vous réussi à dormir, après les émotions d'hier ?

Même dans la pénombre, elle pouvait lire l'inquiétude dans ses yeux, et elle en ressentit un réel soulagement. Non, le rapprochement qu'elle avait senti entre eux la veille n'avait pas été le fruit de son imagination : il se souciait sincèrement d'elle.

— En fait, j'ai dormi comme un bébé. Et Fiona a été une mère pour moi. Je vais bien…, ajouta-t-elle avec un sourire rassurant.

— Vous êtes très belle…

Il pencha la tête vers elle, et son menton lui frôla la joue.

— Vous n'êtes pas mal non plus, répondit-elle, retenant son souffle.

Il avait retiré sa veste, dénoué sa cravate et roulé ses manches au-dessus des avant-bras. Ses narines frémirent, titillées par un subtil parfum d'after-shave.

— Je pensais que vous aviez oublié notre danse…

— Aucun risque.

Il lui effleura le cou de ses lèvres et elle frissonna de tout son corps, le cœur battant de plus en plus vite.

Puis le regard bleu de Dan se posa sur sa bouche, avant de capturer le sien.

— Dan…

— Ne dis rien…

Doucement mais fermement, il glissa les mains sous ses coudes et ils se levèrent d'un même mouvement, leurs regards toujours accrochés l'un à l'autre. Ses doigts lui caressèrent la joue, puis suivirent la ligne de son menton avant de chercher sa nuque.

Il pencha la tête lentement, comme pour lui donner une chance de tout arrêter si elle le voulait. Mais elle n'en fit rien, lui offrant ses lèvres quand il approcha sa bouche de la sienne. Leur baiser fut doux et sensuel, tellement parfait, la plongeant dans des sensations qu'elle n'avait pas éprouvées depuis bien longtemps. Comme il l'attirait plus près de lui, elle entrouvrit les lèvres pour laisser sa langue prolonger la magie de leur échange, tout en glissant les doigts dans ses cheveux courts. Elle en avait eu tellement envie sans même s'en rendre compte.

— Ta bouche est si douce, murmura-t-il, lui prenant le visage entre ses mains.

Se penchant de nouveau, il appuya son front contre le sien. Ils demeurèrent ainsi un long moment puis il s'écarta comme à regret.

— Il faudrait peut-être y retourner.

— Oui, répondit-elle à contrecœur. Les mariés ne devraient pas tarder à partir.

— Allons-y.

Il lui tendit la main et elle se sentit de nouveau soudée à lui.

En se dirigeant vers la salle de bal, ils virent la foule déjà rassemblée pour les adieux.

— Il faut que je parle à Nathan, dit Dan. On dirait un lapin pris dans les phares d'une voiture.

En effet, Nathan parut soulagé en le voyant.

— Sami et moi voudrions partir maintenant. Est-ce que tu as un plan pour une sortie discrète et rapide ?

— J'appelle le chauffeur de la limousine, dit Dan en sortant son portable. Avez-vous pris congé de vos proches ?

— C'est fait. Et…

Nathan lui entoura les épaules de son bras.

— Merci. Pour le discours, et pour tout.

— Dan, tu as été un garçon d'honneur de rêve, intervint Sami, se matérialisant à côté d'eux.

— Prenez bien soin l'un de l'autre, ton mari et toi, lui dit Lindsey.

— Oh ! Lins… Garde un œil sur Caitlin, s'il te plaît. En ce moment, elle n'est pas très en forme.

Elle hocha la tête.

— Ne t'inquiète pas, Eliot l'a prise sous son aile.

— La limousine vient d'arriver dans l'arrière-cour, annonça Dan.

Après les dernières embrassades, le couple s'éloigna en courant, main dans la main.

Lindsey sourit en suivant la voiture des yeux.

— Quel beau mariage, n'est-ce pas ?

— Oui, en effet, répondit Dan d'un air absent.

— Est-ce que ça va ?

Il poussa un long soupir.

— Je me sens un peu nostalgique…

— Nathan et toi êtes amis depuis longtemps ?

— Depuis les premiers jours à la fac. On a partagé une maison pendant nos études…

— Avec beaucoup de fêtes et de filles…

— Ça aussi, dit-il avec un haussement d'épaules. Je suis infiniment heureux pour lui.

— Alors, tu crois au mariage ? demanda-t-elle d'un ton désinvolte tout en guettant sa réponse.

Le regard de Dan s'assombrit.

— Les gens continuent à se marier…

Ce n'était pas la réponse qu'elle attendait.

Ils se dirigèrent lentement vers l'intérieur.

— J'ai accompli mon devoir, dit Dan. L'orchestre fait une pause, alors on pourrait peut-être trouver un endroit tranquille pour boire un verre de champagne.

Elle fit la moue.

— Maintenant, je préférerais du thé.

Ils s'installèrent dans une sorte de patio où un serveur empressé vint leur apporter une théière pleine.

— Je suppose que tu es libre tout le week-end ? demanda-t-elle en remplissant les tasses.

— En fait, j'ai pris plusieurs jours de congé grâce aux heures supplémentaires que j'ai cumulées.

— Oh…

C'était pour ça qu'elle ne l'avait pas vu : il avait eu des horaires différents.

— Tu dois être à plat, commenta-t-elle. Avec le mariage pour couronner le tout…

— Je récupère vite, répondit-il en haussant les épaules.

— Qu'est-ce que tu vas faire de ton temps libre ?

— Je ne sais pas encore. Si je veux, j'ai un appartement à ma disposition sur la côte. Je vais peut-être aller surfer sur quelques vagues, prendre le soleil et m'amuser.

S'amuser ? Cela incluait-il des aventures de vacances ? Cette idée n'emballait pas du tout Lindsey.

— Tu as des amis sur la côte ?

Il la regarda longuement avant de répondre comme s'il détaillait chacun de ses traits.

— Non. J'ai l'habitude d'être seul, cela ne me dérange pas.

Eh bien, cela aurait dû… Elle tapota sa tasse de thé du bout des doigts.

Dan Rossi avait-il choisi d'être seul ? Elle n'en était pas persuadée. Elle avait remarqué à quel point il appréciait les contacts pendant la fête. Il s'était montré chaleureux et drôle. Et sexy…

Malgré tous ses efforts, elle ne parvenait pas à rester détachée. Surtout depuis qu'ils avaient goûté l'un à l'autre. Elle avait adoré la façon dont il l'avait embrassée. Il y avait tant d'hommes qui n'embrassaient pas bien. Chez Dan, c'était instinctif. Ou alors, c'était simplement parce que leurs corps se trouvaient en totale symbiose, l'alchimie fonctionnant parfaitement entre eux. Elle sentit un frisson la parcourir à cette seule pensée.

Soudain, elle se redressa sur sa chaise : elle venait d'avoir une idée lumineuse.

— J'ai une suggestion à te faire. Tu pourrais passer tes vacances ici, à Milldale. Avec moi.

Dan la regarda, surpris.

— Avec toi…, répéta-t-il.

— Enfin… Pas exactement avec moi. Nous avons plusieurs cabanes d'hôtes sur la propriété. Tu pourrais loger dans l'une d'elles — si cela te tente, bien sûr.

— Mmm…

Oh ! non, se dit-elle, le cœur battant la chamade. Elle n'arrivait pas à croire qu'elle venait de le faire. Cela lui ressemblait si peu. Elle avait mis Dan au pied du mur. Mais après tout, c'était un grand garçon. Il pouvait dire non.

— Il y a des chemins de randonnée, une piscine chauffée et un spa dans la maison. Le ciel bleu au-dessus de ta tête et le calme autour de toi. Rien ne vaut cette sensation. C'est le meilleur moyen de se ressourcer : la paix, et le sentiment que l'on peut enfin lâcher prise et juste… *être.*

Etre. La respiration de Dan s'arrêta dans sa gorge. Un petit mot qui voulait dire tant.

Les yeux de Lindsey s'étaient mis à briller. « Je suis là », semblaient-ils dire. Alors, pourquoi hésiter ? Lindsey Stewart était ce qu'il lui fallait. Charmante. Excitante. Sexy. Tout son corps fut parcouru d'une vague de chaleur.

Aucune femme ne l'avait touché à ce point depuis bien longtemps.

Presque involontairement, leurs mains se rejoignirent sous la table.

— Je serais très heureux d'accepter ton invitation, Lindsey, dit-il d'un ton un peu formel.

Puis il sourit lentement, et la vit se détendre.

— En fait, tu n'avais pas besoin de me convaincre, ajouta-t-il, mêlant ses doigts aux siens. Je serai ravi de passer mes vacances avec toi. Peut-être que l'on pourrait *être* ensemble ?

Lindsey plissa les yeux en le regardant.

— Peut-être bien, dit-elle en récupérant sa main. Maintenant, je vais aller me coucher. Tu sais comment rentrer à Lark Hill, alors à demain ?

Il s'alarma aussitôt.

— Et toi, comment comptes-tu rentrer ?

— En taxi. Je suppose qu'une nuit comme celle-ci, tous les taxis de Milldale doivent être en alerte.

— J'ai ma voiture ici, je vais t'accompagner.

Lindsey protesta en secouant la tête.

— Dan, ce n'est pas nécessaire. Tu as eu une longue journée et…

— Je te ramène chez toi.

5.

Le dimanche matin, Lindsey se réveilla en sursaut. Elle saisit son portable posé sur la table de nuit et laissa retomber sa tête sur l'oreiller. Il était à peine 8 heures. Dan ne serait pas là avant des lustres.

Elle sourit toute seule. Même si le bon Dr Rossi n'en avait rien laissé paraître, elle savait que son invitation lui avait quelque peu fait perdre son sang-froid. Elle était encore étonnée d'avoir osé lui demander de passer son congé avec elle, mais cette idée avait jailli du plus profond de son être.

La sonnerie du téléphone la tira de ses pensées. Elle jeta un coup d'œil sur le cadran et s'empressa de répondre.

— Bonjour, Dan.

— Mademoiselle Stewart, je présume. Etes-vous levée ?

— Bien sûr, répondit-elle en se hâtant de sortir du lit. Et toi ?

— A vrai dire, j'ai déjà fait l'aller et retour à Hopeton pour prendre d'autres vêtements pour mon séjour à la campagne et je ne suis plus qu'à quelques minutes de chez toi.

— Vraiment ?

Au bord de la panique, elle mit fin à l'appel et piqua un sprint jusqu'à la salle de bains pour se doucher.

Qu'allait-elle porter ? Elle n'avait pas encore défait sa valise. Elle se décida rapidement pour un jean, un T-shirt blanc, et comme l'air était encore un peu frais le matin, un cardigan écru.

Quant aux chaussures…

Le son du vieux heurtoir de la porte d'entrée résonna dans le hall. Il était déjà là ! Rapidement, elle enfila des ballerines et passa les mains dans ses cheveux avant d'aller lui ouvrir.

— Dan…

Elle cligna des yeux dans le soleil matinal et sentit un frisson de désir la parcourir. Il était si sexy, avec une ombre de barbe sur les joues et sa chemise à carreaux toute de travers sous son pull bleu marine.

A peine Dan l'eut-il vue que le désir explosa en lui. Elle n'était pas maquillée, ne portait pas de parfum… Mais elle débordait de féminité.

Il fit un pas vers elle.

— Lindsey…

La seconde d'après, sa bouche était sur la sienne et il sentit la chaleur de son corps contre lui. Il l'embrassa longuement, avec douceur, et l'entendit pousser un petit gémissement étouffé avant de la relâcher.

— Bonjour, murmura-t-elle.

Il enroula une mèche de ses cheveux autour de son doigt.

— *Maintenant*, c'est une bonne journée, dit-il.

Elle le gratifia d'un de ses sourires qui creusaient les fossettes de ses joues.

— Est-ce que tu as mangé ?

— J'ai pris un café tout à l'heure.

— Voyons ce qu'il y a dans le garde-manger, dit-elle en l'entraînant vers la cuisine.

Il nota au passage les bancs en bois de charpente et les carreaux de faïence bleus et blancs du coin-repas.

— Est-ce que vous vous occupez aussi des repas pour vos hôtes ? demanda-t-il.

— Les cabanes sont équipées d'une kitchenette, mais nous fournissons des paniers pour le petit déjeuner si on nous en fait la demande. Je vais nous préparer quelque chose. Qu'est-ce qui te ferait plaisir ?

— A toi de me surprendre.

Lindsey lui décocha un sourire en coin.

— Je crois que c'est déjà fait.

Effectivement. Etre là, avec elle, chez elle, sur le point de partager un petit déjeuner concocté de ses mains, lui paraissait incroyable.

— J'ai du mal à croire que je suis ici, avoua-t-il.

Elle le regarda de la tête aux pieds.

— Bien sûr que tu es là. Sinon, qui est-ce que j'ai embrassé tout à l'heure ?

Il se mit à rire et promena son regard dans la pièce, appréciant le mobile de cristal suspendu à la fenêtre en face de l'évier.

— Joli feng shui.

Lindsey lui jeta un coup d'œil surpris.

— Serais-tu un adepte ?

— Disons que c'est une philosophie qui m'attire.

Qui l'aurait cru ? A présent, c'était son tour d'être étonnée.

Elle empila la vaisselle et les couverts sur un plateau.

— Est-ce que je peux faire quelque chose pour t'aider ? proposa Dan.

Elle lui tendit le plateau.

— On va manger dehors sur la terrasse. Tu peux mettre la table ?

— Ce doit être dans mes cordes.

Une fois seule, elle s'activa dans la cuisine : jus d'orange frais pressé et portions de melon mélangé à d'autres fruits dans un saladier en verre, pour commencer…

Lorsqu'elle rejoignit Dan, il était appuyé à la balustrade, le regard perdu au loin.

— C'est un vrai paradis, murmura-t-il. Comment peux-tu supporter de quitter cet endroit pour aller travailler aux urgences d'un hôpital ?

Elle prit un air affligé.

— Maintenant, tu parles comme un touriste. S'occuper de la vigne est un travail extrêmement dur, Dan. On ne peut pas se contenter de rester assis à contempler le paysage.

— Comme tu le fais aux urgences ? demanda-t-il avec un sourire taquin.

Elle lui tira la langue.

— Il y a une crique là-bas, de l'autre côté, dit-elle, en montrant du doigt une rangée de saules. Sami, Caitlin, mon frère James et moi y avons eu de vraies parties de rire quand nous étions ados.

— Je veux bien le croire. James est ton frère qui se trouve en Ecosse ?

— Oui. Lui et sa femme sont kinés. Leur petite fille, Alexandra Rose, est à peine âgée de trois semaines.

— Joli prénom.

Il lui sembla que le regard de Dan s'assombrissait.

— Et les cabanes ? ajouta-t-il comme pour changer de sujet.

— Il y en a quatre. Elles sont là-bas, sur ta gauche.

Elle désigna plusieurs constructions en bois à flanc de colline.

— Tu pourras t'y installer tout à l'heure. Si on mangeait ?

— Comment êtes-vous arrivés à Lark Hill ? demanda Dan tandis qu'ils dégustaient la salade de fruits.

— C'est une longue histoire, répondit-elle en avalant un morceau de kiwi. Mes arrière-grands-parents sont venus d'Angleterre pour devenir fermiers.

— Oh… Il y a donc de véritables pionniers dans ta famille ?

Lindsey haussa les épaules.

— J'ai l'impression que nous avons toujours été ici. Et la famille Rossi, d'où vient-elle ?

— De Melbourne. Mon père est professeur de linguistique, et ma mère est directrice d'une école pour enfants précoces.

— J'imagine que vous avez dû avoir des conversations passionnantes autour de la table pendant les repas, dit-elle, intéressée.

— Mmm… Quant à mes sœurs, l'une d'elles tient une librairie salon de thé et l'autre est violoniste dans l'orchestre symphonique de Melbourne.

— Tu as donc grandi dans un milieu artistique, entouré de livres et de musique. Qu'est-ce qui t'a décidé à casser le moule et opter pour les sciences et la médecine ?

— Mon oncle Robert, le frère de mon père, est médecin, expliqua Dan. Pour moi, il était plus un grand frère qu'un oncle. J'étais fasciné par le squelette qu'il avait dans sa chambre, ajouta-t-il avec un sourire. J'ai très vite eu l'idée de devenir médecin.

— C'est donc une véritable vocation ?

— Je le crois, oui.

Dan avala le dernier morceau de fruit restant dans son bol. Il n'avait pas parlé aussi librement de lui depuis longtemps. Il le devait sans doute à l'effet que Lindsey avait sur lui.

C'était quelqu'un de si ouvert qu'elle donnait envie de lui répondre de la même manière.

S'appuyant au dossier de sa chaise, il la regarda pensivement.

— Quoi ? dit-elle d'un air surpris.

— Je réfléchissais. On est bien ici, tous les deux, non ?

Les yeux de Lindsey brillèrent.

— Si.

Sur un plan personnel, ils avaient sûrement encore quelques montagnes à franchir. Mais qu'était-ce qu'une montagne ou deux, quand on avait Lark Hill, la colline magique ?

— A votre tour, mademoiselle Stewart, dit-il. Comment êtes-vous devenue infirmière ?

— Il n'y a pas grand-chose à raconter. En fait, j'envisageais sérieusement la médecine, mais je suis une fille pratique. Etant donné la longueur des études, je me suis dit qu'il me faudrait des siècles avant de pouvoir être utile en tant que médecin, alors qu'en étant infirmière, je pouvais mettre la main à la pâte rapidement, ajouta-t-elle avec un sourire.

— Et te voilà, conclut-il, une lueur de tendresse dans les yeux.

Elle se hâta de se lever et rassembla la vaisselle sale.

— Et si on faisait des toasts ? proposa-t-elle. Fiona a apporté un pain de mie aux graines de sésame.

— Parfait, dit Dan.

Il lui prit le plateau des mains et la suivit jusqu'à la cuisine.

Une heure plus tard, ils en étaient à leur seconde théière et bavardaient toujours de tout et de rien. Cela leur était aussi naturel que de respirer, remarqua Lindsey. En fait, ils étaient tellement pris par leur conversation qu'ils n'entendirent pas la porte d'entrée s'ouvrir.

— Ohé, ce n'est que moi. Tu es là, Lindsey ?

— C'est Fiona, dit-elle, posant un doigt sur ses lèvres. Prépare-toi à être examiné de la tête aux pieds. Sur la terrasse ! ajouta-t-elle.

Fiona arriva, les cheveux grisonnants et arborant le teint hâlé d'une personne habituée à vivre au grand air.

Elle s'immobilisa aussitôt en les voyant.

— J'espère que je ne dérange pas ?

— Bien sûr que non, répondit Lindsey. Voici Dan Rossi, un ami de l'hôpital.

Dan se leva galamment et ils se serrèrent la main.

— Heureux de vous connaître, Fiona.

— Moi aussi, Dan, répondit-elle, tandis que son regard clair passait l'inspection. Vous êtes le médecin qui a gentiment ramené Lindsey après l'accident ?

— C'est bien moi. Sinon, elle aurait été capable de rentrer à pied, ajouta-t-il d'un ton moqueur.

— Elle a toujours été terriblement indépendante.

— Dites donc, vous deux ! protesta Lindsey. Je ne vous dérange pas trop ?

Elle fit signe à Fiona de s'asseoir.

— Il reste encore du thé.

— Non, merci, ma chérie. Je passais juste pour te dire que j'avais loué la dernière cabane qu'il restait.

— Oh ! super… A qui ?

— Un jeune couple, Scott et Amy Fraser. Ils ont eu envie de prendre quelques jours de vacances avant la naissance de leur premier bébé.

— C'est charmant, commenta Lindsey en souriant.

— Ils sont arrivés la nuit dernière, et ils viennent de partir pique-niquer.

— La journée est magnifique, j'espère qu'ils apprécieront la paix et le calme.

Elle jeta un coup d'œil à Dan.

— Nous aussi, on devrait sortir se dégourdir les jambes.

Après le départ de Fiona, ils rentrèrent pour laver la vaisselle et ranger la cuisine.

— Je vais retourner dormir au pub ce soir, annonça Dan.

— Pourquoi donc ?

— Fiona a dit que la dernière cabane était louée.

— Tu n'as qu'à rester ici, proposa Lindsey. Nous avons une chambre d'amis avec sa propre salle de bains. Ton intimité sera préservée.

— Mmm…

Dan se gratta la tête, visiblement mal à l'aise.

— Tu n'es tout de même pas respectueux des convenances à ce point ? C'est un peu vieux jeu, non ?

Comme il esquissait une grimace, elle sourit en secouant la tête.

— Tu as vraiment été très bien élevé…

— C'est une petite communauté, ici, dit-il enfin. Toi et ta famille y avez à l'évidence un certain statut… Et j'ai bien vu la curiosité de Fiona.

— Dan…

— Quoi ?

— Nous sommes deux adultes, n'est-ce pas ?

— Tout à fait, répondit-il en jouant avec une mèche de ses cheveux.

Puis il se pencha sur sa bouche et ils s'embrassèrent longuement.

— Ah, Lindsey…, soupira-t-il. Bon, je resterai ici.

Elle baissa les yeux sur ses lèvres si sexy.

— J'en suis ravie. Comme ça, je n'aurai pas à mettre mon plan B en action. J'étais sur le point de te voler tes clés.

— Que se passe-t-il donc avec les femmes de Milldale ? demanda Dan d'un ton faussement indigné. Nathan me racontait que Sami voulait le kidnapper.

— Ce doit être quelque chose dans le vin, répliqua-t-elle en riant.

Il fit mine de l'entraîner dans une valse et, en réponse, elle lui entoura la taille de ses bras.

Le regard de Dan était brûlant.

— Qu'est-ce qu'on fait maintenant ?

Elle suivit le contour de ses lèvres du bout du doigt.

— On pourrait peut-être aller se promener ?

Dan poussa un soupir. Une douche froide aurait sans doute été plus appropriée.

Ou alors… Il pouvait céder à l'avalanche d'émotions qui s'était abattue sur lui et l'entraîner au lit.

Soudain, faire l'amour avec Lindsey lui paraissait la suite naturelle de ce qu'ils avaient vécu — la dernière étape dans l'intimité. Mais peut-être était-il en train de fantasmer. Cela faisait si longtemps qu'il n'avait pas été aussi proche d'une femme…

Et il en avait terriblement envie.

Alors… Tout bien considéré, une promenade était peut-être préférable.

— Va prendre tes affaires dans la voiture, dit Lindsey d'un ton léger. Je vais te chercher des draps.

6.

Après avoir marché avec Dan à travers les vignes, Lindsey lui montra la crique avec sa piscine naturelle creusée dans la roche.

— Lorsque tu reviendras, nous nagerons ici.

— Donc, je reviendrai ? dit-il en plongeant son regard dans le sien.

Sa voix devenue rauque la fit frissonner.

— Naturellement.

Elle noua les bras autour de son cou et se pressa contre lui. Leur baiser fut long et langoureux.

Puis ils continuèrent leur promenade, les mains jointes.

— Est-ce qu'il faut craindre les serpents ? interrogea Dan.

— Non, seulement les éléphants, répondit-elle, pince-sans-rire.

— Je vois.

Dan esquissa un pas de danse sur le côté avant de l'attirer contre lui.

— Je suis avec une facétieuse, dit-il en riant avec elle.

Un peu plus loin, elle le mit au défi de marcher sur le tronc d'arbre qui enjambait la partie la plus profonde de la crique. Il s'exécuta volontiers, les bras levés avec grâce tel un funambule en équilibre sur son fil. Arrivé de l'autre côté, il s'inclina, mais au lieu de l'applaudir, elle sauta légèrement sur le tronc pour le rejoindre.

— Et maintenant ? demanda-t-il.

— On monte jusque là-haut. C'est moins raide que cela n'en a l'air.

Elle lui montrait le point le plus élevé. Une fois au sommet de la colline, Dan se glissa derrière elle et l'entoura de ses bras.

— Ah… Quelle belle vue.

Les yeux mi-clos, elle s'abandonna contre lui, les mains sur les avant-bras de Dan.

— Cela rend heureux d'être vivant, non ?

— Cela… et aussi le fait d'être avec toi, répondit-il d'une voix éraillée.

Ils s'assirent à l'ombre d'un grand arbre et s'appuyèrent contre son tronc, leurs épaules se touchant. Pendant un long moment, ils restèrent silencieux, absorbés dans la contemplation du paysage, aspirant l'air pur à pleins poumons.

— Pourquoi New York, Dan ? demanda-t-elle à brûle-pourpoint.

Il releva si brusquement la tête qu'elle regretta aussitôt sa question.

— Est-ce que je suis trop indiscrète ?

— Non…

D'un geste brusque, il arracha un brin d'herbe qu'il se mit à triturer entre ses doigts.

— J'étais déjà allé plusieurs fois dans cette ville, et j'avais adoré l'animation qui y régnait. Lorsque la chance s'est présentée d'y travailler, je l'ai saisie. Et toi ? Tu as beaucoup voyagé ? ajouta-t-il, visiblement désireux de changer de conversation.

— Assez. Je suis allée au Royaume-Uni, bien sûr, pour rendre visite à mon frère et ma belle-sœur. C'était super. Nous avons visité une partie de l'Europe ensemble. Puis l'année dernière, je suis allée au Japon faire du snow-board.

— Tu pratiques ce sport ?

Il y avait de l'admiration dans la voix de Dan.

— Y es-tu allée en groupe ? ajouta-t-il.

— Non, mais avec mon petit ami de l'époque, répondit-elle en entourant ses genoux de ses bras. Le lendemain de notre arrivée, il est sorti avec une des guides touristiques.

— Aïe !

— Il a dit qu'il l'avait trouvée jolie et qu'elle n'avait été qu'une aventure, qu'il n'y avait pas besoin de changer quoi que ce soit entre nous ! Le pire, c'est que tout cela s'est passé sous mon nez. Il fallait vraiment que je sois stupide !

— Ce n'est pas de la stupidité… Tu lui as fait confiance et il t'a trahie.

Doucement, il lui caressa la joue.

— C'est lui qui y a le plus perdu, ajouta-t-il.

Il y eut un long silence.

— Je me suis marié à New York, reprit-il soudain.

Marié. Lindsey eut l'impression d'avoir reçu un coup à l'estomac. S'il avait voulu faire sensation, c'était réussi.

— Est-ce que… tu l'es toujours ? demanda-t-elle d'un ton hésitant.

— Non. Notre mariage a sombré corps et biens.

Il ne pouvait pas s'arrêter là. Il en avait trop dit ou pas assez.

— Est-ce que tu veux m'en parler ?

Dan s'appuya plus fort contre l'arbre, sentant la tristesse le gagner. D'un côté, il savait que le moment était venu de tout raconter à Lindsey, mais, en même temps, il appréhendait d'exhumer le passé. Mais s'il voulait avoir une chance d'approfondir sa relation avec elle, il devait la saisir.

— Caroline et moi nous sommes rencontrés à une fête, commença-t-il. Elle était avocate, nouvellement arrivée à New York, comme moi. Nous avons commencé à nous voir, à faire des sorties ensemble…

Il s'interrompit et elle lui tendit sa main qu'il saisit avec reconnaissance pour trouver le courage de continuer.

— Lorsque nous nous sommes rencontrés, nous habitions tous les deux dans des appartements plutôt minables, et nous avons décidé de devenir colocataires pour pouvoir loger dans quelque chose de mieux.

Lindsey fronça les sourcils. A l'évidence, ce n'était pas l'histoire d'amour du siècle. Mais alors, pourquoi s'étaient-ils mariés ? A moins que…

— Caroline est tombée enceinte après avoir oublié sa pilule. Elle était paniquée. Ses parents étaient très protecteurs, ultraconservateurs et persuadés que leur fille unique avait un brillant avenir professionnel. Elle m'a dit que si elle leur annonçait en même temps qu'elle se mariait, ce serait un moindre choc pour eux.

Elle le regarda, incrédule.

— Alors, tu l'as épousée ? Pour cette raison ?

— C'était aussi mon enfant, Lindsey. J'ai pensé que si on faisait des efforts en ce sens, ça pourrait marcher. Ensuite, ça a viré peu à peu au cauchemar. On a su que Caroline attendait des jumeaux, ce qui constituait un stress supplémentaire. Mais, surtout, on a découvert qu'ils partageaient le même sac amniotique dans l'utérus de la mère.

Lindsey étouffa une exclamation.

— C'est très rare, non ?

— Un cas sur cent. Les chances de survie sont environ de cinquante pour cent car les deux cordons ombilicaux peuvent s'emmêler à tout instant.

Ce qui voulait dire que les bébés mouraient asphyxiés. Lindsey redoutait ce qui allait suivre.

— Est-ce que tu veux t'arrêter maintenant ?

Dan esquissa un petit sourire triste.

— A quoi bon ? Il faut que j'aille au bout pour pouvoir prendre un nouveau départ.

Elle hocha lentement la tête.

— Je suppose qu'en tant que médecin tu connaissais les risques et que tu as tenté de protéger Caroline…

Il lui jeta un coup d'œil admiratif.

— C'est exactement ça. J'ai essayé de rester positif pour la rassurer, mais c'était comme vivre avec une bombe à retardement. A seize semaines, on a su que c'étaient deux petites filles. Leur cœur était solide et elles se développaient normalement. Il était prévu que l'accouchement se fasse par césarienne le plus tôt possible, dès que les bébés seraient viables. On y croyait très fort…

Il y eut un silence.

— Elles sont mortes in utero à vingt-deux semaines.

Lindsey entendit la douleur dans sa voix et les larmes qu'il retenait. Elle ne dit rien et resta assise, attendant la suite.

— Nous avons reçu un grand soutien de l'hôpital et ma famille nous a rejoints. Avec Nathan. J'étais tellement content de le voir…

Elle sentit l'émotion la gagner.

— Dan… je regrette tellement ce qui est arrivé. Comment peut-on se remettre d'un tel chagrin ?

— On avance comme dans un brouillard… Il est certain que je ne suis pas pressé de retenter l'aventure de la paternité. Caroline a dit qu'il n'y avait plus rien qui nous maintenait ensemble et elle a quitté son travail pour retourner chez ses parents. Quant à moi, j'ai achevé mon contrat à l'hôpital et je suis parti en Floride, où j'ai suivi une formation en recherche et sauvetage. Puis je suis rentré en Australie.

— Tu n'es plus du tout en contact avec Caroline ?

— J'ai réussi à la joindre il y a quelques mois. Elle m'a dit qu'elle avait tourné la page et qu'elle espérait que je fasse de même. Cela fait deux ans maintenant.

— Ce doit être difficile de passer à autre chose…

— J'y parviens peu à peu… Sauf certains jours, comme celui où j'ai perdu les pédales aux urgences, dit-il avec un petit rire désabusé.

— C'était la date anniversaire ?

— Exactement. Celle du jour où j'ai dit adieu à mes bébés.

Ils restèrent longtemps assis sous l'arbre, en silence. Elle avait la tête sur l'épaule de Dan qui l'entourait de son bras.

— Merci, Lindsey, dit-il enfin. De m'avoir écouté.

— J'espère que cela t'a un peu aidé, répondit-elle avec douceur.

Mais elle savait que seul le temps pourrait lui apporter la paix.

Une fois de retour à la maison, ils avalèrent chacun un grand verre de citronnade.

— Tu dois mourir de faim. Que dirais-tu d'un club sandwich ? proposa-t-elle.

— Volontiers.

— Ensuite, on pourrait aller à Milldale. Le dimanche, il y a le marché des producteurs toute la journée.

— Tu sais, tu n'as pas besoin de chercher à me distraire, Lindsey…

Elle le regarda, déroutée.

— C'est l'impression que je te donne ?

— Bien sûr que non. Cette journée est la plus belle que j'aie passée depuis longtemps. Le simple fait d'être avec toi… Cela suffit à me combler.

— Oh ! Dan…

Elle lui adressa un sourire tremblant.

— C'est la même chose pour moi.

Après leur repas pris sur le pouce, l'air s'était réchauffé et Lindsey alla changer son jean pour une robe à petites fleurs. Elle se sentait d'humeur printanière.

Une fois sur le marché, ils flânèrent à travers les allées. Elle acheta du papier à lettres recyclé sur le stand d'une association qui recueillait des fonds pour construire des écoles dans les pays en voie de développement.

— C'est bientôt l'anniversaire de maman et elle adore écrire, expliqua-t-elle. Il faut aussi que je trouve un mélange de plantes pour soigner les hématomes.

Dan lui jeta un coup d'œil étonné.

— N'oublie pas que je travaille aux urgences.

— J'en apprends tellement, ici…

Elle n'arriva pas à discerner s'il était sérieux ou pas.

— Il me faut aussi du thé et du café, et ce sera tout pour moi.

— Je vais en prendre aussi, dit Dan. C'est moi qui règle.

Il sortit un gros billet et refusa qu'on lui rende la monnaie.

— C'est un geste généreux, commenta-t-elle tandis qu'ils reprenaient leur marche.

— J'espère que cela servira à acheter des livres aux enfants ou des équipements sportifs.

— La dure réalité, c'est que cela servira plutôt à payer quelqu'un pour que les enfants puissent aller et revenir de l'école en sécurité.

Dan pinça les lèvres, l'air grave.

— Nous avons trop souvent tendance à croire que tout va de soi…

— Moi, j'aime penser que la plupart d'entre nous font ce qu'ils peuvent pour ceux qui sont moins chanceux. Mais pour certains, ce ne sera jamais assez.

Il la dévisagea longuement, et elle crut voir dans son regard une lueur de respect.

— Tu es une femme très avisée.

Après s'être régalés de crèmes glacées, ils se dirigèrent vers la galerie d'art.

— J'ai envie de voir ce que font les artisans locaux, dit-elle.

— Est-ce que tu en fais partie ?

— J'ai des pièces qui ont été exposées à plusieurs reprises, mais pas récemment. Je suis en panne d'inspiration.

Elle réfléchit une seconde.

— Est-ce que tu accepterais de poser pour moi, Dan ?

— Non.

Ils entrèrent dans la galerie au moment où le soleil pénétrait à flots à travers une étonnante fenêtre à meneaux.

— Pourquoi ? demanda-t-elle.

— Je ne suis pas narcissique à ce point.

Elle secoua la tête.

— Cela n'a rien à voir.

Une fois de retour dehors, elle revint à la charge.

— Il ne faut pas y compter, dit-il d'un ton ferme.

Elle le trouvait si sexy, pas rasé, un peu fripé… Il était parfait pour elle.

— Rabat-joie…, marmonna-t-elle.

Dan entremêla ses doigts aux siens tout en marchant.

— J'ai aperçu un pépiniériste hier, en me promenant. Crois-tu qu'il soit encore ouvert ?

— Certainement. Le dimanche est le jour où les touristes sont de sortie. Qu'est-ce que tu veux y faire ?

Il balança doucement leurs mains.

— Trouver des fleurs pour ma chérie.

Quelques instants plus tard, elle avait les bras chargés d'un bouquet d'iris à longues tiges au parfum subtil dont les teintes allaient du violet le plus profond à l'améthyste.

— Elles sont très belles, Dan, dit-elle, tandis qu'ils regagnaient la voiture. Mais pourquoi des iris ?

Il sourit.

— Parce qu'elles sont très spéciales et adorables… comme toi, répondit-il en lui caressant la nuque. Et je leur trouve un air courageux, avec leurs longues tiges droites.

Elle sentit son cœur fondre et sourit à son tour.

— Cette journée a été si extraordinaire…

— Oh ! oui ! renchérit-il en l'embrassant dans le cou.

Pendant le trajet du retour, ils roulèrent en silence. Ils se sentaient si bien qu'ils n'éprouvaient pas le besoin de parler.

De retour à la maison, ils apportèrent leurs courses dans la cuisine.

— On finit toujours par se retrouver ici, dit Lindsey en riant, après avoir arrangé ses fleurs dans un vase.

— J'aime les cuisines… Ce sont des endroits très conviviaux.

— Le cœur du foyer, renchérit-elle.

Elle se tourna vers lui.

— As-tu envie d'un thé ? D'un verre de vin ? Ou d'autre chose ?

Il y eut un silence.

— Dan ?

Tout proche d'elle, il la prit doucement par les poignets. Ils restèrent un long moment à se regarder, puis il porta l'un de ses poignets à ses lèvres.

— Nous n'avons toujours pas eu notre danse. Est-ce que tu peux mettre de la musique ?

— Certainement.

Elle pouvait déjà sentir la chaleur qui se dégageait de leurs corps.

Main dans la main, ils se rendirent dans le salon. Elle glissa un CD dans l'appareil et une musique douce et sensuelle emplit la pièce. Le monde n'existait plus. Il n'y avait qu'eux.

Elle rejoignit Dan qui contemplait le coucher de soleil par la fenêtre. Toutes sortes de nuances de rouge et d'orange se fondaient dans le ciel.

— Il nous reste encore la nuit, murmura-t-il d'une voix rauque.

Il se retourna pour la prendre dans ses bras. Lorsque leurs lèvres se joignirent, il sembla à Lindsey que tout son corps était en fusion. Ses mains brûlantes lui caressaient le bas du dos, les hanches.

Lentement, ils se balancèrent en rythme et firent le tour de la pièce avant de se diriger, toujours enlacés, vers la chambre de Dan.

Il referma la porte derrière eux. Les rideaux étaient partiellement tirés, le lit ouvert.

— Quand as-tu fait ça ? demanda-t-il en la serrant contre lui.

— Tout à l'heure.

— Pour nous ?

Elle sourit timidement.

— Cela ne t'ennuie pas ?

— Ah, Lindsey…

Il plongea son regard dans le sien et, sans la quitter des yeux, entreprit de lui déboutonner sa robe à fleurs avant de la faire glisser sur les épaules.

Puis il retira ses propres vêtements tandis que Lindsey se débarrassait des siens. Il l'attira avec lui dans le lit et elle noua ses jambes autour des siennes, poussant un soupir de volupté en sentant la douceur et la chaleur de sa peau sur la sienne.

Il s'empara de sa bouche et l'embrassa avec passion. Elle frémit, goûtant l'odeur de sa peau nue, et lui rendit son baiser avec ardeur.

— Ne t'arrête pas, murmura-t-elle, le corps tendu de désir, quand il fit une pause.

Mais Dan n'avait aucunement l'intention de s'arrêter. Pas avant d'avoir entraîné Lindsey avec lui, de plus en plus haut, au-delà de toute raison.

Ce fut seulement lorsque tout fut redevenu paisible qu'ils se rendirent compte jusqu'où ils étaient allés.

Ensemble.

Ils restèrent longtemps immobiles, comblés, dans les bras l'un de l'autre. Dehors, le silence fut rompu par le roucoulement d'une tourterelle.

Jouant avec une mèche des longs cheveux de Lindsey, il se rendit compte que quelque chose de très spécial était en train de se passer. Quelque chose d'exceptionnel.

— Je ne trouve pas les mots…

Lindsey se blottit contre lui et, poussant un soupir de contentement, l'observa à travers ses paupières mi-closes.

— Je comprends ce que tu veux dire, murmura-t-elle. Je n'ai jamais voulu être avec quelqu'un comme avec toi, Dan.

Il sentit sa gorge se contracter. Il s'en fallait de peu pour qu'il tombe amoureux d'elle — si ce n'était pas déjà fait.

Doucement, il effleura ses lèvres des siennes.

— Je viens de vivre le jour le plus heureux de ma vie, dit-il d'un ton presque solennel. J'ai eu l'impression d'être hors du temps.

— C'est exactement ce que j'ai ressenti. C'est comme recevoir un cadeau qui est pile celui qu'on espérait.

Il rit doucement puis lui déposa un baiser sur l'épaule.

— Si on essayait le spa ? proposa-t-il. Je l'ai vu tout à l'heure et j'ai eu l'impression qu'il me tendait les bras.

— Parfait…, répondit Lindsey. Ensuite, je nous préparerai à dîner.

— Pardon, mais *je* préparerai à dîner, rectifia-t-il en réclamant ses lèvres.

7.

Lorsque Lindsey arriva dans la cuisine, elle trouva Dan en pleins préparatifs du repas.

— Est-ce que je peux faire quelque chose pour t'aider ?

Il lui décocha un sourire en coin.

— Un verre de ton meilleur vin fera l'affaire. Je ne sais pas où chercher.

— C'est facile.

Elle alla ouvrir une petite porte dans un coin de la pièce derrière laquelle se trouvait une cave à vin réfrigérée.

— Rouge ?

— Mmm, oui. Je prépare des pâtes.

Elle remplit deux verres pendant que Dan faisait revenir d'une main experte dans une poêle oignons, tomates et herbes.

— Ça sent super bon. Tu es effectivement à l'aise dans une cuisine.

Son verre à la main, elle s'installa confortablement sur un tabouret au large dossier et regarda Dan travailler. Il était vraiment beau, avec sa chemise noire à manches longues qui retombait sur son jean. Et il s'était rasé.

Après le spa, chacun s'était retiré dans sa salle de bains pour faire un break et se remettre de ses émotions. Elle avait pris une longue douche, s'était lavé les cheveux, puis avait aspergé l'air de parfum au-dessus d'elle avant de revêtir un pantalon en jersey et un haut rouge au décolleté croisé.

— Je me suis permis d'allumer le feu dans le salon, dit Dan.

— Tu as bien fait. On pourrait installer une table pliante devant la cheminée pour prendre notre repas. Qu'en penses-tu ?

Il leva son verre dans sa direction et la caressa du regard.

— Une fin parfaite pour une journée parfaite. Et si on mettait de la musique ? proposa-t-il en allant fouiller dans la collection de CD.

Ils dînèrent au son d'une douce musique, leurs visages éclairés par les flammes de la bûche qui se consumait dans le feu.

Après le repas, elle se blottit contre lui sur le canapé pour savourer un irish-coffee, accompagné de chocolat noir que sa mère cachait dans un placard, ne les sortant que pour les grandes occasions.

Ils venaient d'échanger un tendre baiser lorsque le téléphone sonna, les faisant sursauter.

— C'est sur la ligne fixe, dit-elle en se levant. Ce doit être maman qui appelle d'Ecosse. Elle savait que je devais venir ce week-end.

Dan se leva à son tour.

— Cela risque de durer quelque temps. Je vais en profiter pour ranger et mettre le lave-vaisselle en route.

Elle alla répondre dans le bureau où se trouvait l'appareil. Mais contrairement à son attente, ce n'était pas sa mère.

— Oh ! mon Dieu ! murmura-t-elle en raccrochant.

Pleine d'appréhension, elle se précipita dans la cuisine pour prévenir Dan.

— C'était Fiona.

— A cette heure-ci ?

— Le jeune couple de la cabane, Scott et Amy, vient de l'appeler. Amy a perdu les eaux.

Dan se figea.

— Ils ont sûrement le temps de se rendre à Hopeton. Est-ce qu'ils ont appelé une ambulance ?

— Fiona a essayé, mais il y a eu un grave accident sur la route de Sydney, entre un semi-remorque et deux voitures. Tout le monde est mobilisé. Ils enverront une ambulance dès que possible, mais Amy a déjà de fortes contractions.

Dan eut l'impression qu'il venait de plonger dans une mer infestée de requins prêts à le tailler en pièces. Et il lui était impossible de s'enfuir.

Il tourna la tête pour échapper au regard suppliant de Lindsey et s'agrippa de toutes ses forces au plan de travail. Il devait absolument se ressaisir et agir en professionnel.

Le bébé était probablement déjà bien engagé et ils n'avaient aucune information sur le suivi de la grossesse. Et s'il y avait une hémorragie ? Bon sang, c'était une épreuve dont il se serait bien passé !

— Qu'avez-vous décidé avec Fiona ? demanda-t-il en faisant volte-face.

— Je lui ai dit que je rappellerais dès qu'on se serait organisés.

Elle lui jeta un coup d'œil navré, se doutant probablement que cet événement était la dernière chose au monde qu'il aurait souhaitée.

— De toute façon, on n'a pas le choix, dit-il. Il ne reste plus qu'à espérer que tout se passera bien pour la maman et le bébé. La meilleure solution serait d'installer Amy ici, dans le salon qui est la pièce la plus chaude. Pendant que tu rappelles Fiona, je vais chercher ma trousse dans la voiture.

Sa voix était nette et ferme, comme dans le contexte de l'hôpital. Déjà, il se dirigeait vers la porte d'entrée.

— Je suppose que tu n'as pas de kit de naissance ? demanda Lindsey derrière lui.

Bien sûr que non, il n'en avait pas ! Sans prendre la peine de répondre, il se retrouva dehors et aspira l'air frais à pleins poumons. Il fallait qu'il garde son self-control.

Pourquoi diable avait-elle posé cette question ? se demanda Lindsey, irritée contre elle-même. Dan devait se sentir piégé, acculé dans une situation qu'il aurait tout fait pour éviter. Procéder à un accouchement était certainement la dernière chose qu'il aurait voulu faire. Et qui aurait pu l'en blâmer ? Elle-même avait déjà participé à des accouchements, mais toujours dans le cadre d'un hôpital parfaitement équipé.

Dan fut rapidement de retour avec sa trousse et ils installèrent la pièce. Le canapé fut converti en lit puis Lindsey le recouvrit de plastique grâce à un rouleau de grands sacs-poubelle pour le jardin. Il l'aida à étaler les draps de coton.

— Amy risque d'être un peu choquée, dit-elle.

Il hocha la tête. Une fois qu'elles avaient perdu les eaux, certaines femmes se mettaient à trembler de manière incontrôlable.

— Je vais raviver le feu, dit-il. A propos, j'ai appelé la maternité de Hopeton et Amy n'y est pas inscrite. Donc aucune chance d'avoir le dossier médical. De toute façon, on n'a plus le temps.

Le jeune couple venait d'arriver, Scott soutenant sa femme.

Dan aida Amy à s'installer sur le lit.

— J'ai t-tellement f-froid, dit-elle en claquant des dents.

Lindsey l'entoura d'une couverture.

— Je viens de la réchauffer dans le sèche-linge, dit-elle. Essayez de vous détendre et respirez calmement, ajouta-t-elle en posant une main sur son épaule. Comme ça. Cela va un peu mieux ?

— Mmm. Le bébé était attendu dans trois semaines.

— Tout va bien se passer, dit Dan.

« Et surtout, pourvu qu'il respire », ajouta-t-il silencieusement.

Il se tourna vers Lindsey.

— Pouvez-vous préparer Amy ? Je vais l'examiner.

— Bien, docteur.

Elle s'exécuta rapidement et sourit au futur père, visiblement un peu dépassé par les événements.

— Scott, vous pourriez vous asseoir à la tête d'Amy, tout près d'elle. Je me charge du sac que vous avez préparé pour l'hôpital.

Dan se pencha sur sa patiente.

— Je vais faire aussi doucement que possible, Amy.

Il l'examina soigneusement, ne laissant rien au hasard.

Amy fit une grimace de douleur.

— Qu'est-ce que vous en pensez, docteur ?

— Je crois que votre bébé est impatient de sortir.

Elle étouffa un gémissement.

— Scott… ?

— Je suis là, ma chérie, répondit son mari en lui tenant la main.

Dan prit Lindsey à part.

— Elle est complètement dilatée et le bébé n'a pas l'air gros. Les battements du cœur sont forts. Elle a dû être en travail presque toute la journée, mais elle ne s'en est pas aperçue.

Le regard de Lindsey plongea dans le sien, comme si elle comprenait les efforts qu'il avait dû fournir. Mais maintenant, il contrôlait la situation.

— Aidez-moi…, gémit Amy. J'ai peur de ne pas y arriver…

Comme s'ils avaient pratiqué ensemble des dizaines d'accouchements, Dan et Lindsey encouragèrent chacun leur patiente à chaque contraction.

— On y est presque, Amy, dit-il d'un ton encourageant.

La jeune femme gémit de nouveau.

Lindsey l'aida à trouver une position plus confortable.

— Allez, poussez !

— La tête apparaît. On y est presque, ajouta Dan.

Sa gorge se serra.

— Poussez encore, Amy. Pour une dernière fois.

Amy s'exécuta, et le corps du bébé glissa entre les mains de Dan.

— Vous avez une petite fille.

Il s'attendait à voir un bébé avant terme un peu fragile, mais Mlle Fraser, mignonne et toute rose, poussa un cri offusqué.

— Bien joué…, lui murmura Lindsey à l'oreille, en lui tendant la pince pour couper le cordon.

— J'avais ça dans ma trousse ? s'étonna-t-il.

— Il faut croire, répondit-elle avec un petit sourire. Elle ne sort pas du tiroir de la cuisine.

Elle lui tendit une serviette chaude pour envelopper le bébé puis il le présenta à sa mère.

— Prenez bien soin d'elle, dit-il d'une voix émue.

Un moment plus tard, le jeune couple contemplait le nouveau membre de la famille.

Et Dan se sentait vidé.

— Je vais m'occuper du placenta, dit-il à Lindsey. Est-ce que tu peux trouver un sac plastique pour le transporter ? On l'enverra à l'hôpital pour vérifier qu'il est complet.

Lindsey trouva Fiona dans le couloir et lui annonça la bonne nouvelle.

— Oh ! Dieu merci…, soupira cette dernière.

— Tout s'est bien passé, et c'est surtout grâce à Dan. Il a été étonnant.

— Quelle chance qu'il ait été là, et toi aussi, ajouta Fiona en lui jetant un coup d'œil curieux. Et maintenant, si je faisais du thé ?

— Excellente initiative. Et aussi des toasts, s'il te plaît. Amy doit être affamée. Oh ! Sais-tu si maman a gardé le panier à linge en osier de grand-mère ?

— Il est toujours suspendu au mur de la buanderie. Pourquoi ?

Lindsey sourit.

— Pour faire un berceau provisoire pour le bébé.

— Quelle charmante idée. Que puis-je faire d'autre ?

— Tu pourrais nous dire quand l'ambulance sera là. Il faut aussi prévenir l'hôpital que tout est sous contrôle ici, et qu'ils ne viennent pas pour une urgence.

Après la délivrance, Lindsey resta seule avec Amy pour lui faire sa toilette tandis que Dan emmenait Scott dans le bureau pour compléter le dossier.

L'ambulance repartit avec Amy et le bébé. Scott suivrait plus tard, une fois qu'il aurait récupéré toutes les affaires de la cabane.

— Et maintenant, si on remettait tout en place ? dit Lindsey.

Dan poussa un soupir devant le chaos qui régnait dans le salon et émit un petit rire.

— On a du mal à croire à tout ce qu'il vient de se passer.

— Eh oui. Le genre humain compte un nouveau petit membre…

Elle l'observa du coin de l'œil : il paraissait épuisé. Ces dernières heures, il avait dû subir une sorte de rouleau compresseur émotionnel.

Elle prit une décision rapide.

— Laissons ça de côté pour l'instant. Je sais où papa range son whisky. Un petit verre ?

— Avec plaisir, répondit-il sans hésiter.

De nouveau, ils se retrouvèrent dans la cuisine, assis côte à côte devant le bar du petit déjeuner. Elle avait baissé la lumière et seul le tic-tac de la pendule accrochée au mur brisait le silence.

— Tu es si calme, lui dit-elle. Comment te sens-tu ?

— Ça va aller, répondit-il avec un sourire forcé.

Il vida rapidement son verre.

— Encore un ? proposa-t-elle.

Il secoua la tête.

— Ça va, merci. Je vais prendre une douche et aller me coucher.

Son regard sombre s'attarda sur elle.

— Viens avec moi. Je ne veux pas dormir seul.

Ils firent l'amour lentement, en étant très attentifs l'un à l'autre, jusqu'à ce que le feu de la passion les unisse dans une même extase.

A son réveil, Lindsey trouva la chambre inondée de soleil. Instinctivement, elle tendit le bras pour toucher Dan — mais il n'était pas là. Le drap enroulé autour d'elle, elle se précipita dans sa chambre où elle revêtit à la hâte un pull et un pantalon avant d'aller à sa recherche.

Comme elle s'y attendait, elle le trouva sur la terrasse. Immobile, il avait le regard perdu au loin, absorbé dans la contemplation de quelques nuages qui filtraient le soleil.

On aurait dit qu'il regardait le paysage pour la première et la dernière fois.

— Dan ?

Il se retourna aussitôt.

— Salut…

— Salut, répondit-elle, fronçant les sourcils.

Il portait un pantalon foncé associé à une chemise stricte gris foncé, et ses cheveux étaient encore humides de la douche.

— Est-ce que tu as été rappelé au travail ? demanda-t-elle.

— Non. Si on s'asseyait ? Il faut que je te parle.

Alors seulement, elle remarqua son ordinateur portable ouvert sur la table.

Ils s'assirent l'un en face de l'autre.

— Je vais prendre l'avion, annonça-t-il sans préambule.

— Oh…

Il avait l'air fatigué, des cernes marquant ses yeux.

— Que se passe-t-il ? demanda-t-elle d'une voix presque inaudible.

— Je vais à Melbourne rendre visite à mes parents. Je ne les ai pas revus depuis mon retour des Etats-Unis.

Il y eut un silence.

— Tu ressens maintenant le besoin d'être avec eux ?

— On n'a jamais vraiment eu l'occasion de parler des jumelles. Eux aussi ont eu beaucoup de chagrin. Ils ont perdu leurs premiers petits-enfants. Il faut recréer le lien, parler des bébés… Partager notre perte.

Ce qu'il n'avait pas pu faire avec Caroline, se dit-elle.

— Je suppose que, hier soir, la naissance…

— Cela a tout fait resurgir, alors que je croyais avoir réussi à faire mon deuil.

Il prit un air résolu.

— J'espère que le fait de parler à mes parents m'aidera à avancer. Ils comprendront.

Parce qu'elle n'en avait pas été capable ? Mais elle repoussa rapidement cette pensée.

— Veux-tu que je vienne avec toi ? Pas pour voir tes parents, mais juste pour t'apporter un soutien ?

Dan hésita.

— Merci, Lindsey. Mais je dois faire ça tout seul.

— Quand pars-tu ?

— Tout à l'heure. J'ai un avion pour Sydney à 10 heures, ce qui me permettra d'attraper une correspondance pour Melbourne juste après.

A l'évidence, il était déjà là-bas mentalement. L'intimité qu'ils avaient partagée n'était plus qu'un agréable souvenir.

Elle se leva avec une sensation de vide au creux de l'estomac.

— Je vais aller faire du café.

— Pas pour moi, merci. Il ne faut pas que je tarde.

Elle secoua la tête.

— Pourquoi ne m'as-tu pas réveillée pour qu'on ait le temps de discuter ?

— Je ne comprends pas, dit-il en fronçant les sourcils.

C'était bien le problème.

— En fait, tu te contentes de… disparaître.

Il parut déconcerté.

— Franchement, Lindsey, de quoi pourrions-nous encore parler ?

Ce fut comme si elle avait reçu une porte en pleine figure. Soudain, toute la magie de leur relation lui sembla être un effet de son imagination. L'homme merveilleux et insouciant qu'elle avait découvert s'était volatilisé.

— Dépêche-toi de partir, alors.

Une fois seule, Lindsey nettoya frénétiquement le salon.

Il aurait dû me prendre dans ses bras, ce matin, pour m'annoncer qu'il partait, se dit-elle tristement. *Il aurait pu au moins faire ça. J'aurais compris.*

Mais il avait choisi de prendre ses distances.

— Eh bien, je n'ai pas besoin de toi, Dan Rossi, dit-elle tout haut en éteignant l'aspirateur du bout du pied.

Elle allait redevenir elle-même, et ne dépendrait d'aucun homme pour être heureuse.

Pendant les trente kilomètres de trajet qui le ramenaient à Hopeton, Dan eut l'esprit agité. Il ne parvenait pas à croire qu'il s'était conduit de cette façon avec Lindsey.

Certes, il n'avait pas fermé l'œil de la nuit, mais ce n'était pas une excuse pour avoir laissé une telle pagaille derrière lui. Il pouvait encore faire demi-tour et arranger les choses. Emmener Lindsey à Melbourne avec lui. Mais un coup d'œil à sa montre l'en dissuada : il raterait sa correspondance. Or, dès le lendemain, il devait faire partie d'une série d'équipes de nuit.

Pensant à Lindsey, qui l'avait simplement rendu heureux d'être vivant, et qui savait le faire rire, il pesta entre ses dents, dégoûté par son attitude. Il aurait dû s'y prendre plus en douceur.

Mais pour l'instant, parler à ses parents était sa priorité. Pour sa propre santé mentale. Et si cela ne marchait pas, il n'aurait plus d'endroit où aller pour se sentir de nouveau entier.

Lindsey passa l'après-midi à évacuer sa colère et sa frustration en se défoulant sur son argile. Elle pétrit et fit tourner un pot après l'autre avant de tout détruire. C'était la mauvaise conclusion d'une mauvaise journée, se dit-elle, désabusée.

Alors qu'elle regagnait la terrasse, le téléphone fixe sonna. Dan ?

Son cœur se mit à battre plus vite. Mais c'était Caitlin Kelly.

— Hello, Lins. Je n'étais pas sûre de te trouver encore à Lark Hill.

— Comment vas-tu ? demanda-t-elle en se perchant sur un coin du bureau.

— Je m'ennuie. En fait, je retourne à Sydney demain. Je me demandais si tu n'aimerais pas changer un peu d'air et m'accompagner. Mon appartement donne sur la place, et ce serait comme au bon vieux temps. On pourrait faire quelques galeries d'art pour toi, quelques clubs pour moi et du shopping pour toutes les deux. Qu'en dis-tu ?

Lindsey n'hésita pas longtemps. Au diable Dan Rossi et ses tergiversations ! Après tout, elle ne lui devait rien.

— Je suis partante. A quelle heure ?

— 6 heures du matin, ce n'est pas trop tôt pour toi ?

— Tu plaisantes… Je te rappelle que je travaille aux urgences d'un hôpital. Mon horloge interne est déréglée en permanence. Je serai prête.

8.

Le dimanche suivant, Lindsey s'assit dans son lit en étouffant un bâillement. Elle vérifia l'heure à son réveil et laissa échapper un grognement : on était au milieu de l'après-midi. Elle avait dormi presque toute la journée. Mais elle était rentrée tard dans la nuit, après son retour de Sydney et son passage au garage de Hopeton pour récupérer sa voiture réparée.

Elle sauta du lit pour aller se doucher puis revêtit un jean et un haut vert après avoir rassemblé ses cheveux en queue-de-cheval.

Une fois dans la cuisine, elle mit la bouilloire à chauffer puis sortit sur la terrasse. De lourds nuages noirs assombrissaient le ciel : un orage n'allait pas tarder à éclater. Elle connaissait bien ce genre de tempêtes qui arrivaient sans crier gare, déversaient d'énormes quantités d'eau puis repartaient aussi vite qu'elles étaient venues. Le vent avait commencé à secouer les branches des arbres et, soudain, un éclair zébra le ciel.

Elle se sentit mal à l'aise, seule dans la maison. Il fallait qu'elle se prépare en cas de panne d'électricité. D'abord, repérer les torches et vérifier que les piles étaient bonnes.

A peine venait-elle d'ouvrir le placard dans lequel étaient rangées les lanternes qu'elle entendit le heurtoir de la porte d'entrée. C'était sans doute Fiona qui venait vérifier si tout allait bien.

Elle se hâta de descendre lui ouvrir.

— Oh…

Aussitôt, un frisson lui parcourut tout le corps. Dan se tenait devant elle, les mains dans les poches arrière de son jean.

— Je comprendrais que tu m'en veuilles, dit-il.

Les doigts de Lindsey se crispèrent sur la poignée de la porte.

C'est rien de le dire.

Elle ouvrit en grand et recula.

— Entre.

Pendant une seconde, le regard bleu vacilla.

— Tu es sûre ?

— Naturellement. Lark Hill accueille tous les étrangers.

Ce fut comme si Lindsey l'avait giflé. C'était donc ce qu'il était pour elle à présent ? Un étranger ? Il devait reconnaître qu'il ne l'avait pas volé.

— J'allais faire du thé, dit-elle.

Dans le hall, Dan remarqua le sac de voyage sur la console.

— Tu es partie ?

— A Sydney, avec Caitlin.

— Et tu as fait un bon voyage ? demanda-t-il une fois dans la cuisine.

— C'était magique. Cait a donné une énorme fête et j'ai vu beaucoup de personnes nouvelles. Exactement ce qu'il me fallait.

Voulait-elle lui faire comprendre que, pour elle, ce qu'ils avaient vécu ensemble était déjà de l'histoire ancienne ?

— On dirait qu'une tempête approche, ajouta-t-elle en préparant le thé. Est-ce que tu as l'intention de rester longtemps ?

— Pourquoi ? demanda-t-il. Tu as l'intention de repartir ?

Elle lui jeta un coup d'œil surpris.

— Non…

Il réprima un soupir de soulagement.

— Tu es toujours en colère contre moi. Et je peux le comprendre.

— Tout de même… Tu reconnais donc que j'ai des raisons de l'être.

— J'étais perturbé.

— Et c'est ça, ton excuse ? répondit-elle sèchement. Pendant tout le week-end, on a été tout feu tout flamme, et d'un seul coup…

Elle secoua la tête.

— Je me suis sentie…

— Je sais. J'ai voulu faire demi-tour, mais je n'avais pas le temps.

Lindsey sentit qu'elle se radoucissait. Elle lui tendit un mug de thé.

— Non, merci, pas de thé, dit Dan. J'étais d'équipe de nuit et j'en suis gavé.

— Désires-tu autre chose ? demanda-t-elle.

— Simplement parler avec toi. C'est possible ?

Elle hocha la tête, incapable de répondre. Tout son corps était tendu. Ce qu'il allait dire pouvait soit les rapprocher, soit les éloigner définitivement.

Elle désigna la table de la cuisine et ils s'assirent l'un en face de l'autre.

— Je ne veux pas que tu croies que j'ai coutume de réagir ainsi, commença-t-il en posant une main sur la sienne.

— Tu t'es conduit avec la sensibilité d'un morceau de bois, dit-elle en fixant leurs doigts.

— Il ne faut pas m'en vouloir.

— Dan, tu m'as carrément jetée ! Et cela, juste après ce que nous avions été l'un pour l'autre.

Dan baissa la tête.

— Tu as raison. Et je te prie de m'excuser. La seule chose que je peux dire pour ma défense, c'est que je n'avais pas les idées en place. Je ne voudrais pas que tu doutes un seul instant que, pour moi, ces moments passés ensemble ont été des moments rares, et ils n'ont appartenu qu'à nous.

Elle toussota et posa la question qu'elle retenait depuis qu'il était là.

— Est-ce que le fait de revoir tes parents t'a aidé ?

— J'ai été étonné par leur sagesse…

La voix de Dan faiblit légèrement.

— Et j'ai finalement compris que je ne trahissais pas mes bébés en les laissant partir.

— Oh ! Dan…, murmura-t-elle, émue.

— Cela m'a pris du temps, mais j'y suis arrivé. Je ne leur avais pas dit adieu comme il fallait. C'était si dur — comme un morceau de glace planté en moi qui n'arrivait pas à fondre. Et c'est toi qui as commencé à le faire fondre, Lindsey. Seulement toi.

Elle sentit ses yeux se mouiller.

— Je n'ai fait qu'écouter…

— Non. Tu as fait bien plus que ça. Tu as apporté quelque chose de frais et de merveilleux dans ma vie, et j'ai pris conscience que je devais briser cette camisole mentale que j'avais moi-même enfilée. C'est alors que j'ai pensé que le fait de parler à mes parents m'apporterait la réponse.

Elle le regarda d'un air grave.

— Et maintenant ?

— Tu veux dire… nous deux ? J'aimerais pouvoir te prendre contre moi… Que l'on se retrouve dans les bras l'un de l'autre.

Il y avait une telle chaleur dans son regard que Lindsey se sentit fondre.

— Alors, pourquoi restes-tu assis là ?

Ils se levèrent d'un même élan et s'embrassèrent à perdre haleine. Dan lui souleva les cheveux pour l'embrasser dans le cou, et la chaleur de son souffle sur sa peau la fit frissonner de volupté.

— Dan…, murmura-t-elle.

— Tu m'as tellement manqué… Nos moments ensemble m'ont manqué.

— A moi aussi.

Glissant les mains sous son T-shirt, elle l'attira tout contre elle.

Un coup de tonnerre résonnant à travers la maison les fit sursauter.

— Je n'aime pas ça, Dan, dit-elle en secouant la tête.

— Il n'y a pas de quoi paniquer.

— Ce n'est pas ça. Le problème dans la vallée, c'est le vent. Il peut faire tomber les lignes électriques et nous laisser sans électricité. Est-ce que ton portable est chargé ?

— Euh… Je crois.

— Je ferais bien d'appeler Fiona. Heureusement, il n'y a plus personne dans les cabanes.

Elle rassembla les torches dans la cuisine et les testa : elles fonctionnaient toutes.

— Quand retournes-tu travailler ? demanda-t-elle.

— Demain soir.

— Donc… Tu peux rester cette nuit ?

Dan lui caressa la joue du revers de la main.

— Si tu veux bien de moi…

Elle fit semblant de réfléchir.

— Je crois que je pourrais y consentir.

— Merci, dit-il en la serrant dans ses bras.

— Je suis si contente que tu sois là…

Il y eut un nouveau coup de tonnerre et elle se blottit contre lui.

— Je vais préparer le dîner pendant que nous avons encore de l'électricité, reprit-elle. Que dirais-tu d'une omelette aux légumes ?

— Super. Je meurs de faim. Pendant ce temps, je vais jeter un coup d'œil dehors et vérifier si la tempête se dirige sur nous.

Lindsey n'avait aucun doute à ce propos. Elle fit rapidement sauter des oignons, des champignons et des courgettes qu'elle parsema d'un mélange d'herbes fraîches et de morceaux de fromage, avant de verser les œufs battus sur le tout.

Lorsque Dan la rejoignit dans la cuisine, elle lui jeta un coup d'œil interrogateur.

— Le temps est vraiment en train de se gâter. Tu n'as pas peur, j'espère ?

Elle releva crânement le menton.

— Les filles de Milldale ne s'effraient pas facilement.

Dan se mit à rire et la souleva dans ses bras pour la faire tournoyer dans les airs.

— Repose-moi, s'il te plaît, protesta-t-elle en riant. Du moins, si tu as envie de manger.

Ils dînèrent avec un œil rivé sur la fenêtre. La pluie s'était mise à tomber avec violence.

— Une chance qu'on n'ait pas à sortir, dit Dan.

Se blottir ensemble dans le lit était une bien meilleure idée.

Dan se pencha, effleurant ses lèvres des siennes.

— Je crois que nous avons du retard à rattraper…

Une pulsion de désir et d'amour fit frémir tout son corps.

— Est-ce qu'on fait d'abord la vaisselle ?

Il prit un air offensé.

— Tu es sérieuse ? Certains sujets sont infiniment plus importants que d'autres, tu ne crois pas ?

Lindsey éclata de rire.

— Je suis d'accord.

9.

Mercredi, la semaine suivante…

Après son congé, Lindsey reprit le travail tôt le matin.

Elle n'avait pas revu Dan depuis la tempête, mais à présent qu'elle était de retour… La perspective de le croiser tous les jours amena le sourire sur ses lèvres, et une vague de chaleur la parcourut. C'était une matinée pluvieuse et maussade, pourtant, elle avait l'impression que le soleil irradiait de tous côtés.

Cela lui fit du bien de retrouver l'équipe dans la salle du personnel. Un café à la main, elle alla rejoindre Vanessa à l'une des tables qui donnaient sur un jardin de rocaille. Ce matin, les plantes grasses dégoulinaient de pluie.

— Je te trouve rayonnante, lui dit Vanessa. On dirait que cette pause t'a fait du bien ?

— Ça a été fantastique. Mais je suis contente d'être de retour.

Vanessa plissa les yeux en la regardant.

— Toi, tu dois être amoureuse.

Elle se mit à rire sans répondre.

— Et où en es-tu avec Andrew ?

— Disons que c'est le *statu quo*, répondit Vanessa en faisant la moue.

— N'oublie pas qu'il est à un stade crucial de sa formation. Il n'est peut-être pas en mesure de s'engager pour le moment.

— Mmm…

— Si tu penses qu'il vaut la peine d'attendre, laisse-lui un peu d'espace, Van…

Elle jeta un coup d'œil à sa montre.

— Qui était responsable des nuits ?

— Brooke Bartolomew.

Elle était nouvellement arrivée aux urgences.

— Franchement, je ne la comprends pas, dit Vanessa. Elle ne parle jamais pendant les pauses. Sauf avec Dan. Elle n'a pas arrêté de lui apporter des cafés !

— Ce n'est pas un crime.

Pourtant, Lindsey éprouva une sensation de malaise qu'elle n'aurait pas pu expliquer. La joie qu'elle avait ressentie en arrivant s'était déjà évanouie.

— Et toi, comment se fait-il que tu aies été de nuit ?

— Le petit garçon d'Anita Rayburn était malade. Elle m'a demandé de la remplacer.

Lindsey se hâta de finir son café et se leva.

— Inutile d'attendre, je vais prendre la relève tout de suite.

Penchée sur l'ordinateur, Brooke Bartholomew tressaillit légèrement.

— Oh ! Lindsey… Vous êtes en avance.

— Je peux vous libérer maintenant, si vous voulez. Est-ce que ça va ? demanda-t-elle en fronçant les sourcils. Vous avez l'air un peu fatigué.

— C'est le travail de nuit. Je déteste ça.

— Vous avez été très occupés ?

— Débordés.

— Qui attend encore au triage ?

Elle parcourut la liste des patients. Un nom lui sauta aux yeux et elle fut aussitôt alarmée. *Mia Roche*.

— Où est l'enfant maintenant ?

— J'allais justement la chercher. On a eu un accident de la circulation et un blessé par balle et…

— Mia Roche est inscrite en consultation d'asthme. Vous auriez dû la signaler.

— Je sais. Elle était la prochaine. Je vais la chercher maintenant.

— Non, dit Lindsey d'un ton ferme. Appelez le chef de la réanimation en pédiatrie. Et, s'il vous plaît, n'allez nulle part avant que nous ayons éclairci tout ça.

Puis elle se précipita dans la salle d'attente.

— Erin !

La jeune maman tenait sa petite fille en pyjama dans les bras.

— Depuis combien de temps êtes-vous ici ?

— Longtemps… J'ai essayé de donner à boire à Mia, mais elle a vomi. Elle est si mal…

C'était visible. Lindsey lui tâta le front : son petit corps brûlait de fièvre. Elle savait d'expérience que la température de Mia était beaucoup trop élevée et qu'elle était en danger.

— Venez avec moi, dit-elle, les lèvres serrées.

Elle fut soulagée de voir son équipe rassemblée au poste.

— Vanessa, tu me remplaces. Jess et Gail, j'ai besoin de vous deux en réanimation pédiatrie.

Gail était une de ses assistantes les plus confirmées — un véritable trésor dans ce genre de situation. Toutes les infirmières connaissaient Erin pour l'avoir vue en consultation d'asthme.

Gail entoura la jeune maman d'un bras rassurant.

— Ne vous inquiétez pas, Mia est en de bonnes mains, à présent.

Lindsey plaça rapidement la petite fille sur le chariot de réanimation.

— Erin, vous pouvez suivre Gail, nous allons prendre grand soin de Mia.

— Mais…

— Il vaut mieux laisser les médecins et les infirmières s'en occuper, ajouta Gail. Vous devez être épuisée. Je parie que vous avez été debout toute la nuit.

Lindsey poussa un soupir de soulagement en voyant Gail et la jeune maman quitter la pièce. Sans perdre de temps, elle se tourna vers Jess.

— Il me faut un masque Hudson, Mia a besoin de cent pour cent d'oxygène. Vite !

Jess s'exécuta.

— Elle est brûlante, Lindsey.

Et ils manquaient de temps. Il n'y avait plus qu'à prier que la petite ne commence pas à faire une crise. Et où était le médecin quand on avait besoin de lui ?

— Aide-moi à la tenir, Jess. Il faut lui donner du paracétamol.

Son calme apparent cachait une réelle inquiétude.

Elle glissa un papier buvard contenant du paracétamol sous la langue de la petite fille.

— Espérons que cela fera baisser un peu la température.

Dan arriva en toute hâte aux urgences. Il venait à peine de se garer sur le parking quand il avait été bipé. Pas le temps d'examiner ses états d'âme. Il alla directement en pédiatrie et prit les choses en main, assisté de Lindsey qui lui fit un rapide résumé de la situation.

La petite fille de dix-huit mois qui commençait à être cyanosée fut mise sous perfusion par une veine du pied et sous ventoline et de la pénicilline lui fut administrée.

Au bout de quelques minutes, les doigts de la fillette commencèrent à perdre leur couleur bleue. Elle allait s'en sortir.

Lindsey éprouva un énorme soulagement, heureuse que Dan se soit trouvé là. Même s'il n'en avait pas conscience, il savait naturellement s'y prendre avec les enfants.

— Je vais rester jusqu'à ce que Mia puisse être transférée en toute sécurité en soins intensifs, dit-il. On dirait que ses parents ont tardé à l'amener.

— Pas du tout, répondit Lindsey. Sa mère est toujours très attentive à la santé de Mia. Ce sont les protocoles de triage qui n'ont pas été suivis. On l'a laissée attendre trop longtemps. Je suis intervenue dès que j'ai pu.

— Qui était l'infirmière chargée du triage ?

— Brooke Bartholomew.

Dan se figea. Cela pouvait avoir de graves conséquences pour le département s'il ne disait rien.

— Brooke est confrontée à des problèmes personnels.

Lindsey le regarda comme si elle se sentait prise à contre-pied.

— Tu la connais donc bien ?

Il hésita quelques secondes.

— On s'est retrouvés ensemble en équipes de nuit. Elle avait besoin de parler, et je l'ai écoutée.

L'atmosphère était de plus en plus tendue.

— Qu'est-ce que tu ne me dis pas, Dan ?

Il continua à surveiller calmement sa petite patiente.

— Brooke m'a parlé en confidence, Lindsey. Je lui ai conseillé de demander son transfert d'urgence dans un autre département.

Lindsey fronça les sourcils.

— Si elle n'est pas apte à travailler, elle ne devrait pas être ici.

— Tu as raison, dit-il d'un ton froid. Mais Brooke était compétente quand j'ai travaillé avec elle. Alors que pouvais-je faire, sinon lui conseiller d'agir dans son propre intérêt ? Apparemment, ce n'est pas ce qu'elle a fait. Je t'en aurais parlé si tu avais été là. Fais ce que tu as à faire.

Lindsey secoua la tête.

— Je déteste devoir signaler une autre infirmière. Vas-tu parler avec la maman, maintenant ?

— Oui, bien sûr, répondit-il sans la regarder.

Après le transfert de Mia, Lindsey retourna au poste des infirmières.

— Comment va Mia ? lui demanda Vanessa.

— Elle va s'en sortir.

Elle prit une profonde inspiration. Cela ne lui ressemblait pas d'être aussi à fleur de peau. Normalement, au travail, elle se montrait calme et objective. Mais à la pensée que la situation aurait pu devenir rapidement dramatique pour Mia…

— Peux-tu encore me remplacer, Van, s'il te plaît ? Il faut que je parle à Brooke.

— Je te souhaite bonne chance, marmonna Vanessa. Comprends-moi, je suis désolée pour elle, mais il en va de la bonne réputation de l'hôpital. Nous travaillons tous dur pour que de tels incidents ne se produisent pas.

Lindsey pinça les lèvres. Elle avait commencé la journée avec une telle joie dans le cœur… Et maintenant, il y avait ce problème à régler. Si seulement elle avait mieux connu Brooke…

Elle la retrouva dans la salle du personnel.

— Merci de m'avoir attendue.

— Comment va l'enfant ?

— Elle va s'en sortir, dit-elle en s'asseyant à côté d'elle. Vous savez que je vais devoir faire remonter ce problème à la directrice du service…

— Est-ce que je vais perdre mon travail ? demanda Brooke.

— Pas si vous avez des circonstances atténuantes. Mais cela ne dépend pas de moi.

Un silence embarrassé s'installa. Lindsey remarqua que Brooke avait troqué son uniforme contre un pantalon en denim et un simple T-shirt blanc, et ses cheveux blonds étaient lâchés sur ses épaules. Elle paraissait curieusement vulnérable.

— Avez-vous quelque chose à me dire ?

Brooke releva le menton d'un air de défi.

— A quel sujet ?

— Avez-vous été malade pendant votre service ? Avez-vous eu mal à la tête, ou autre chose qui aurait pu obscurcir votre jugement ?

Brooke se mordilla la lèvre inférieure sans répondre.

— Ecoutez, je ferai mon possible pour intervenir en votre faveur. Mais là, je suis dans le brouillard. Vous étiez au triage, Brooke. C'est-à-dire que vous êtes le premier contact et que vous devez suivre des protocoles très stricts.

— Vous croyez que je ne le sais pas ?

Lindsey n'insista pas davantage.

— Très bien. Mais je vous conseille d'être franche avec Clarissa, et il se peut qu'il y ait une enquête.

Sans rien dire, Brooke pressa une main contre sa tempe.

— Personne ne cherche à se liguer contre vous, ajouta Lindsey. Mais nous devons suivre les règles établies, sinon ce serait le chaos.

Brooke demeura silencieuse.

— Est-ce qu'on a fini ? demanda-t-elle au bout d'un moment.

— Oui. Clarissa vous contactera.

Parfois, des jours comme celui-là, Lindsey avait envie de changer de métier pour aller travailler dans l'atmosphère sereine et parfumée d'une boutique de fleuriste.

— Van, je peux te dire un mot ?

— Que s'est-il passé ? demanda Vanessa avec curiosité.

— Tu sais bien que je ne peux pas t'en parler. Mais j'ai besoin d'air frais. Peux-tu me remplacer encore un peu ?

Lindsey quitta l'hôpital par l'accès arrière. La pluie avait cédé la place au soleil. Appuyée contre le mur de briques, elle rejeta la tête en arrière pour mieux respirer l'air frais.

Ah, cela allait mieux…

Puis elle abaissa le regard.

Pour les voir.

Dan et Brooke se tenaient debout près d'une voiture de sport gris métallisé — à l'évidence celle de Brooke. Leurs têtes très proches l'une de l'autre — l'une brune, l'autre blonde —, ils semblaient absorbés dans leur conversation. C'était Dan qui parlait tandis que Brooke, une main posée sur son bras, l'écoutait comme si sa vie entière en dépendait.

Lindsey sentit quelque chose sombrer dans sa poitrine. Elle prit une profonde inspiration, hésitant entre la peine et la colère.

Désemparée et pleine de doutes, elle tourna les talons et se précipita à l'intérieur de l'hôpital.

A peine était-elle arrivée dans la salle du personnel que Dan la rattrapa.

— Lindsey !

« Fiche-moi la paix ! », cria-t-elle silencieusement en se servant un verre d'eau au robinet de l'évier. Elle avala une gorgée avant de lui faire face.

Dan fit un geste pour la prendre par l'épaule, mais il se figea, sans doute dissuadé par l'expression de son visage.

— Ne va pas interpréter de travers ce que tu viens de voir sur le parking, dit-il. C'est… compliqué.

Lindsey ressentit le besoin de boire encore.

— A quoi est-ce que tu joues, Dan ?

— Je te l'ai déjà dit, Brooke a des problèmes personnels et elle avait besoin d'un ami.

— Comme c'est touchant…, commenta-t-elle avec un petit rire forcé. Dan le confident…

Elle vit les muscles de sa mâchoire se contracter.

— Tout ça est un peu puéril, tu ne crois pas ?

— Dans ce cas, conduisons-nous en professionnels, dit-elle sèchement. Est-ce que tu protèges Brooke ?

— Oh ! par pitié…

— Pourquoi ne peux-tu pas me donner une réponse franche et nette ?

— Coucou, c'est moi !

Vanessa passa la tête par la porte, mais son sourire s'effaça aussitôt.

— Je cherchais… Est-ce que tout va bien ?

— Tout va… bien, répondit Dan, le premier à se ressaisir.

— Tu as besoin duquel de nous deux ? demanda Lindsey.

— Eh bien, de Dan. On a un petit garçon de deux ans qui a avalé un corps étranger. Ça a l'air un peu délicat et Andrew aimerait avoir un avis.

— Pourquoi n'y a-t-il personne en pédiatrie quand on en a besoin ? grommela Dan. Dites à Andrew que j'arrive dans une minute.

Une fois Vanessa repartie, ils restèrent un instant à se regarder.

Dan fut le premier à parler.

— Es-tu en train de me dire que je ne suis pas franc avec toi, Lindsey ?

Elle sentit un pincement au creux de sa poitrine.

— C'est toi qui viens de le dire…

Dan n'avait vraiment pas besoin de ça. Il était harassé de fatigue, ayant été obligé de reprendre le travail alors qu'il aurait normalement dû être encore en congé et passer du temps avec Lindsey. Tout s'était effondré d'un seul coup. Mais il devait absolument essayer de sauver ce qui pouvait l'être.

— Ecoute, Lindsey. Si les choses ont besoin d'être éclaircies, faisons-le. Mais ce n'est ni le moment ni l'endroit. Si je termine à une heure décente, je passerai chez toi et on parlera.

Lindsey haussa les épaules d'un air indifférent.

— Je ne suis pas un enfant récalcitrant que l'on peut calmer en le cajolant, si c'est ce que tu proposes. Ou bien nous sommes sur un pied d'égalité, ou nous ne sommes rien. Et pour l'instant, je parierais plutôt sur rien.

Avant de franchir la porte, elle se retourna et secoua tristement la tête.

— Je croyais que je pouvais te faire confiance.

Pendant une seconde, il resta abattu et muet.

— Mais tu peux, répondit-il enfin.

Elle était déjà repartie.

Travailler près de quelqu'un avec qui on avait une relation personnelle, c'était l'horreur quand les choses dérapaient, se dit Lindsey en retournant au poste des infirmières. Ou peut-être qu'elle n'était pas douée pour les relations amoureuses.

Elle trouva la journée interminable. Lorsque ce fut presque la fin du service, elle retrouva Vanessa au poste.

— Hé, Lins, tu viens prendre un verre avec moi tout à l'heure ?

— Non, merci, pas aujourd'hui. J'ai juste envie de rentrer et de prendre une longue douche bien chaude.

— Comment s'est passée ta réunion avec la directrice ?

— Comme d'habitude, Clarissa a pris les choses avec recul. Si Brooke sait défendre ses intérêts, tout se calmera bientôt. De mon côté, j'ai fait ce qu'il fallait faire en racontant ce qu'il s'était passé.

— Tu es toujours d'une honnêteté scrupuleuse, dit Vanessa.

Elle soupira.

— En tout cas, j'ai hâte que la journée soit terminée…

Et elle devait encore affronter Dan le soir. A supposer qu'il se montre…

— Pour ta rentrée, c'est raté, dit Vanessa avec commisération. Pourquoi ne vas-tu pas prendre ta douche maintenant ? Je finirai à ta place.

— Super ! s'exclama-t-elle, sentant ses épaules se délester d'un grand poids. C'est la meilleure proposition que l'on m'ait faite de la journée.

Comment tout cela avait-il pu arriver ? se demanda Dan, effondré, assis derrière son bureau. Il se couvrit les yeux de ses mains : il devait arranger les choses avec Lindsey. Pendant toute la durée du service, elle l'avait évité, déléguant d'autres infirmières pour l'assister.

Il était toujours en train d'étudier un plan d'action lorsque son portable sonna. Au fur et à mesure qu'il écoutait, il se redressait sur son siège.

— Tu fais quoi ?

Lindsey paraissait perdue dans ses pensées lorsque Dan la vit sortir du poste pour se diriger vers la salle du personnel.

— Lindsey…

— Oh !

Elle tressaillit et il marcha à côté d'elle, se maintenant à sa hauteur.

— Martin reprend le travail tout à l'heure, annonça-t-il. Je suis donc libre de partir dans un moment et nous allons pouvoir parler. Préfères-tu que je vienne chez toi ou que l'on se rencontre en terrain neutre ?

Elle parut hésiter brièvement.

— Chez moi, cela ira. Tu n'as qu'à venir directement en sortant d'ici.

Il sentit le soulagement l'envahir.

— Je serai là vers 18 heures. Je peux apporter un plat tout prêt, si tu veux.

— Merci, mais c'est inutile. Juste une chose, Dan..., dit-elle en s'arrêtant.

— Oui ?

— On règle cette question franchement. Sans ambiguïtés.

Son regard suivit le contour de la bouche pulpeuse de Lindsey.

— C'est promis.

— Est-ce que tu as mon adresse ?

— Tu me l'as donnée dimanche dernier.

Ce jour-là, ils étaient blottis ensemble au lit pendant la tempête, et il croyait que rien ne pourrait gâcher leur bonheur tout neuf.

Maintenant, ils étaient malheureux tous les deux et il détestait ça.

Lindsey ne tenait pas en place. Quand Dan arriverait-il enfin ? Elle espérait qu'il n'avait pas eu une urgence de dernière minute.

Son mélange de légumes était prêt à être jeté dans le wok et elle avait cuit du riz pour l'accompagner. Elle respira profondément, s'efforçant de se détendre. On aurait dit que c'était le premier rendez-vous galant de sa vie.

Lorsque la sonnette retentit, elle se retint de se précipiter jusqu'à la porte qu'elle ouvrit posément.

Elle chercha aussitôt son regard.

— Entre, Dan.

A peine l'eut-il revue que Dan sut qu'il allait craquer s'il ne la prenait pas aussitôt dans ses bras. Elle avait cette lueur dans les yeux… Ce regard qui le chamboulait de la tête aux pieds, allumant le feu dans tout son corps.

Il lui tendit les bras et elle vint se blottir contre lui.

— J'ai cru que je t'avais perdue, murmura-t-il. Que je « nous » avais perdus.

Lui prenant le visage entre ses mains, elle plongea son regard dans le sien.

— J'ai détesté cette journée.

— Dis-moi que je ne rêve pas. C'est bien toi que je tiens dans mes bras ?

Doucement, il lui caressa la nuque, ses doigts jouant avec des mèches de cheveux.

— Est-ce qu'on ne pourrait pas parler plus tard et aller d'abord au lit ? dit-il d'une voix rauque. J'ai besoin de te retrouver.

10.

— C'était délicieux, dit Dan avec un sourire satisfait.

Lindsey le regarda tandis qu'il dégustait sa dernière bouchée de légumes sautés.

— Je veux bien te croire, tu t'es servi deux fois.

— C'est que je n'ai pas avalé grand-chose, aujourd'hui.

Elle hocha la tête.

— La journée a été terrible, n'est-ce pas ?

— Une vraie torture pour moi.

— Quant à moi, j'ai eu envie de filer avec ma voiture jusqu'à Lark Hill et de ne plus jamais remettre les pieds dans un service des urgences.

— Cela aurait été une vraie perte, dit Dan d'une voix émue. Tu es une infirmière exceptionnelle, Lindsey. Et une amante exceptionnelle, ajouta-t-il en la caressant de son regard bleu.

Elle tendit une main et leurs doigts se touchèrent.

— Seulement avec toi…

Ce qu'ils avaient découvert ensemble était encore si nouveau. Et si merveilleux.

Je crois que je t'aime.

Mais elle ne le dit pas à haute voix.

— Un café ? proposa-t-elle en se levant.

— Oh ! oui, merci.

Un peu plus tard, ils se retrouvèrent sur son confortable canapé, leur tasse à la main et une assiette de biscuits sablés à l'orange offerts par Fiona posée sur la table basse devant eux.

— Depuis combien de temps habites-tu cet endroit ? demanda-t-il.

— Je l'ai acheté il y a des années, lorsque j'ai décidé que c'était là que j'allais vivre.

— Pour toujours ?

Elle le regarda, surprise.

— Je n'en sais rien. Mais c'est ici que j'ai mon travail et ma famille. Autrefois, la maison était un cottage de mineur. Le gros œuvre est en bon état et je n'ai plus eu qu'à redécorer peu à peu à mon goût.

— Ce sont tes œuvres ? demanda-t-il en désignant les pieds de lampe bleu et blanc en céramique qui ornaient la table.

— Quelques-unes de mes premières pièces.

Elle se mit à grignoter un biscuit, pensive.

— Et toi, tu habites toujours dans un des logements de l'hôpital ?

— Ils ne sont pas si mal, et c'est pratique pour arriver à l'heure le matin. Pour l'instant, en tout cas, cela me convient.

Et après ? se demanda-t-elle. Dan avait signé un contrat à durée déterminée avec l'hôpital, et, le connaissant, elle savait qu'il honorerait son engagement. Mais quand il serait terminé, où irait-il ?

Et qu'adviendra-t-il de nous ? Elle aurait aimé lui poser la question, mais à ce stade, aucun des deux ne connaissait probablement la réponse.

Dan poussa un long soupir, se rappelant la plénitude qu'il avait éprouvée en faisant l'amour avec Lindsey. C'était un véritable choc pour lui — quelque chose qu'il n'avait encore jamais ressenti avec une telle intensité. Lindsey méritait qu'il ne subsiste aucune zone d'ombre entre eux.

— Si tu es d'accord, je crois qu'on pourrait maintenant parler de l'éléphant qui est dans la pièce.

Lindsey sentit son cœur battre à coups redoublés.

— Brooke ? dit-elle. J'ai appris par Clarissa qu'elles avaient eu une longue conversation toutes les deux et que, pour finir, Brooke avait donné sa démission et quitté l'hôpital.

— Elle m'a appelé pour me dire qu'elle quittait aussi la ville, précisa Dan.

Donc, elle avait son numéro de portable, en conclut Lindsey. De nouveau, elle eut une impression de malaise et leva la tête, cherchant ses yeux.

— Est-elle amoureuse de toi ?

— Non. A présent qu'elle est partie, je crois que je peux te raconter son histoire. Mais, auparavant, je tiens à ce que tu saches qu'il ne s'est rien passé sur le parking.

Elle fit la moue.

— Pourtant, elle était pratiquement collée contre toi !

Il fronça les sourcils, puis sourit lentement.

— Je n'y peux rien si les femmes sont folles de mon corps.

— Oh ! un peu de modestie, docteur Rossi ! répliqua-t-elle. J'admets que j'aie pu me tromper. Je t'écoute.

Dan reprit son sérieux.

— Je pense que Brooke souffre d'un état de stress post-traumatique.

— Oh…

— Elle était infirmière dans l'armée et a accompli deux missions en Afghanistan. Elle a même été décorée pour ça. Son fiancé était soldat, et ils étaient rattachés à la même compagnie. Il a été gravement blessé et on l'a amené alors qu'elle était en service.

— Oh ! mon Dieu ! Est-ce qu'il a survécu ?

— Non. On l'a transporté en hélicoptère, mais il était trop tard. Comme j'ai suivi une formation poussée en gestion du stress pendant mon stage de sauvetage, j'ai rapidement senti chez elle quelque chose qui n'allait pas et j'ai réussi à la faire parler. Je lui ai suggéré de demander à être transférée dans un autre service. N'importe lequel sauf les urgences.

— Pourquoi n'a-t-elle pas réagi par rapport à Mia ?

— L'arrivée d'un blessé par balle avait été annoncée et Brooke a reconnu qu'elle avait perdu les pédales. On ne peut pas imaginer ce qu'elle a dû traverser à la guerre.

Lindsey sentit son cœur se serrer. L'incident aurait pu être évité si Brooke était rentrée chez elle et avait laissé quelqu'un d'autre gérer les urgences.

— Quand t'a-t-elle raconté tout ça ?

— Je l'ai accompagnée ce matin, et j'ai insisté pour qu'elle consulte un psy en priorité. Elle m'a dit qu'elle retournait dans sa famille à Sydney et a promis de suivre mon conseil. Je crois que l'incident d'aujourd'hui lui a ouvert les yeux sur son état.

— Brooke était très réservée, dit-elle. C'était difficile de lui offrir son amitié.

— Il ne faut pas t'en vouloir, Lindsey. Dans notre métier, on ne peut faire que ce que les gens nous permettent de faire…

Dan sourit et déposa un baiser léger sur ses lèvres.

— Tu as vraiment cru qu'il y avait quelque chose entre elle et moi ?

— Je reconnais que… j'ai éprouvé un pincement de jalousie.

Il la regarda avec tendresse.

— Tu es tout ce dont j'ai besoin, Lindsey. Alors, est-ce que je peux rester cette nuit ?

Elle sourit à son tour tandis qu'un frisson d'excitation lui parcourait le dos.

— Où voudrais-tu aller, sinon ? Mais n'oublie pas que je commence tôt, demain matin.

— Et moi, je ne travaille pas.

— Alors, je te laisserai faire le lit et nettoyer la cuisine. Mais non, je plaisante !

— Je le ferai quand même. Je ne suis pas mauvais, comme homme d'intérieur.

Elle se blottit contre lui.

— Alors, quel sera ton programme pour la journée ?

— Je vais aller à une conférence sur l'apiculture.

Elle se mit à rire.

— Tu es sérieux ?

Il lui jeta un coup d'œil faussement vexé.

— C'est bon d'avoir un hobby. Et qui sait, je pourrais investir dans un terrain, un jour.

Le lendemain matin, Lindsey alla travailler avec une nouvelle résolution en tête. Normalement, il devait exister une sorte de lien sacré entre les infirmières. Peut-être que si Brooke avait été plus ouverte… A partir d'aujourd'hui, elle s'assurerait que toutes celles formant son équipe se sentent estimées et soutenues.

A peine arrivée, elle fut rejointe par Vanessa.

— Tu connais la nouvelle ?

— S'il s'agit de Brooke, oui, je la connais. Elle a démissionné.

— J'ai entendu dire qu'elle avait été virée.

— C'est faux, répondit fermement Lindsey. Elle a choisi d'aller retrouver sa famille à Sydney.

Elle décida d'en raconter suffisamment à son amie pour faire taire les rumeurs qui circulaient déjà dans tout l'hôpital.

Vanessa releva le menton d'un air de défi.

— Si quelqu'un s'avise encore de dire n'importe quoi à son sujet, il trouvera à qui parler, marmonna-t-elle.

— Avec diplomatie, s'il te plaît, Van.

— Naturellement…

Toujours dans l'intention d'appliquer sa nouvelle résolution, Lindsey préféra demander à la jeune Jess de lui faire un compte rendu verbal de ses activités plutôt que de consulter les notes.

— Michelle a admis M. Gaines, âgé de quatre-vingts ans, qui présentait des signes de pneumonie, et à qui une voisine a apporté un pyjama et des affaires de toilette. Apparemment, sa petite-fille devrait arriver de Sydney.

— Et comment t'entends-tu avec Michelle ?

— Elle est parfois un peu intimidante, mais hier, elle m'a fait participer au traitement de M. Gaines et c'était très intéressant.

— Parfait, dit Lindsey en souriant.

Jess parut hésiter.

— Hum… Est-ce que je peux passer voir M. Gaines de temps en temps ? Pendant mes pauses, je veux dire.

— Bien sûr. Cela égaiera sûrement sa journée. Cependant, il ne faut pas perdre de vue que les urgences ne sont qu'un point de départ. On ne peut pas y pratiquer une médecine holistique, quelle qu'en soit notre envie. On dirait que ton métier d'infirmière te plaît, Jess…

— Plus que je ne le pensais… Et c'est agréable quand un patient vous remercie parce qu'on a pu contribuer à améliorer son état.

— On pourrait peut-être te nominer pour devenir l'Infirmière de l'année, commenta Lindsey d'un ton taquin. En tout cas, sache que je suis toujours disponible si tu as besoin de discuter de quelque chose en relation avec le travail — ou même de personnel. Cela reste toujours confidentiel, ajouta-t-elle, pensant à Brooke.

— Merci. Est-ce que je peux rester encore après mon service ? J'aime vraiment faire partie de notre équipe.

— Contente-toi de faire ce que tu as à faire. C'est probablement la meilleure façon d'avancer.

Penchée sur le comptoir pour replacer un dossier, Lindsey décida que, si la veille avait été une horrible journée, aujourd'hui avait été plutôt tranquille.

— Comment s'est passée la réunion ? lui demanda Vanessa, assise devant l'ordinateur.

— Elle a été rapide, pour une fois. On va avoir un nouvel infirmier senior dans le département.

— Je sais. Charlie Weston, trente-deux ans, divorcé, a la garde partagée pour sa petite fille de quatre ans, Poppy.

Lindsey secoua la tête.

— Parfois, tu me sidères. Comment sais-tu tout ça ?

— Disons que j'ai mes sources, dit Vanessa avec une petite moue. J'aime être la première informée.

Lindsey réprima un soupir. Combien de temps faudrait-il pour que Dan et elle soient l'objet des rumeurs ? Elle se secoua mentalement. Ils traiteraient le problème quand il se présenterait. Ce qui ne manquerait pas d'arriver.

— Peut-être que le nouveau fera partie de notre équipe ? reprit Vanessa. Annie Logan doit bientôt prendre son congé de maternité.

— Peut-être.

Elle rejoignit son amie derrière le bureau.

— Je peux prendre la suite. Profites-en pour partir tôt, aujourd'hui.

— Merci, Lins. Je vais à la gym. Peut-être qu'Andrew y sera, ajouta-t-elle avec un petit sourire.

Lindsey la regarda partir. Selon elle, Vanessa se faisait des idées. Si Andrew avait voulu une relation plus intime avec elle, il aurait agi depuis longtemps.

Grâce au ciel, Dan, lui, avait su ce qu'il voulait et l'avait obtenu… Elle se demanda s'il serait là quand elle rentrerait. Resterait-il encore cette nuit ?

— Bonjour, Lins.

C'était Greta Ingram, de l'équipe de nuit.

— Bonjour, Greta. Est-ce que tout va bien ?

— Oui, merci. Toi aussi, j'imagine.

Lindsey lui jeta un coup d'œil interrogateur.

— Toi et ton nouveau petit ami, je veux dire…, poursuivit Greta. J'ai entendu dire que Dan et toi aviez quitté ensemble le mariage de Nathan. Vous sembliez très proches, d'après ma cousine Alison.

Comme elle restait sans voix, Greta laissa échapper un petit rire.

— Tu as oublié qu'Alison travaillait dans le service de Nathan. C'est sa maman qui a préparé le gâteau de mariage.

— J'avais aperçu Alison, bien sûr, mais… Il y avait tellement de monde… Qui d'autre est au courant ?

— Personnellement, je n'en ai pas parlé, répondit Greta d'un ton détaché. Mais est-ce que c'est si grave ?

Lindsey réfléchit une minute.

— Je suppose que non. Mais depuis que je suis infirmière, je n'avais jamais eu de relation avec quelqu'un avec qui je travaille.

— Voilà qui est fait… Qu'est-ce que tu as pour moi ? demanda Greta en se rapprochant de l'ordinateur.

Lorsque Lindsey rentra chez elle, il n'y avait aucun signe de Dan. Mais il avait laissé un petit mot sur le comptoir de la cuisine, disant que Nathan et Sami seraient de retour dans la soirée et qu'il allait les chercher à l'aéroport. Il verrait Lindsey au travail le lendemain.

Et il n'a pas pris le double de clé que je lui avais laissé.

Il était d'ailleurs posé bien en évidence sur le mot.

Qu'était-elle censée comprendre ? se demanda-t-elle en allant prendre sa douche. En quelques secondes, elle était de nouveau pleine de doutes. Dan avait dû trouver qu'elle était allée trop loin. Apparemment, il y avait un nouvel éléphant dans la pièce.

Elle se sécha vigoureusement. Pour ce qui était de comprendre les hommes et leurs motivations, elle était, de toute évidence, aussi naïve que Vanessa.

Dès qu'elle vit Dan arriver au travail, le mardi matin, Lindsey, un nœud à l'estomac, alla tout droit dans son bureau. Il fallait qu'elle sache à quoi s'en tenir.

Refermant la porte derrière elle, elle le regarda dans les yeux, un sourire crispé sur les lèvres.

— Salut… Tu as une minute à me consacrer ?

— Bien sûr.

Il s'assit sur le coin du bureau et croisa les bras.

— Est-ce que tu vas bien ? lui demanda-t-il avec un regard de côté.

— Oui. Comment s'est passé ton jour de congé ?

— Très bien.

— Et la conférence ?

— Intéressante.

C'était maintenant ou jamais.

— A propos de la clé… Tu estimes que je suis allée trop vite ?

Dan fronça les sourcils.

— Pardon ?

— Je t'ai laissé un double de chez moi. Apparemment, tu n'en as pas voulu.

— C'est que… On n'en avait pas parlé et je ne voulais pas présumer de quoi que ce soit.

— En d'autres termes, tu as estimé que j'avais brûlé les étapes.

— Enfin, Lindsey… Je ne sais pas ce que j'ai pensé. J'ai trouvé ça un peu… embarrassant.

— Oh ! Dan ! dit-elle en secouant la tête. Je t'ai laissé la clé parce que j'ai pensé que tu pourrais avoir envie de revenir après la conférence et te détendre un peu, même si je n'étais pas là…

Mais même à ses propres oreilles, le scénario ne semblait guère crédible.

Dan sentit un pincement au creux de l'estomac. Comment avait-il pu se tromper à ce point ? Lindsey avait tout ce qu'il avait toujours rêvé de trouver chez une femme. Il avait pris presque avidement tout ce qu'elle lui avait offert dans la chambre à coucher. Pourquoi était-il resté bloqué sur une malheureuse clé ?

— Je suis un imbécile.

Elle sourit en se dirigeant vers la porte.

— Le jury n'a pas encore statué là-dessus. A propos, comment étaient les jeunes mariés ?

Il sourit à son tour.

— Toujours amoureux, apparemment. Ils ont passé une merveilleuse lune de miel.

— Tant mieux. Où étaient-ils ?

— Sur une des îles de la Grande Barrière de corail.

— C'est magnifique. Tu connais ?

— Je n'ai encore jamais eu le temps d'y aller, dit-il.

— Mauvaise excuse… Il faudra qu'on remédie à ça.

Pourquoi avait-il fallu qu'elle fasse ce commentaire ridicule ? se demanda Lindsey. Etant donné la façon dont les choses évoluaient entre elle et Dan, ils avaient à peu près autant de chances de faire un voyage romantique sur la Grande Barrière que de déjeuner en Ecosse dimanche prochain.

De retour à son bureau, elle s'absorba dans la paperasse.

— Est-ce que ça va ? lui demanda Vanessa au bout d'un moment.

— Mmm… Greta a laissé un flyer. Harry et le Rotary ont besoin d'aide pour un projet concernant les enfants handicapés en maternelle. Est-ce que tu pourrais l'afficher dans la salle du personnel, s'il te plaît ?

— Bien sûr. Je suis libre ce week-end, j'irai y faire un tour. Peut-être qu'Andrew viendra…

— Tu l'as vu à la salle de sport ? demanda-t-elle.

— Il n'est pas venu.

— Est-ce que tu crois…

Lindsey se tut. Comment faire pour rester diplomate ?

— Je me mêle de ce qui ne me regarde pas, mais crois-tu que cela marche vraiment entre toi et Andrew ? ajouta-t-elle.

Vanessa haussa les épaules.

— Toi, apparemment, non.

— Oh ! pour ce que je sais des hommes…

— Est-ce que toi et Dan… ?

Lindsey se redressa sur sa chaise. A quoi bon garder le secret ?

— Il nous arrive de nous voir, répondit-elle, laconique.

Son amie la regarda pensivement.

— Tu sais, je commence à croire qu'avoir une relation privée avec quelqu'un au travail est voué à l'échec.

— Cela dépend peut-être de la personne. Mais il est certain que c'est un terrain miné, ajouta-t-elle, morose, avant de répondre au téléphone.

» On nous amène un accident de la circulation. Essaie d'agrafer qui tu peux, et on se retrouve dans la zone des ambulances.

Sur le trajet du retour, Dan émit un grognement de frustration. Qu'est-ce qui n'allait pas chez lui ? Pourquoi n'avait-il pas pu accepter la clé de Lindsey sans faire d'histoire ?

Parce que, tout au fond de lui-même, il savait que c'était un geste d'amour de sa part. Et — même si elle s'en était défendue — il y avait une attente chez elle, et quand il en avait pris conscience, cela lui avait presque donné des sueurs froides.

Sa façon de gérer sa relation avec Lindsey était pour le moins pathétique. Elle était ravissante, féminine en diable, douce et intelligente. Et elle le faisait rire. Tout en elle l'attirait. Alors, pourquoi n'avait-il pas réglé le problème quand elle était venue dans son bureau ? En lui disant simplement qu'il voulait prendre les choses lentement pour leur bien à tous les deux — après son expérience avec Caroline…

Le moins qu'il aurait pu faire aurait été de la prendre dans ses bras. De la rassurer.

Un appel sur son appareil mains libres le tira de ses pensées.

— Nate ?

— Est-ce que, par hasard, tu serais en train de rentrer chez toi ?

— En fait, je suis presque arrivé.

— As-tu des projets pour ce soir ?

Dan fit la grimace. Il aurait pu en avoir, mais il avait tout fichu par terre.

— Non, je n'ai rien de prévu. Tu as besoin de moi ?

Nathan se mit à rire.

— Tu me connais bien. J'ai besoin d'un coup de main pour finir de déménager mes affaires de l'appartement. Un autre type doit s'y installer la semaine prochaine.

— Quel genre d'affaires ? demanda-t-il prudemment. Je n'ai aucune envie de me coincer le dos.

— Il me reste des livres et diverses bricoles qu'il faudrait charger dans ton coffre. Ce serait sympa…

— Et qu'est-ce que j'aurai en échange ?

— *Fish and chips* pour le dîner, annonça triomphalement Nathan. Plus un excellent bourbon.

— C'est vendu…, répondit-il en riant. Je suis chez toi dans deux minutes.

11.

Vendredi…

Par chance, les urgences étaient bondées, ce qui laissait moins de temps à Lindsey pour penser. Dan l'avait-il trouvée trop entreprenante par rapport à leur relation ? Trop calculatrice ? Elle n'avait surtout pas voulu lui donner cette impression.

Elle se demanda ce qu'il avait fait la veille. Etait-il resté chez lui à penser à elle ? A eux deux ?

— La police vient juste d'amener deux vieux ivrognes, annonça Vanessa. Ils se sont fait tabasser et voler leurs papiers et ont vomi dans la salle d'attente. Ils ont quelques entailles et des contusions, rien de grave. On fait comme d'habitude ?

Elle hocha la tête.

— On les rafistole, on leur donne à manger et on les laisse se reposer avant de les renvoyer.

Vanessa se laissa tomber sur une chaise.

— Tout de même, je me demande comment certaines personnes peuvent laisser leur vie se dégrader ainsi. Pourtant, un jour, ils ont dû être jeunes et pleins d'espoir. Je me demande où ils vont dormir cette nuit…

Lindsey lui jeta un coup d'œil de côté. Cela ne ressemblait pas à son amie de philosopher ainsi.

— Declan pourrait peut-être leur trouver un abri. Est-ce que ça va, toi ? Comme tu as fait des heures supplémentaires, tu peux partir tout de suite, si tu veux. Cela te ferait du bien de sortir de cet endroit.

— Peut-être, répondit Vanessa avec un sourire las.

— A propos, Annie a terminé cette nuit. Son gynéco veut qu'elle prenne du repos avant d'accoucher. Notre nouvel infirmier commence lundi dans notre équipe.

Le visage de son amie s'éclaira.

— Super…

Le téléphone sonna de nouveau et Lindsey décrocha avec un soupir.

— Intoxication alimentaire au St Faith's College, annonça-t-elle. On nous amène dix filles dans vingt minutes.

Lindsey prévint aussitôt Dan et rassembla l'équipe au poste.

— Tout le monde doit être au taquet, dit Dan. On ne connaît pas encore la gravité du problème.

— Et soyez toutes équipées de bassins, insista Lindsey. Il y en a qui peuvent encore vomir.

Deux ambulances arrivèrent, suivies par un Land Rover qui avait transporté plusieurs élèves malades.

Aussitôt, le triage fut mis en place, certaines patientes paraissant plus mal en point que d'autres.

— Jess fait équipe avec Andrew et Michelle avec Vanessa, ordonna Dan. Si vous avez un doute, n'hésitez pas, appelez-moi. Allons-y.

Lindsey se rendit dans le premier box avec Dan. L'étudiante, âgée de seize ans, était pâle et souffrait de diarrhée. Elle ne tarda pas à réclamer la bassine et, après l'avoir auscultée, Dan donna ses instructions.

— Dix milligrammes de maxolon et du lomotil pour la diarrhée. Elle est en train de se déshydrater, il lui faut du glucose à quatre pour cent et la perf saline normale. Qu'elle boive de l'eau à petites gorgées.

Une fois la perfusion en place, Lindsey fut pleinement occupée pendant les deux heures qui suivirent.

— Je ne sais pas toi, mais, moi, je meurs de faim, dit Dan en la suivant dans la salle du personnel.

Ils venaient juste de faire le tour de leurs jeunes patientes, dont les parents étaient maintenant près d'elles, pour vérifier l'évolution de leur état.

— J'ai des sandwichs, si tu veux les partager avec moi, proposa Lindsey.

— Mmm… Je préférerais quelque chose de chaud. Si on allait chez Leo ?

— As-tu une idée de ce qui a pu causer l'intoxication ? demanda Lindsey en chemin.

— Elles ont dû manger quelque chose de douteux au petit déjeuner, puisqu'elles sont tombées malades juste après, répondit Dan. Les services d'hygiène et de santé vont sûrement enquêter et faire analyser tout ce qui a été consommé.

Ils entrèrent dans le café où Dan lui approcha une chaise.

— Je n'ai pas l'habitude de sortir pour déjeuner, dit-elle. Il ne faudrait pas que je m'éloigne de l'hôpital trop longtemps.

— Tu as droit à ta pause, répondit Dan. Et on n'est qu'à cinq minutes si on a besoin de nous.

Elle consulta rapidement le menu.

— Je vais prendre le poisson.

— Et moi, le bœuf strogonoff. J'ai mangé du poisson hier soir, lors d'un dîner improvisé avec Nathan et Sami.

C'était donc là qu'il était, se dit-elle pendant que Leo venait prendre les commandes. Elle était vraiment pathétique, à attendre de pouvoir pénétrer toujours un peu plus dans le monde de Dan.

Soudain, elle prit conscience que le silence était devenu pesant.

— Nathan et Sami se plaisent-ils dans leur nouvelle maison ? demanda-t-elle.

— C'est une vieille demeure du XIXe siècle de style géorgien, avec un immense jardin. Sami est déjà en train de parler de topiaire et de taille de haies.

— Cette fille est incroyable. Et Nathan ?

— Il est terrifié, répondit Dan en riant.

— Sami a toujours su ce qu'elle voulait et fait ce qu'il fallait pour l'obtenir. Je suppose que c'est ce que Nathan aime chez elle.

— Pendant que j'y pense, lundi, je suis un stage d'entraînement au sauvetage et à la recherche. Si tu es débordée, il y a Nathan qui sera de retour et Martin arrivera à midi.

— Merci de me prévenir. Où a lieu ton stage ?

— Dans les environs.

En quelques secondes, un silence gêné s'était installé. Ce fut Dan qui le rompit.

— Est-ce que tu aimerais sortir pour dîner, demain ? On pourrait aller quelque part où on danse ?

Lindsey leva lentement les yeux.

— Cela aurait été… bien. Mais je retourne directement à Lark Hill après mon service. Mes parents reviennent la semaine prochaine, et je dois vérifier que tout est en ordre pour les recevoir.

Il fut tenté de lui proposer son aide, mais de son côté, elle ne l'avait pas invité et ne semblait pas vouloir de lui là-bas.

Il avala une gorgée d'eau avant de parler.

— On dirait que quelque chose te tracasse, Lindsey. Pourquoi ne me dis-tu pas de quoi il s'agit ?

Elle ne perdit pas de temps à tourner autour du pot.

— J'aime que les choses soient claires dans ma vie, Dan. Et, apparemment, ce n'est pas possible avec toi.

Ils se regardèrent un long moment.

— Dans ce cas, soyons francs, dit-il. Tu m'en veux toujours de ne pas avoir accepté la clé.

— J'avoue que cela m'a blessée.

— Ton geste était spontané et charmant. J'ai agi comme un crétin, je le reconnais. J'aurais pu t'appeler pour régler le problème, au lieu de te laisser ce mot ridicule…

— C'est pourtant ce que tu as fait, Dan. Je ne veux pas avoir à me demander à chaque fois si j'ai eu le bon geste avec toi. Si tu veux sortir de cette relation, dis-le-moi, qu'on en finisse carrément.

En finir ? Il sentit son cœur se serrer. Est-ce que c'était ce qu'« elle » voulait ? Il avait été l'homme le plus chanceux du monde en trouvant Lindsey. Elle était généreuse et savait pardonner. Mais tout avait ses limites, et elle devait être à bout de patience avec lui.

— Est-ce que tu veux dire… qu'il n'y a plus d'espoir pour nous ? demanda-t-il.

Lindsey eut un mouvement de recul.

— Je n'ai pas du tout dit ça. Mais je n'arrive plus à être moi-même avec toi.

Il y eut un nouveau silence pendant lequel il sentit son cœur battre à coups précipités dans sa poitrine.

— J'ai bien entendu ce que tu viens de me dire. Je ne veux pas te perdre, Lindsey. Je ne veux pas *nous* perdre.

Lindsey vit Dan contracter les épaules. Elle ne voulait pas mettre la pression sur lui et le forcer à faire des choses qu'il n'était pas prêt à faire. Mais ils ne pouvaient pas continuer ainsi, à ne pas savoir ce que l'autre pensait la moitié du temps.

— Je ne veux pas non plus renoncer à nous, Dan.

— Alors, cela n'arrivera pas.

Elle lut comme un appel dans son regard bleu.

— Voici donc le nouveau Dan, celui qui communique, déclara-t-il. Si je ne craignais pas d'être indiscret, je te proposerais de venir te rejoindre à Lark Hill, dimanche. On pourrait passer la journée ensemble et je te donnerais un coup de main.

— Pourquoi pas ? Ce serait un pas dans la bonne direction. Il faudrait que tu arrives tôt, ajouta-t-elle en lui tendant la main par-dessus la table. Je te mettrai tout de suite au travail.

Dan entrelaça ses doigts aux siens et son regard devint trouble.

— J'ai envie de t'embrasser, murmura-t-il.

— Pas maintenant. Voici Leo avec les plats.

— Dimanche, alors ?

Elle hocha la tête. L'atmosphère s'était détendue, elle pouvait maintenant apprécier son repas.

Quand ils retournèrent au poste des infirmières, Vanessa les attendait. Il y avait eu un accident de la circulation : une femme enceinte de dix semaines avait sorti sa voiture à reculons de son allée et heurté un véhicule utilitaire qui n'avait pas eu le temps de l'éviter. Tous les deux étaient choqués, l'homme avait des contusions au niveau des côtes et de l'attache de la ceinture. Quant à la femme, elle n'avait pas de fracture, mais avait très peur de perdre son bébé.

— Michelle et Andrew peuvent les prendre en main, dit Dan. J'ai une réunion avec le conseil d'administration. Lindsey, vous supervisez.

Andrew s'occupa de l'homme et Lindsey demanda à Jess d'assister Michelle qui se chargea d'ausculter la patiente enceinte, notamment au niveau de la ceinture de sécurité. L'examen au stéthoscope ne révéla aucun dommage et le Doppler indiqua que le cœur du bébé battait très régulièrement. Pour plus de sécurité, Michelle pratiqua une échographie.

En conclusion, il n'y avait rien d'inquiétant, mais la future maman fut gardée en observation et mise sous perfusion saline pour quelques heures. Lindsey se chargea de faire parvenir les notes la concernant chez son médecin traitant à Sydney.

Dimanche à Lark Hill…

Les mains appuyées sur la balustrade de la terrasse, Dan et Lindsey contemplaient le carré de pelouse fraîchement tondu en contrebas.

— Merci de t'en être chargé, lui dit-elle.

— Avec plaisir. Y a-t-il autre chose que tu voudrais que je fasse ?

— Eh bien… Si cela ne t'ennuie pas, il y a le bois à ranger à côté de la cheminée. On a beau se rapprocher de l'été, les nuits peuvent être encore fraîches.

Dan était tout près d'elle. Tellement près qu'il lui suffisait de pencher la tête pour prendre possession de sa bouche…

Pendant que Dan apportait le bois, Lindsey prépara le déjeuner.

— J'ai fait des burgers, dit-elle quand il traversa la cuisine. Mais, aujourd'hui, on est en mode végétarien : ils sont à la patate douce et au quinoa.

Il prit un air si exagérément catastrophé qu'elle ne put s'empêcher de rire.

— Je te promets qu'ils ne seront pas fades. J'ai préparé une sauce au yaourt pimentée pour les accompagner. C'est bon de sortir un peu d'une alimentation trop carnée, ajouta-t-elle d'un ton professionnel.

— Ai-je dit le contraire ? demanda-t-il en haussant les sourcils.

Elle l'aimait quand il était ainsi : espiègle et enjoué. Et ses yeux bleus lui envoyaient des messages qui la faisaient fondre intérieurement.

Dan souleva le plateau.

— Est-ce qu'on mange sur la terrasse, comme d'habitude ?

— Pourquoi pas ? répondit Lindsey en portant les verres et une carafe d'eau. C'est un peu notre coin spécial, et j'adore être là.

« Et moi, je t'adore, toi », aurait-il pu ajouter.

Pourquoi ne l'avait-il pas fait ? Parce qu'il craignait les répercussions que cela entraînerait. Etait-il prêt à quitter la sécurité du rivage pour emmener Lindsey avec lui, et naviguer avec elle vers une destination inconnue ?

— Cela ne t'ennuie pas si je te pose une question concernant le travail ? demanda-t-il à la fin du repas.

— Je t'écoute, dit Lindsey en remplissant de nouveau les verres.

— L'évaluation de Michelle est bientôt terminée et elle va changer pour un autre département. J'aimerais savoir comment tu l'as trouvée.

— Pourquoi moi ? objecta-t-elle. C'est à Martin et toi de l'évaluer.

— Je le sais bien. Mais les infirmières passent leurs journées avec les médecins juniors. Et j'ai une entière confiance dans ton jugement.

— Dans ce cas… L'attitude de Michelle a été peu bienveillante envers les infirmières débutantes qui ont besoin de prendre confiance en elles tout autant que les jeunes médecins. Mais les choses se sont sensiblement améliorées ces derniers temps.

Il sourit.

— Depuis que tu as discuté avec elle.

Lindsey haussa les épaules.

— Je crois qu'elle a finalement compris qu'aux urgences elle était un membre parmi d'autres et que le groupe constituait une équipe. Je t'assure que, du point de vue des infirmières, c'est un énorme progrès.

— Au plan professionnel, elle me semble très sûre, tu es d'accord ?

— Oui. Elle a l'air d'avoir confiance dans son diagnostic et son traitement. Je vous signale que la consultation n'est pas gratuite, docteur Rossi, conclut-elle.

— Je veillerai à ce que vous soyez largement dédommagée, répondit-il d'une voix grave et chaude qui fit courir des frissons sur sa peau.

Faire l'amour l'après-midi était très tentant. En plongeant dans son regard, elle sut qu'il avait la même idée…

Le portable de Dan sonna.

— Bon sang…

Avec un soupir, elle rassembla la vaisselle sur le plateau et le laissa répondre.

Quelques minutes plus tard, il la rejoignait à la cuisine, l'air grave.

— La base de sauvetage m'a appelé. Il y a une urgence au mont Rowan.

— C'est à quelques kilomètres d'ici par la route. Que s'est-il passé ?

— Un groupe composé de quelques jeunes d'une paroisse encadrés par deux adultes faisait de la descente en rappel, quand l'un des garçons s'est mal réceptionné et s'est cogné contre une roche saillante. Il est resté suspendu dans le vide, inconscient.

— Oh ! mon Dieu ! Mais pourquoi fait-on appel à toi ?

— Parce que je m'étais porté volontaire pour le week-end dans le cadre de ma formation au sauvetage, et il se trouve que nous sommes tout près. Cela risque de prendre du temps avant que la base puisse réunir une équipe.

— Dans ce cas, je viens avec toi, dit-elle d'un ton résolu. Il suffit que j'emporte mon propre équipement. Tout le monde fait de l'escalade, dans la région. Et toi ?

— J'ai déjà le mien dans ma voiture puisque je dois faire une journée d'entraînement demain. Alors, on fait équipe ? dit Dan en levant une main.

Elle y claqua la sienne.

— On dirait…

Toby Marshall, le responsable du groupe, les attendait en haut de la falaise. Dan fit les présentations et il leur serra la main chaleureusement.

— Je suis content de vous voir !

— De qui s'agit-il ? demanda Dan.

— Riley Dukes. Il a seize ans. D'après mon estimation, il doit se trouver à environ vingt mètres au-dessous de nous. Comme il a besoin d'une évaluation médicale, ce sera à vous de vous y coller, doc.

— On y va tous les deux, intervint Lindsey. Je suis infirmière et j'ai souvent fait des descentes en rappel.

Elle ne précisait pas qu'elle n'avait plus pratiqué depuis un certain temps. Toby vérifia soigneusement leur équipement puis il montra à Dan le harnais spécial qu'il devrait porter pour récupérer Riley.

— Vous aurez son poids en plus du vôtre, alors faites attention au moment où vous couperez la corde.

En rebondissant sur la façade de granit de la falaise, Dan ressentit une poussée d'adrénaline familière.

— On y est presque, dit-il à Lindsey, qui se trouvait légèrement au-dessus de lui.

Il lui jeta un coup d'œil et la trouva un peu pâle. Une soudaine envie de la protéger s'empara alors de lui. Plus vite ils auraient réussi à remonter le garçon, mieux ce serait pour tout le monde.

Riley gisait, inerte, au bout de son harnais. Il était tellement penché en avant que son corps avait la forme d'un U. Dan réussit à se positionner non loin de lui et le saisit par la taille. Son teint était en train de virer au bleu. Il lui prit le pouls : il était faible.

— Bon sang ! Il ne respire pas…

En se penchant davantage, il réussit tant bien que mal à envoyer plusieurs bouffées d'air dans les poumons de leur patient. Au bout de quelques secondes d'un silence assourdissant, Riley se mit à tousser.

Il n'y avait pas de temps à perdre car il avait un genou fracturé et du sang coulait de sa blessure à la tête. Il avait dû frapper très fort contre la roche car un casque le protégeait.

Malheureusement, Dan ne parvint pas à aligner son corps contre le sien pour l'attacher, l'inertie du jeune homme compliquant la tâche.

Il jura entre ses dents.

— On va être obligé d'attendre les hommes de la base, dit-il à Lindsey.

Mais le temps pressait. Arriveraient-ils à temps ?

La décision de Lindsey fut vite prise.

— Donne-moi les mousquetons, Dan.

— C'est ridicule ! Tu n'arriveras jamais à le porter, il est beaucoup trop lourd.

— Certes, mais nous devons trouver une solution, le temps est précieux. Il faudrait que tu essaies de nouer tes mains sous les fesses de Riley et de le soulever jusqu'à ta taille. Je pourrai attraper son harnais et vous attacher ensemble.

Dan détestait que la situation, et donc son contrôle, lui échappe.

— On n'a pas le choix, dit-il enfin en s'exécutant.

En un éclair, Lindsey se rappela la technique du *smearing* dans laquelle le poids du grimpeur reposait surtout sur un pied, réduisant la charge des bras, ce qui lui permettait de les étendre au maximum.

Elle devait faire vite car Dan ne pourrait pas porter longtemps le poids de Riley à bout de bras.

Quelques secondes lui suffirent pour exécuter les mouvements — des secondes qui parurent des heures à Dan. Enfin, les mousquetons furent fixés, et Dan se retrouva attaché à son patient.

— C'est fait, annonça-t-elle.

Lindsey se rappelait à peine comment ils étaient redescendus. Seul comptait le soulagement qu'elle avait éprouvé lorsque Dan avait coupé la corde de Riley et qu'ils avaient pu amorcer leur descente.

De nombreuses mains se tendirent vers eux quand ils touchèrent le sol et elle entendit même un discret « bravo ». Riley fut aussitôt installé sur un brancard.

En défaisant son harnais, elle sentit ses jambes fléchir légèrement sous elle et un goût de bile envahi sa bouche. Elle n'allait tout de même pas flancher maintenant en étant malade devant tous ces hommes !

Quelqu'un de la base lui tendit une bouteille d'eau qu'elle accepta avec reconnaissance.

— Beau travail, Lindsey…

Elle esquissa un faible sourire et but avidement quelques gorgées, recouvrant peu à peu son équilibre. Puis elle ôta son casque et secoua ses cheveux en se dirigeant vers le brancard déposé à l'ombre d'un arbre.

Dan était penché sur le blessé.

— Il vient de reprendre conscience, lui dit-il par-dessus son épaule. Tout va bien, on s'occupe de toi, ajouta-t-il à l'intention de l'adolescent. Reste tranquille, on va t'apporter de l'oxygène.

L'appareil portable apparut comme par magie, ainsi qu'une couverture de survie.

— Comment va-t-il, doc ? demanda anxieusement Toby Marshall qui allait devoir fournir des explications aux parents de l'adolescent.

— En plus du trauma crânien, il a une fracture de la rotule et peut-être une côte fêlée, répondit Dan. Il faut l'emmener à l'hôpital.

Il se tourna vers l'auxiliaire médical.

— Je vous le confie, Terry. Ses parents doivent être en train d'arpenter la salle d'attente des urgences.

Le soleil se couchait déjà et un vent froid s'était levé alors que Dan rangeait rapidement son matériel d'escalade dans le coffre de son Land Rover.

Les bras serrés autour de la taille, Lindsey le regardait faire. Ce dimanche avait vraiment été une journée très particulière.

Dan fronça les sourcils.

— Pourquoi ne t'es-tu pas assise dans la voiture ?

— Je voulais t'attendre.

— Mmm…, marmonna-t-il en l'étudiant attentivement. Besoin d'un câlin ?

Il lui ouvrit les bras et elle s'y précipita, se blottissant contre lui tandis qu'il la berçait tendrement.

— Tu sais, tu as été épatante, aujourd'hui. Je n'aurais pas pu y arriver sans toi. On aurait dit que tu n'avais pas peur du tout.

Elle laissa échapper un petit rire désabusé.

— Oh ! si ! Mais dans la région, l'escalade est pratiquement une religion. Je l'ai beaucoup pratiquée à l'adolescence, avec de bons professeurs. Cependant, aujourd'hui, c'était la première fois que j'étais face à une situation d'urgence.

Dan hocha la tête.

— J'espère que ça ne t'arrivera plus jamais.

Elle glissa les mains sous son T-shirt, goûtant la chaleur de sa peau.

— J'avoue que je n'ai pas beaucoup aimé ça. En revanche, j'ai été impressionnée par *tes* performances. Et maintenant, Dante, si tu me ramenais chez moi ?

— Malheureusement, il faut que je rentre directement à Hopeton, dit Dan alors qu'ils arrivaient à Lark Hill. Demain matin, mon entraînement commence à 6 heures.

— Et tu as besoin de récupérer. Moi aussi, je vais rentrer. Je démarre tôt demain et je dois accueillir un nouveau membre dans l'équipe. Il vaudrait mieux que je paraisse alerte et opérationnelle.

Dan lui prit la main et la porta à ses lèvres.

— J'aurais préféré me coucher avec toi et te tenir dans mes bras toute la nuit…

Dès que Dan s'arrêta devant la maison, ils défirent leur ceinture de sécurité et se jetèrent dans les bras l'un de l'autre. Ce fut un long baiser, chacun s'attardant à goûter la saveur de l'autre.

— Il vaut mieux que je n'entre pas, dit-il d'une voix rauque en appuyant son front sur le sien. Est-ce que ça va aller ?

— J'ai seulement à rassembler mes affaires dans ma voiture et je m'en vais.

Lindsey se mordit la lèvre.

— Juste une chose avant que tu repartes… Je ne sais pas exactement ce que tu es censé faire comme folie demain, mais… s'il te plaît, sois prudent. Promis ?

Sentant son cœur se remplir d'amour pour cette femme, il lui leva doucement le menton et plongea son regard dans le sien.

— Je te promets de ne rien faire d'irréfléchi. Et je te reviendrai sain et sauf, Lindsey.

12.

Le lendemain matin, quand Lindsey jeta un coup d'œil dehors, elle vit tomber une pluie fine et pénétrante — de celle qui amène le sourire aux lèvres des agriculteurs.

Elle se dirigea vers la salle de bains en faisant la grimace. Tous les muscles de son corps protestaient à cause de l'expédition de la veille.

Arrivée à l'hôpital, elle se rendit à la salle du personnel.

— Ah ! Te voilà, dit Vanessa en s'emparant du journal de Hopeton. Alors comme ça, Dan et toi avez sauvé quelqu'un sur une falaise. Et qu'est-ce que vous avez fait d'autre hier, mademoiselle Stewart ?

Haussant les épaules, Lindsey jeta un coup d'œil à l'article avant de se servir une tasse de thé.

— Pourquoi ont-ils jugé bon d'en parler dans le journal local ?

— Parce que le gamin que vous avez tiré d'affaire est le petit-fils d'Angus Whittaker, le député de la région. Pourquoi ne passerais-tu pas voir Riley à l'heure des visites ? Je suis sûre que sa mère serait ravie de rencontrer les sauveteurs de son fils.

Lindsey écarquilla les yeux.

— Tu crois que je devrais y aller avec ma liste d'équipements dont on a besoin aux urgences, au cas où elle voudrait faire un don ?

— Sait-on jamais ? M. Whittaker ne devrait pas non plus tarder à venir voir son petit-fils.

— Très bien, dit-elle en soupirant. J'irai rendre visite à Riley.

— Et le reste de ma question ?

Lindsey leva les yeux au ciel. Lorsque Vanessa flairait une intrigue, elle était comme un bouledogue avec son os : elle ne lâchait jamais.

— Hier, Dan a passé la journée avec moi à Lark Hill. Satisfaite ?

— Alors… Vous êtes ensemble ? dit Vanessa en rapprochant la tête.

Comment dire autrement ? se demanda Lindsey en avalant une gorgée de thé.

— Oui.

Il y eut un silence.

— Oh ! mon Dieu !

Vanessa avait les yeux fixés sur la porte.

— Ça, c'est ce que j'appelle être baraqué.

Lindsey se retourna. *En effet.*

— Ce doit être notre nouvelle recrue, dit-elle. Je vais lui souhaiter la bienvenue.

Vanessa était déjà debout.

— Attends-moi…

— Est-ce que je suis au bon endroit ? demanda Charlie Weston, son regard bleu-vert hésitant entre les deux.

— Et vous êtes pile à l'heure…, dit Vanessa, attirant aussitôt son attention.

— J'ai apporté des muffins, dit Charlie.

— Pomme et myrtilles ?

— Thon et moutarde.

— C'est très bien aussi. Viens, je vais te montrer où ranger tes affaires.

Lindsey secoua la tête. Déjà, ces deux-là étaient sur la même longueur d'onde.

Un peu plus tard, lorsque l'équipe fut rassemblée, elle répartit les tâches.

— Vanessa, je te charge de montrer les lieux à Charlie. Appelle si tu as besoin de moi.

— Merci, Lins, répondit son amie avec un clin d'œil discret. Je suis sûre que tout se passera bien.

En les regardant s'éloigner, Lindsey remarqua que les cheveux mi-longs de Charlie étaient attachés en une queue-de-cheval serrée. Elle avait déjà noté que ses mains et ses ongles étaient nets. Parfait, se dit-elle avec satisfaction. Il allait bien s'intégrer dans l'équipe.

Vers le milieu de l'après-midi, elle eut du mal à garder les yeux ouverts. L'escapade de la veille l'avait plus éprouvée qu'elle ne l'avait cru. Elle se demanda comment cela se passait pour Dan.

Après avoir pris plusieurs profondes respirations, Dan tenta de s'éclaircir les idées pour la énième fois. En temps normal, il aurait tout suivi sans aucun problème. Mais aujourd'hui…

Ils avaient terminé l'entraînement physique et devaient encore suivre un exposé sur la façon de manipuler du matériel douteux. Ensuite, il en aurait fini et, ce soir, il retrouverait Lindsey pour aller dîner avec Nathan et Sami.

Par ailleurs, samedi, il irait à Lark Hill faire la connaissance de la famille de Lindsey. Leur couple était en train de s'officialiser, et il était surpris de constater à quel point cela lui faisait du bien.

Vendredi…

— Lindsey, est-ce que tu vas à la réunion de travail de Greta, demain ? demanda Vanessa en passant au poste des infirmières.

— Je vais y passer un moment, répondit-elle. Mon père vient d'avoir soixante ans et nous faisons un dîner d'anniversaire pour lui à Lark Hill.

Elle avait aussi invité Dan.

— D'après ce que je sais, il y aura du monde, poursuivit Vanessa. Même Charlie sera là. Figure-toi qu'il a repris l'appartement de Nathan, ajouta-t-elle en rougissant. Je l'ai aidé un peu à le retaper.

— On dirait que toi et Charlie, vous vous entendez bien, non ?

Vanessa arbora un air désinvolte.

— Il est amusant, et sa petite fille Poppy m'aime bien. Avec lui, je peux être moi-même. Il est gentil et pas compliqué.

Et si différent d'Andrew, ajouta silencieusement Lindsey. Elle était contente pour son amie. Et aussi pour Charlie. Vanessa était une perle.

Une semaine plus tard...

Le moment était venu.

Dan s'arma de courage. Il avait l'autorisation d'embarquer et ses bagages étaient prêts. Il n'avait plus qu'à prévenir Lindsey. Il savait que cela ne lui plairait pas, mais il faisait ce qu'il devait faire.

Il consulta sa montre. Il était encore tôt, mais elle serait sûrement levée et il ne disposait pas de beaucoup de temps.

La sonnette de la porte d'entrée fit sursauter Lindsey qui se leva en chancelant. Qui donc pouvait bien venir à cette heure ?

Elle alla ouvrir en pantalon de pyjama et T-shirt.

— Dan... Tu as un problème ?

— Non, rassure-toi, répondit-il avec un sourire contraint. Je t'ai réveillée ?

— Comme je commence tard, je comptais en profiter pour faire la grasse matinée...

— Je m'occupe du thé, proposa-t-il, se sentant coupable.

Pendant ce temps, elle alla revêtir un jean et se coiffer, puis retrouva Dan dans la cuisine.

Il lui tendit un mug de thé et il avait préparé des toasts.

— Alors... ? demanda-t-elle.

— J'ai quelque chose à te dire, commença-t-il d'un ton hésitant. As-tu suivi les informations ces dernières vingt-quatre heures ?

Elle secoua la tête.

— J'ai raté quelque chose ?

— Un cyclone de catégorie trois a frappé le littoral de la Nouvelle-Guinée, et particulièrement une petite île au nord appelée Cloud Island. Il y a d'énormes dégâts et des secours ont été organisés pour envoyer des provisions et du personnel. Je me suis porté volontaire et je m'envole aujourd'hui à midi.

— Oh…

Elle prit une profonde inspiration.

— Est-ce que c'est très dangereux ?

— Dans mon cas, je vais aider à installer un hôpital de campagne et à soigner les blessés.

— Et tu sais… s'il y en a beaucoup ?

« Peut-être des centaines », répondit-il silencieusement.

— C'est difficile à établir actuellement, mais l'état de catastrophe naturelle a été déclaré…

— Combien de temps seras-tu parti ?

— Je ne sais pas encore. Quelques semaines, probablement. Une fois l'hôpital en place, l'armée commencera à prendre la relève. Mais pour l'instant, ils ont besoin d'avoir le plus de monde possible sur le terrain.

Il serra les mâchoires.

— Et je suis entraîné pour ce type d'urgence, Lindsey. Je ne peux pas rester assis sans rien faire.

Lindsey se sentait partagée. Une moitié d'elle était extrêmement fière de Dan, mais l'autre moitié…

— Tout ce que je peux te demander, c'est de faire attention à toi.

— Naturellement, répondit-il en lui prenant une main. Toi aussi, sois prudente pendant mon absence.

— Je ne fais qu'aller au travail et rentrer chez moi, dit-elle avec un petit rire. Il ne devrait pas m'arriver grand-chose.

— Est-ce que tu m'accompagneras à l'aéroport ?

Elle le regarda longuement et, soudain, vit clairement les choses sous son angle à lui. Il *devait* partir. Et elle était heureuse et fière de son humanité et de la profondeur de son engagement en tant que médecin. Il voulait que ses compétences soient utiles partout où c'était possible.

— Evidemment, répondit-elle.

— Tu ne prends pas grand-chose, dit Lindsey, constatant que Dan n'avait qu'un sac.

Ils étaient dans la salle d'attente de l'aéroport de Hopeton et se tenaient par la main comme s'ils ne devaient jamais se lâcher. Elle avait la gorge serrée.

— Je vais essayer de faire une vidéo pour que tu puisses me voir en treillis, dit Dan. Regarde les infos à la télé, ce soir. Il y aura sûrement une caméra ou deux pour filmer notre départ. Je te ferai un signe.

Cette fois, les dés étaient jetés. Il allait partir. Elle sentit ses lèvres trembler.

Dan s'en aperçut et fut surpris par l'avalanche d'émotions qui s'abattit sur lui. Il en était certain à présent, il était tombé fou amoureux de cette femme merveilleuse, et ce qu'il avait à lui dire ne pouvait pas attendre une minute de plus.

— Je t'aime, Lindsey Stewart. Veux-tu m'épouser ?

Les yeux écarquillés, elle ouvrit puis referma la bouche sans rien dire. Puis son sourire s'élargit.

— Oh ! Dan…

— Est-ce que ça veut dire oui ? demanda-t-il, les yeux plongés dans les siens.

— Oui, bien sûr ! Comment pourrais-tu croire le contraire ?

Il lui sembla que son cœur allait exploser de joie. Oubliant la foule autour d'eux, il l'attira contre lui et l'embrassa avec passion.

— Quand ?

— Dès que tu voudras, répondit-elle, tremblante d'émotion. Pourquoi pas à ton retour ?

— Parfait, dit-il avec empressement. Entre-temps, réfléchis au mariage que tu souhaiterais, et je ferai de même.

Son regard s'assombrit un instant.

— Tu n'es pas gênée par mon passé ?

Elle posa les doigts sur sa bouche pour le faire taire.

— Quel passé ? Il s'agit de *nous*, Dan.

Lui prenant les mains, il les plaqua sur sa poitrine, comme pour réaffirmer leur engagement.

— A mon retour, je ne veux plus jamais être éloigné de toi.

— Ce ne sera pas nécessaire, Dan. Nous serons ensemble.

Il l'embrassa tendrement.

— Oh ! ma Lindsey… C'est le plus beau jour de ma vie.

— Le mien aussi, dit-elle avec un sourire tremblant. On appelle les passagers de ton vol. As-tu tout ce qu'il te faut ?

— Tout sauf toi.

Il lui donna un dernier baiser passionné.

— Cela m'aidera à tenir le coup. Je t'aime, dit-il en s'éloignant.

— Je t'aime aussi.

Mais il était déjà parti.

Deux semaines plus tard…

— As-tu eu des nouvelles de Dan récemment ? demanda Vanessa en la retrouvant dans la salle du personnel avant de commencer à travailler.

Lindsey fit la grimace.

— La réception est très mauvaise, là-bas. On n'a pu échanger que quelques rares coups de téléphone.

Vanessa lui jeta un coup d'œil de côté.

— Je te trouve l'air un peu triste. Il te manque vraiment, n'est-ce pas ?

Elle acquiesça lentement.

— Chaque jour me semble un mois… Dan m'a demandé de l'épouser dès son retour, ajouta-t-elle au bout de quelques secondes.

Son amie en resta bouche bée.

— Oh ! Lins, c'est fantastique ! Et naturellement, tu as dit oui. Comment as-tu pu garder cette nouvelle pour toi ?

— A vrai dire, je m'en remets à peine…

Elle avait besoin de la présence de Dan pour la rendre réelle.

— Je vais t'aider à tout préparer, dit Vanessa. On va faire une liste de tout ce qu'il faut. Il y a la robe à choisir, bien sûr. Et la liste des invités à établir. Et les fleurs…

Lindsey ne put se retenir de rire.

— Merci, Van. Mais j'ai besoin d'y réfléchir encore tranquillement.

Plus tard dans la journée, Lindsey eut la surprise de recevoir un appel de Sami.

— Est-ce que tout va bien ? s'inquiéta-t-elle.

— Merveilleusement, répondit Sami. Ecoute, Lins. Comme je sais que Dan est absent, je me demandais si on ne pourrait pas prendre une tasse de thé quelque part après le travail ?

— Bonne idée. C'est exactement ce qu'il me faut.

— Retrouve-moi au salon de thé Browne's dès que tu auras terminé.

— Par ici !

Lindsey reconnut les mèches blondes de Sami et la rejoignit à sa table. Après s'être embrassées, toutes deux s'installèrent dans le box.

Après avoir consulté le menu, elles commandèrent une théière et des sandwichs au concombre.

— Alors, quoi de neuf, Lins ? demanda Sami.

— Dan m'a demandée en mariage, répondit-elle sans préambule.

Depuis qu'elle l'avait dit à Vanessa, elle se sentait dans un état à la fois joyeux et proche de la nausée.

— C'est génial ! s'exclama Sami en joignant les mains. J'en suis tout émue. Vous allez si bien ensemble… Est-ce qu'on est invités ?

— En fait, je voulais te demander d'être ma demoiselle d'honneur.

— J'en serais ravie. A condition que ça ne soit pas dans trop longtemps pour que je puisse encore entrer dans ma robe, ajouta Sami, le regard embué. Je suis enceinte, Lins…

Ce fut au tour de Lindsey d'être stupéfaite.

— Oh ! c'est merveilleux ! Félicitations.

— Merci. C'est un peu plus tôt que prévu, mais…

Lindsey en avait les larmes aux yeux.

— Et comment te sens-tu sur le plan de la santé ?

— Très bien, si ce n'est que j'ai tout le temps envie de dormir.

Dormir. Une sonnette d'alarme résonna dans la tête de Lindsey.

— Maman disait toujours qu'elle aurait pu s'endormir n'importe où quand elle nous attendait, Cait et moi, poursuivit gaiement Sami. On vient à peine de ranger la maison qu'il faut qu'on s'occupe de la nursery. Quant à Nathan, il est au septième ciel. Il sera un papa fantastique.

Ce n'était pas possible…, songea Lindsey. Elle s'imaginait des choses. Elle avait bien eu ses règles — mais beaucoup moins abondantes que d'habitude.

Machinalement, elle avala une gorgée de thé en écoutant distraitement le babillage de son amie. Il fallait qu'elle en ait le cœur net.

— Je te trouve bien pâle, Lins, lui dit Sami au moment de la quitter. Travailler dans un hôpital ne te vaut rien au teint.

Y aurait-il seulement un mariage, maintenant ? se dit Lindsey en allant acheter un test de grossesse dans une grande pharmacie où personne ne la connaissait. C'était la dernière chose qu'elle se serait attendue à faire aujourd'hui quand elle s'était levée ce matin.

En arrivant chez elle, elle alla droit dans la salle de bains avec l'impression de tenir une bombe entre les mains. Une bombe qui allait faire exploser ses projets d'avenir avec Dan. Il lui avait dit que, après l'événement tragique qu'il avait vécu, il n'était pas pressé de refaire l'expérience de la paternité.

Elle ne pouvait pas le mettre devant le fait accompli, comme Caroline avant elle. Il n'en était pas question.

Le test était positif.

Sentant ses jambes la lâcher, elle se laissa tomber sur le bord de la baignoire.

« Je vais avoir un bébé. *Nous allons* avoir un bébé. »

Elle resta assise là un long moment. Puis elle se releva, étonnamment calme, prit une douche et se lava les cheveux avant de se mettre en pyjama.

Une fois dans la cuisine, elle brancha la bouilloire, un léger sourire sur les lèvres. Il faudrait peut-être qu'elle arrête de boire autant de thé.

Elle allait se faire porter pâle pour demain. Elle avait besoin de temps pour elle. Pour planifier son avenir et celui de son bébé.

Le jour suivant…

Lindsey avait dormi très profondément, mais plus les heures passaient, plus elle sentait la panique la gagner. Elle aurait tant voulu que Dan soit là pour pouvoir tout lui dire. Et s'il s'en allait, elle se débrouillerait toute seule. Elle pourrait même aller en Ecosse, chez James et Catherine, et avoir son bébé là-bas…

La sonnette de la porte d'entrée la tira de sa réflexion. Avec un soupir, elle alla ouvrir en souhaitant que ce ne soit pas Vanessa qui venait lui parler des préparatifs du mariage !

Elle ouvrit la porte presque impatiemment et se figea.

— Dan !

Déjà, elle avait commencé à penser à son retour, mais en le voyant debout devant elle, en chair et en os et en treillis, tous les discours qu'elle avait préparés furent instantanément oubliés.

— Quand… quand es-tu rentré ? demanda-t-elle d'une voix à peine audible.

— J'ai atterri à Sydney à l'aube. Comme il n'y avait pas de vol pour Hopeton avant des heures, j'ai pris un taxi.

— Depuis Sydney !

— J'avais besoin de voir ma chérie.

Dan la suivit dans le salon.

— J'ai téléphoné à l'hôpital, mais on m'a dit que tu étais malade alors je suis venu directement ici.

Il l'enveloppa du regard. Elle ne devait guère ressembler à la Lindsey qu'il aimait.

— Es-tu vraiment malade ? ajouta-t-il en lui prenant les mains.

— Non… Pas vraiment.

Elle était juste malade d'inquiétude.

— J'ai eu besoin d'avoir une journée pour moi, c'est tout.

— Ah…

Les yeux brillants comme des saphirs, il sourit.

— Dans ce cas, c'est raté.

Soudain, sans savoir pourquoi, Lindsey fondit en larmes.

— Hé ! Qu'est-ce qui ne va pas ? demanda-t-il, l'air inquiet.

Il la guida jusqu'au canapé et la tint contre lui jusqu'à ce qu'elle se calme.

— Oh ! Dan…, murmura-t-elle en enfouissant le visage dans son cou.

— Tout va bien, Lindsey, dit-il. Je t'aime. Quoi qu'il se passe, tu peux me le dire.

C'est justement le problème, songea-t-elle avec désespoir. *Je ne sais pas comment le dire.*

— Est-ce que tu ne veux plus de moi ? demanda-t-il.

— Quoi ? Bien sûr que non.

Elle renifla et prit la boîte de mouchoirs.

— Cela ne me ressemble vraiment pas, dit-elle, en s'efforçant de sourire.

— Ça va mieux ?

Quand elle hocha la tête, il glissa un bras derrière elle, sur le dossier du canapé.

— Maintenant, Lindsey, dis-moi tout. S'il te plaît.

Il lui caressa la nuque du bout des doigts.

— Je n'y tiens plus, ma chérie. Que se passe-t-il ?

— Je suis enceinte. Nous allons avoir un bébé.

Le silence tomba dans la pièce.

Un bébé. Dan eut l'impression que son cœur avait doublé de volume. Pendant une seconde, il fut sur le point de perdre le contrôle, puis il se calma et fut en mesure de réfléchir.

— Nous avons toujours utilisé des préservatifs.

— Les accidents arrivent.

Il y eut un nouveau silence.

— Est-ce que j'ai gâché ta vie ? demanda-t-il avec calme.

Comme Lindsey le regardait visiblement sans comprendre, il ajouta :

— As-tu envie d'être enceinte ?

Elle se secoua.

— Es-tu en train de me demander si je veux ton bébé, Dan ? *Notre* bébé ? C'est plutôt à moi de te le demander. Parce que si tu n'en veux pas…

Il l'interrompit d'un baiser. D'abord brusque, puis très doux.

— Laisse-moi le temps de me remettre du choc, Lindsey. Mais je crois que je suis surtout transporté de joie.

— Vraiment ?

— Tu craignais que je ne le sois pas ? Notre bébé…

Doucement, il posa une main sur son ventre comme s'il espérait déjà sentir des changements.

— Quand l'as-tu su ?

— Seulement hier.

Elle lui raconta sa discussion avec Sami et comment elle avait reconnu chez elle certains symptômes de son amie.

Dan se mit à rire.

— Nathan va être papa !

Elle noua les mains autour de son cou.

— Nos bébés vont grandir ensemble, ça va être super…

Il lui embrassa les cheveux.

— Et toi ? Est-ce que tu te sens bien ?

— Je crois, murmura-t-elle.

— Y a-t-il un gynéco que tu préfères ?

— Therese Gordon. Et ne le prends pas mal, Dan, mais je préférerais que tu ne sois pas tout le temps là.

Il avait pourtant des milliers de raisons de vouloir être là, après la dernière fois. Cependant, il n'y avait aucune raison de penser que la grossesse de Lindsey ne se passerait pas parfaitement bien. Il devait garder cela en tête.

Il inspira profondément.

— Entendu. Je promets de ne pas me montrer complètement névrotique. Mais j'aimerais être là pour les scanners et les échographies.

— Et moi, je veux t'avoir avec moi. Comme n'importe quel futur papa.

Elle l'embrassa sur la bouche.

— Je t'aime, Dan. Et là, il s'agit de *nous*.

Mentalement, il décida d'abandonner toutes ses incertitudes.

Lindsey se blottit contre lui.

— Je suis si contente que tu sois rentré. C'était comment ?

— Un peu difficile, mais on s'en est sorti. La situation est en train de revenir rapidement à la normale. As-tu réfléchi au mariage ?

— Pas encore. Je commençais juste à m'y habituer quand j'ai découvert que j'étais enceinte…

Il lui prit le visage entre ses mains.

— Tu ne croyais tout de même pas que j'allais me défiler ?

— J'espérais que non… Mais tu avais dit que tu ne voulais pas être papa…

— Je n'avais pas encore compris que je venais de rencontrer l'amour de ma vie…

Elle lui sourit.

— Pour le lieu du mariage, tu as une préférence ? lui demanda-t-elle.

— Lark Hill. Si tes parents sont d'accord. C'est ce qui nous ressemble le plus, tu ne crois pas ?

— C'est parfait. Il y a un endroit magnifique au milieu des vignes où nous pourrons échanger nos vœux.

— Et pas trop de monde. Juste nos familles et amis proches, quelques personnes de l'hôpital et Nathan et Sami comme témoins. Peux-tu encore prendre quelques jours de congé ?

— Oui. Pourquoi ?

— Je voudrais qu'on s'envole demain pour Melbourne afin que tu fasses la connaissance de ma famille, dit-il. On les emmènera tous dîner au restaurant et tu porteras ta bague de fiançailles.

— Oh…

— Je veux que tout soit parfait.

« Cette fois », ajouta-t-il silencieusement.

13.

Quelques semaines plus tard, le samedi.
Un mariage à Lark Hill…

En ce milieu de la matinée, la journée était claire. Une allée avait été aménagée pour le mariage entre les rangées de vignes, et un quatuor à cordes jouait en sourdine.

Dan attendait en compagnie de Nathan et les invités étaient assis. Tout en étant décontractée, l'atmosphère était empreinte de gravité.

Maintenant, Vanessa et Charlie sortaient officiellement ensemble, et elle lui agrippa le bras quand la musique changea : la mariée arrivait.

— Mon Dieu, qu'elle est belle ! Je savais qu'elle porterait de la dentelle. Regarde, Dan va à sa rencontre. Oh ! C'est trop romantique…

Elle se mit à pleurer de joie et Charlie, un sourire un peu gêné aux lèvres, lui tendit son grand mouchoir rouge.

Les mariés arrivèrent dans la salle de réception déjà pleine de rires et de musique.

— Dr et Mme Rossi, annonça Nathan, jouant le maître de cérémonie.

— Ça sonne bien, décréta Dan en embrassant la mariée devant tout le monde. Tu es à couper le souffle, Lindsey Rossi.

La vieille demeure avait été décorée de fleurs fraîchement coupées et un somptueux buffet était exposé sur la longue table de la salle à manger. Des fauteuils et des canapés confortables attendaient un peu partout les invités qui pouvaient aussi se promener sur la galerie, dans le jardin ou sur la terrasse.

Lindsey attira l'attention de Dan sur le gâteau de mariage décoré de myosotis. Sur le dessus, il y avait simplement écrit :

« Amour »

— C'est le cadeau de Fiona, dit-elle.

— J'ai toujours su depuis le début qu'elle m'appréciait, répondit-il, une lueur malicieuse dans les yeux.

Main dans la main, ils gagnèrent la terrasse qui avait vu le début de leur histoire d'amour. Dan lui embrassa le bout des doigts.

— Je t'aime, lui dit-il pour la énième fois. Veux-tu danser avec moi ?

— N'est-on pas censés attendre la fin des discours et que le gâteau soit coupé ?

Dan ne fut nullement impressionné.

— C'est *notre* mariage, on peut faire ce qu'on veut.

Il la prit par la taille et elle noua les bras autour de son cou.

— Heureuse ?

— Oui, répondit-elle, les yeux brillants de bonheur. Vous êtes un homme très charmant, Dan Rossi.

— Et bon danseur, de surcroît.

Il la serra contre lui. Aujourd'hui, sa merveilleuse Lindsey était devenue sa femme. Il ne doutait pas que leur mariage serait solide et réussi. Il était l'homme le plus heureux de la terre.

Épilogue

— Soufflez pendant la pause, Lindsey, dit Jenna Metcalf, la sage-femme.

— Je ne peux pas…

— Si, tu peux, l'encouragea Dan.

— Les lumières sont trop brillantes… Dan…

— La tête est presque sortie. Poussez encore une fois…

— Allez, Lins, dit-il. Il est bientôt là.

Renversant la tête en arrière contre la poitrine de Dan, Lindsey fit un long effort accompagné d'un cri étouffé.

— C'est ça… Tu es fantastique, dit Dan en lui embrassant le sommet de la tête.

Il se mit à prier comme il n'avait encore jamais prié.

— Doucement, maintenant. On y est presque, dit Jenna. C'est bien. La tête est sortie, je dégage l'autre épaule. Wow… Nous avons là un solide petit garçon. Il est très impatient de rencontrer sa maman et son papa.

Puis elle souleva le bébé.

Dan émit un son qui sortait du plus profond de sa poitrine. Son fils était né. Il était sain et sauf. Ses yeux se remplirent de larmes lorsque bébé Rossi se mit à crier à pleins poumons en agitant ses petits poings.

— Oh ! Dan, regarde…, dit Lindsey d'une voix cassée par l'effort. Il est si beau. Si parfait.

— Parfait…, répéta-t-il.

Il coupa le cordon ombilical dans une sorte d'euphorie.

— Jen, merci. Vous avez été super.

— Mmm. C'est votre femme qui a fait tout le travail, dit Jenna en enveloppant le bébé dans une serviette avant de le tendre à Lindsey.

Dan alla s'asseoir à côté de sa femme, bouleversé. Elle lui sourit, le regard embué.

— Il te ressemble…

Doucement, elle retira la serviette et tous deux admirèrent la perfection de ses petits membres — de ses doigts et de ses orteils.

— Heureux ? demanda-t-elle.

Elle savait à quel point ce moment était spécial pour lui.

Il hocha la tête, l'émotion lui coupant la parole. Son cœur débordait d'amour pour sa belle Lindsey et leur petit garçon, et il voulait par-dessus tout les protéger.

Ils formaient une famille, à présent. Il était comblé.

Avec une infinie douceur, Lindsey caressa la joue de son fils dont la petite bouche eut un réflexe de succion. Relevant la tête, elle sourit à Dan puis déposa le plus tendre des baisers sur ses lèvres, avant de contempler de nouveau leur fils, remplie de fierté et d'amour.

BLANCHE

HARLEQUIN

Retrouvez prochainement,
dans votre collection

BLANCHE

Les jumeaux du silence, de Shelley Rivers - N°1591
Il a suffi d'une nuit de passion pour que Thurza se retrouve enceinte… de jumeaux ! Longtemps, elle a espéré que le Dr Logan Fox assume ses responsabilités vis-à-vis de leurs garçons. Hélas, le beau médecin s'est évaporé aussi vite que l'attirance qui les a unis. Aujourd'hui pourtant, Thurza est résolue à rompre le silence entre eux, pour le bien de sa petite famille…

Croisière avec une infirmière, d'Amy Ruttan
Thatcher apprécie son travail de médecin sur ce bateau qui vogue vers l'Alaska. Ici, tout le monde ignore qu'il est duc. Ici, tout est sous contrôle. Du moins jusqu'à ce que la nouvelle infirmière qu'il a recrutée monte à bord… en robe de mariée ! Bien que sidéré par l'entrée fracassante de la belle Lacey qui vient de fuir son mariage, il décide de lui laisser une chance…

Le docteur du Costa Rica, de Traci Douglass - N°1592
Si Sara s'est portée volontaire pour une mission humanitaire au Costa Rica, c'est pour redonner du sens à son métier d'infirmière… et certainement pas pour tomber amoureuse ! Pourtant, au milieu de la forêt vierge, l'attirance qu'elle éprouve pour le très secret Dr Gabe Novak est puissante, irrésistible – et elle finit par y céder. Hélas, alors qu'elle rêve d'amour, elle se rend compte que Gabe n'est pas prêt à lui ouvrir son cœur…

L'enfant d'une secouriste, d'Emily Forbes
Mei est ravie d'intégrer le centre ambulancier de Bondi Beach, la célèbre plage de Sydney. Mais son enthousiasme est soufflé quand elle y retrouve Jet Carlson. Huit ans plus tôt, tous deux ont eu une aventure, après laquelle il a disparu de sa vie sans un au revoir. Leurs retrouvailles sont-elles le jeu du destin, l'occasion qu'elle espérait de lui révéler qu'ils ont eu une fille ?

Leur mission : sauver des vies.
Leur destin : trouver l'amour.

HARLEQUIN
www.harlequin.fr

BLANCHE

HARLEQUIN

Médecins à Morrow Island, de Louisa Heaton - N°1593

Tout juste arrivée sur Morrow Island où elle doit remplacer le Dr Owen Ledger, Lucy tombe sous le charme de son confrère. Quelle chance de pouvoir travailler à son côté durant les quelques semaines que durera leur passation ! Alors qu'elle éprouve des sentiments de plus en plus intenses à son égard, Lucy hésite pourtant à construire avec Owen une relation durable. En effet, celui-ci lui a confié vouloir une famille qu'elle ne pourra jamais lui offrir…

Une nouvelle chance pour Shona, de Karin Baine

De retour dans sa ville natale, sur l'île de Braelin au large de l'Écosse, Shona redoute ses retrouvailles avec Alasdair Murray. Or voilà qu'elle tombe nez à nez avec lui dès sa première garde à l'hôpital où elle travaille comme infirmière ! Le mauvais garçon d'autrefois s'est mué en un splendide médecin – et il lui fait toujours autant d'effet. Celui qui lui a brisé le cœur lorsqu'elle était adolescente serait-il capable de le soigner aujourd'hui ?

Un défi à relever, de Wendy S. Marcus - N°1594

SÉRIE : LE DESTIN DES SŒURS PENIGLATT - 1/2

Le Dr Derrick Limone est désemparé. Lui qui vient de parcourir des kilomètres jusqu'à New York dans le seul but de réprimander Kira Peniglatt, l'infirmière chargée du suivi administratif de sa mère souffrante, voilà qu'il est… tombé sous son charme ! Cependant, que Kira lui plaise ou pas, il devra réprimer le trouble qu'elle fait naître en lui et parvenir à lui tenir tête…

Une bouleversante promesse, de Wendy S. Marcus

SÉRIE : LE DESTIN DES SŒURS PENIGLATT - 2/2

Qu'imaginait Jarrod, son défunt fiancé, en promettant à son ami Spencer qu'il serait le parrain de leur enfant ? Krissy fulmine. Adolescents, Spencer, Jarrod et elle étaient toujours ensemble. Jusqu'à ce que Spencer gâche tout et que Krissy ne veuille plus jamais le revoir. Aujourd'hui, par respect pour les dernières volontés de Jarrod, la voilà de nouveau à supporter les incroyables yeux bleus et le sourire suffisant de Spencer…

Leur mission : sauver des vies.
Leur destin : trouver l'amour.

BLANCHE

HARLEQUIN

Les conséquences d'une nuit, de Charlotte Hawkes - N°1595

La priorité de Max Van Berg ? Sa carrière de chirurgien ! Aussi, lorsque Evie Parker, une psychiatre avec laquelle il a eu une brève aventure, réapparaît dans sa vie pour lui annoncer qu'il est père, sent-il d'abord la panique l'envahir. Il ne connaît rien aux enfants ! Pourtant, impossible de perdre à nouveau Evie, maintenant qu'ils forment, avec elle et leur petite fille, une famille…

Pour réapprendre à aimer, d'Annie Claydon

Le Dr Alexandra Jackson… En apprenant qu'il devra coopérer, le temps d'une campagne caritative, avec celle qui lui a brisé le cœur dix ans plus tôt, Leo est désemparé. Certes, son histoire avec Alexandra appartient au passé mais, il doit bien se l'avouer, elle l'attire toujours autant. Leurs retrouvailles seraient-elles pour eux une chance de poursuivre leur relation inachevée ?

Leur mission : sauver des vies.
Leur destin : trouver l'amour.

HARLEQUIN
www.harlequin.fr